Le message du pendu

Pieter Aspe

Le message du pendu

ROMAN

Traduit du néerlandais (Belgique)
par Emmanuèle Sandron

Albin Michel

Toute ressemblance avec des personnes ou des situations existantes serait purement fortuite.

Édition originale belge publiée sous le titre :
ONDER VALSE VLAG
chez Manteau, Anvers, en 2002

« Tout est énorme pour qui n’attend rien. »

J.C. Bloem

1

« On devrait faire ça plus souvent. »

Hannelore était allongée sur le flanc dans l'herbe humide de rosée. Elle avait toujours aimé cette odeur. Après la douche, elle s'était contentée d'enfiler un peignoir, sans se sécher. Elle voulait profiter au maximum de la fraîcheur du matin. Dans une heure ou deux, il ferait déjà trop chaud, même au jardin. Le thermomètre indiquait vingt-trois degrés, et il était à peine neuf heures. Elle entortilla une mèche de ses cheveux mouillés et la pressa entre le pouce et l'index. Une goutte d'eau hésita au bas de la boucle, puis tomba sur le sol.

« Il est temps qu'on mette la pédale douce, lui avait dit Van In une semaine plus tôt. On décompresse !

– Mais c'est ce qu'on fait, non ? avait-elle répondu.

– Non, avait-il dit d'un air las.

– On ne décrète pas ça comme ça. Il faut organiser la désorganisation.

– Bonne idée », avait-il marmonné entre ses dents.

Et voilà… Ce matin, il mettait son projet à exécution.

Une belle côte à l'os et un bordeaux bien frais au petit-déjeuner.

« On décompresse ! »

D'un geste sec et précis, Van In enfonça la fourchette à barbecue dans la pièce de bœuf sanguinolente et la posa avec délicatesse sur la grille. Ksssss... L'odeur réveilla instantanément la sensation de faim qu'il avait calmée d'une Duvel une demi-heure plus tôt parce que le feu ne prenait pas. Il ne s'était pas énervé. Il avait continué à souffler sur le charbon de bois. Et le miracle s'était produit. Le feu avait pris, ni trop ni trop peu. Il avait attendu qu'une fine couche de cendres recouvre les braises pour confier le magnifique morceau de bœuf aux bons soins du barbecue. Cette fois, il avait la situation bien en main. Depuis combien de temps n'avaient-ils plus passé une journée en amoureux ? Les enfants étaient chez la belle-doche, le temps était au beau fixe. Et le programme... mmmm...

« Encore un petit verre de vin ? »

Van In se tourna pour prendre la bouteille dans la glacière. Il portait un short en lin et un t-shirt blanc, cadeau d'Hannelore. La légende disait : « Mauvais en cuisine, génial au plumard. »

« Avec plaisir ! »

Hannelore lui tendit son verre. Elle adorait boire à jeun. Van In s'assit à côté d'elle, sans la toucher du petit doigt. Il voulait prendre son temps : d'abord manger, fumer une bonne cigarette, siroter le vin, puis s'envoyer en l'air, puis baiser, puis faire l'amour... Rien ni personne ne lui barrerait la porte du paradis.

« À quoi tu penses ? demanda-t-il après un moment.

– À mon avis tu peux la retourner.

– Sûre et certaine ? »

La dernière fois, il avait un peu bousculé l'ordre du programme. Résultat : la viande carbonisée avait fini à la poubelle, et ils avaient dû appeler le traiteur chinois. Il ne commettrait pas cette erreur une seconde fois. Il n'avait pas envie de recevoir l'affront d'un deuxième t-shirt. Il se redressa, empoigna la longue fourchette et retourna la viande. Ksssss…

« C'est presque prêt.

– Quelle heure est-il ? »

Van In regarda le mur de leur maison. Le soleil dessinait un triangle bien net sur la brique rouge. À treize ans, il avait ôté la montre qu'il avait reçue de sa marraine pour sa communion solennelle. Depuis lors, il n'en avait plus jamais porté. Le jour, il s'aidait du soleil. La nuit, il y avait toujours une âme compatissante à proximité prête à lui indiquer l'heure.

« À vue de nez, il doit être dans les dix heures. »

Hannelore s'allongea sur le dos et étira les bras. Le vin lui montait un peu à la tête. Elle avait chaud.

« Quelle décadence, tu ne trouves pas ? » demanda-t-elle en bâillant.

Van In détourna la tête. Le peignoir d'Hannelore s'était entrouvert.

« Les Romains…, commença-t-il. Tu sais que… »

Un de ses premiers gestes du matin avait été de débrancher le téléphone. Hannelore avait éteint son portable. Mais ils n'avaient pas pensé à la porte d'entrée.

« On sonne », dit Hannelore.

Du temps où la politesse était encore une valeur, les visiteurs se contentaient de deux coups de sonnette. Le premier pour s'annoncer, le deuxième pour vérifier que le mécanisme fonctionnait. Mais tout se perd…

« Et merde !

– C'est peut-être les Témoins de Jéhovah », dit Hannelore en riant.

L'idée de rabrouer les envoyés de Dieu avait quelque chose d'apaisant.

« Ou les mormons. »

Van In alla ouvrir en pestant.

« Désolé de te déranger un jour de congé, mais... »

Versavel ferma pudiquement les yeux. Pas qu'il craignait une colère de Van In, non. Mais il n'avait jamais vu le boss en short, et il ne lui avait fallu qu'un coup d'œil pour découvrir la désastreuse blancheur de ses guibolles. Il avait toutes les peines du monde à retenir un fou rire.

« Ce n'est que Guido ! annonça Van In.

– Pile-poil au bon moment ! La viande est prête ! »

On croirait entendre Frank quand il a un verre dans le nez, songea Versavel.

Hannelore se redressa, sans se préoccuper de ce que la ceinture de son peignoir se dénouait. Elle passa les bras autour du cou de Versavel et le gratifia d'une bise sonore.

« Promets-moi une chose ! lui chuchota-t-elle à l'oreille. Attends qu'on ait fini de manger pour parler boulot, d'accord ? »

Jambes écartées, Van In affrontait le barbecue. Il faisait des moulinets menaçants avec le couteau aiguisé de frais.

« Ça urge, malheureusement, Hanne. Un taré vient d'assassiner sa famille.

– Qu'est-ce qui se passe ? » cria Van In devant sa côte à l'os saignante.

Hannelore le rejoignit :

« Un triple meurtre au canal de Damme, annonça-t-elle.

– Et merde ! » pesta-t-il en déposant son arme.

Il enfonça la fourchette à barbecue dans la viande et marcha jusqu'à la cuisine en la brandissant devant lui comme un trophée. Hannelore jeta un seau d'eau sur le feu.

La promenade à vélo le long du canal de Bruges à Damme est un ravissement. On aperçoit çà et là, derrière les deux impeccables rangées de peupliers qui bordent l'eau assoupie, des habitations belles à couper le souffle. « Pourquoi est-ce que je n'habite pas là, moi ? se demande le cycliste occasionnel. Qu'est-ce que j'ai fait pour ne pas mériter d'être plein aux as ? Pourquoi mes parents n'ont-ils pas plus de thunes ? »

Van In se sentit dans cette exacte disposition d'esprit lorsque Versavel rangea la Golf devant une bicoque qui, tel un navire amiral sur les flots, dominait les polders s'étendant à perte de vue. Dès que la jeune génération le pourrait, elle saccagerait ce paradis terrestre, il en était sûr – la notion de zone naturelle préservée est à géométrie variable –, mais pour le moment la paix qu'inspirait ce paysage inviolable avait quelque chose de surnaturel. Van In sortit du véhicule et alluma une cigarette, histoire de protester contre les chevaliers de la vertu qui guerroyaient contre le tabac, la voiture et bientôt, pourquoi pas, l'amour, car viendrait sans doute le jour où il serait immoral de procréer selon les voies naturelles. Fumer dans une réserve naturelle... à n'en pas douter, cela serait certainement bientôt puni plus gravement qu'un infanticide. Exagérait-il ? Versavel avait mis à profit le trajet en voiture pour lui résumer en deux mots le drame familial qui s'était joué dans la villa de Damme. Un de plus. Il ne se passait pas un jour sans que les journaux se délectent de ce genre de fait divers.

« Qui a découvert les victimes ?

– Le jardinier.

– Le jardinier », répéta Van In, plongé dans ses pensées.

Cela lui rappelait un poème qu'il avait appris à l'école primaire : *Le jardinier et la mort.* Quelques vers tout simples qui disaient comment un jardinier qui venait de rencontrer la mort essayait d'échapper à son sort et se rendait très exactement là où l'attendait la Grande Faucheuse. Les gens qui croient à la prédestination tirent de ce type de lecture une sorte de consolation. Puisque tout est écrit, autant s'en remettre aux mains du Tout-Puissant… Van In tira sur sa cigarette. Un drôle de coco, oui, le Tout-Puissant…

« Dieu du ciel !

– Un problème ?

– Non, dit Van In. J'ai chaud, c'est tout. »

La chaleur montait de la terre. Elle était si forte qu'on avait l'impression de voir l'air flotter devant soi. Ils se dirigèrent vers la villa : Van In en tête, Versavel au milieu, et Hannelore qui fermait la marche. Un groupe de cyclistes – le père, la mère, le petit garçon et la petite fille – passa. Les jours de beau temps, la promenade à vélo le long du canal de Damme était très prisée des jeunes familles. C'était un loisir sain, bon marché et instructif. Les enfants aimaient ça, apprendre où poussent les frites et les hamburgers.

« Le docteur Zlotkrychbrto est arrivé ?

– Je ne crois pas », répondit Versavel.

Le sentier traversait une pelouse grande comme un terrain de football, d'un vert étonnant vu la sécheresse. Des arbustes en pleine vigueur longeaient le pignon de la maison ; une pièce d'eau trônait au sommet d'un talus artificiel, flaque noire dans ce désert de verdure. Un nain de jardin tendait sa canne à pêche vers le néant aquatique, pour parachever cette nature morte désolante. Savoir que trois cadavres gisaient dans la villa rendait le tableau encore plus irréel.

« Si je ne m'abuse, j'ai été à l'école primaire avec Wilfried Traen, dit Van In alors qu'ils approchaient de la porte d'entrée. Un gentil garçon. Eh bien... On ne peut pas dire qu'il n'a pas réussi dans la vie ! »

Un jour, Wilfried avait apporté un fusil en classe. Son père et lui partaient souvent à l'affût le week-end. Le fusil, c'était du matériel de documentation pour son exposé sur la chasse. Tout s'était très bien déroulé. Wilfried avait parlé avec passion des plaisirs de la battue. L'arme était passée de main en main. Les choses n'avaient dérapé qu'après la leçon. Wilfried s'était posté en embuscade derrière la porte et avait mis l'instituteur en joue. L'arme n'était pas chargée, heureusement. Mais l'instit avait eu si peur qu'il était tombé dans les pommes. Il s'en était fallu d'un cheveu que Wilfried Traen ne soit renvoyé pour ce fait d'arme, mais cela ne l'avait pas empêché, par la suite, de monter d'autres coups fumeux.

« Vous êtes le jardinier ? »

Un homme très grand, au visage livide, venait de leur ouvrir. Il portait une salopette aux jambes trop courtes, des bottes en caoutchouc et une casquette qui avait jadis été blanche. Une veine saillait sur son front.

« Non, dit-il. Mon nom est Hoornaert. Je suis le père de Louise. »

C'était bien ce que je pensais, se dit Van In. *Un jardinier sans bronzage, ce serait aussi suspect qu'un veilleur de nuit qui dort sur ses deux oreilles.* Quelque chose le retint d'exprimer à voix haute cette pensée profonde.

« Je suis le commissaire Van In. Mes collègues et moi, nous vous présentons nos condoléances. »

Demander à l'homme comment il était entré, ç'aurait été lui manquer de respect. Il habitait sans doute dans les environs, et le jardinier avait dû le prévenir. Van In en aurait le cœur net plus tard.

« Je suppose que Louise est l'épouse de Wilfried Traen », dit-il.

Il se sentit un peu bête de poser cette question, mais il fallait bien commencer quelque part.

« En effet, monsieur. »

Hoornaert demeurait immobile comme une statue qui aurait été posée là, dans le hall. Il ne donnait nul signe de vouloir les laisser entrer. Depuis que la police était dirigée par des « managers » et que les suspects étaient considérés comme des « clients », Van In avait suivi de nombreuses formations où des experts grassement payés avaient tenté de lui exposer, à lui et à ses collègues, les modes de réaction les plus appropriés à telle ou telle situation. Tout cela était bien beau en théorie, et Van In comprenait l'utilité des jeux de rôles pour se préparer à des réalités difficiles. Mais que dire à un père qui vient de perdre sa fille ? Et à un grand-père dont les petits-enfants ont été assassinés ?

« On peut entrer ? » demanda le commissaire.

Il posa une main sur l'épaule d'Hoornaert et la serra légèrement, dans une tentative de le ramener à la vie. D'après le manuel, Van In devait maintenant appeler l'équipe de psychologues post-traumatisme. Ce qui, concrètement, signifiait imposer à Hoornaert, jusqu'à la fin de la journée, le bla-bla d'un assistant social tout juste diplômé. Van In n'aurait pas souhaité ça à son pire ennemi.

« Votre épouse est prévenue ? »

Hoornaert fit un geste saccadé, comme un pantin dont on aurait actionné le bras en tirant sur une ficelle.

« Mon épouse..., dit-il d'une voix monocorde.

– Vous voulez que j'envoie quelqu'un la chercher ? » proposa Van In.

La chaleur humaine est un remède efficace. On pouvait charger Van In de tous les péchés d'Israël, il souhaitait réellement aider le père de Louise.

« Il vaut mieux qu'elle ne voie pas ça », dit Hoornaert.

Il eut pour Hannelore un regard chargé de colère et de chagrin.

« Et si je préparais du café, monsieur Hoornaert ? » suggéra-t-elle.

Elle poussa gentiment Van In sur le côté et posa une main compatissante sur l'épaule du vieil homme.

Louise Hoornaert ressemblait un peu à Hannelore. Elle paraissait un peu plus âgée, mais elle ne faisait certainement pas ses quarante-six ans. Van In approcha d'un pas circonspect. Une goutte de sueur lui coula le long du nez. Il l'essuya du revers de la main. Louise était couchée sur le dos, la tête légèrement inclinée, jambes et bras grand écartés. Sa coiffure était parfaite ; elle portait une robe d'été à la mode. Son visage figé exprimait la surprise. Hormis la tache d'un rouge cramoisi sur sa poitrine et le pistolet posé à côté de son corps, il n'y avait aucune trace de violence dans la salle à manger.

« Qu'est-ce que tu en penses ? »

Versavel se caressa la moustache.

« J'ai l'impression qu'elle est morte depuis un bon bout de temps. »

Van In hocha la tête. L'odeur de décomposition le prenait à la gorge.

« Mais il est où, Zlotkrychbrto ? »

Van In s'agenouilla. Si le visage de la femme exprimait la surprise (ou l'incrédulité, peut-être), cela pouvait signifier qu'elle connaissait le meurtrier et qu'elle n'aurait jamais pu s'imaginer son intention de la tuer.

« Ce n'est pas beau à voir », dit Versavel, en redescendant de l'étage.

L'odeur de cadavre se faisait de plus en plus prégnante.

« C'est la chaleur », dit Van In.

Le thermomètre numérique intégré à l'horloge murale indiquait 31,4 degrés.

« J'ouvre la fenêtre ? »

Il n'y avait pas une once de vent. Une rangée de saules têtards tendaient leurs surgeons immobiles vers le ciel.

« D'accord. »

Van In avait envie d'allumer une cigarette, ne fût-ce que pour oublier cette puanteur qui pénétrait par tous les pores de sa peau. Reliefs de repas en putréfaction, pieds sales, aisselles en sueur : on s'habitue à tout. Sauf à l'odeur d'un cadavre en décomposition. Ça vous suit partout, ça ne vous lâche plus, ça vous obsède pendant des jours et des jours.

Versavel restait près de la fenêtre. L'air qui entrait dans la pièce était chaud. Il suffoquait. Il détourna la tête.

De vastes proportions – au moins cinq mètres sur six –, la chambre des parents était meublée d'une façon sobre, voire spartiate. Les riches ne connaissent pas la demi-mesure : leur intérieur est soit surchargé, soit dépouillé à l'extrême. Le couple Traen-Hoornaert avait choisi la deuxième option. La décoration était sans âme, comme la villa, comme le jardin. Le lit à la structure de bambou était intact, et tout était d'une propreté impeccable.

« Où sont les enfants ? »

Van In sortit son paquet de cigarettes de la poche de son pantalon. Il alluma une clope et se mit à tousser.

« À côté.

– Allons-y ! »

Ils prirent la direction de la chambre où le jardinier avait trouvé les gamins. Van In poussa la porte. En effet, ce n'était pas beau à voir.

La télé qui nous assaille d'images insoutenables nous apprend à demeurer impassibles, mais quand Van In vit les corps ensanglantés de Karen et de Sven, il eut du mal à se retenir de vomir. La petite fille assise dans un coin de la chambre ressemblait à une momie précolombienne : les genoux relevés, les mains croisées devant son petit visage, la tête couverte de sang. Le petit garçon était allongé sur le flanc, devant la fenêtre. Le crâne fracassé. À côté de lui, un marteau de charpentier, qui venait sans doute de la boîte à outils posée devant le lit.

« La salle de bains est en rénovation », expliqua Versavel en suivant la direction du regard de Van In.

Ils restaient dans l'embrasure de la porte, pour ne pas bousiller les indices. Van In tira sur sa cigarette. La nicotine lui donna un léger vertige. Ses mains tremblaient. Le garçon avait sans doute essayé de fuir par la fenêtre. Cela ne lui avait pas vraiment réussi.

« Mais bon sang, où sont Zlotkrychbrto et Vermeulen ?! »

Monsieur Hoornaert buvait son café à petites gorgées. Hannelore était assise à côté de lui.

« C'est Georges qui m'a appelé, dit le vieil homme.

– Georges ? Le jardinier ?

– Oui. Quand il a sonné, Louise n'est pas venue lui ouvrir. Il a attendu cinq minutes, puis il est entré par la porte du garage. Louise lui avait téléphoné dimanche dernier pour lui demander de venir tondre avant vendredi. Ils attendaient de la visite. Ils voulaient que tout soit impeccable.

– Vous habitez dans les environs ?

– J'ai offert le terrain à Louise comme cadeau de mariage. »

Hannelore hocha la tête. Il n'avait pas besoin d'en dire plus. Elle en connaissait, des parents qui s'arrangeaient pour que leurs enfants n'aillent pas vivre trop loin de chez eux !

« Vous soupçonnez votre beau-fils ? »

Il y eut un silence. Le père considère souvent son gendre comme la brute qui lui a enlevé sa fille et qui l'a arrachée au cocon familial. Pourtant, monsieur Hoornaert réagit avec une singulière bonhomie.

« Wilfried est un brave garçon. Je suis incapable d'imaginer qu'il... »

Il éclata en sanglots. Hannelore le laissa pleurer. Elle en profita pour regarder autour d'elle. *Voilà une cuisine où on ne cuisine jamais*, pensa-t-elle. L'inox des placards brillait comme un miroir. Pas la moindre tache de graisse. Rien ne recouvrait le plan de travail, et les murs couleur olive étaient tout aussi nus. Même le micro-ondes était d'une propreté impeccable. *Ces gens doivent quand même manger ! Quand je pense à la porte de mon four, qui est déjà dégueulasse après deux utilisations !*

Mais qu'est-ce qui m'arrive, de penser à ces bêtises dans un moment pareil ?

« Vous n'avez pas besoin de faire votre déclaration tout de suite, monsieur Hoornaert, dit-elle en voyant l'homme sécher ses larmes. Vous feriez peut-être mieux de rentrer chez vous maintenant. »

Les gars du labo technique et le légiste allaient arriver. Hannelore savait d'expérience qu'il était très difficile pour les survivants de les voir s'activer autour des corps. D'autant plus que le nouveau légiste avait une manière singulière de procéder. Ce n'était pas qu'il parlait comme un charretier ou qu'il malmenait les macchabées. Le problème était plutôt qu'il ne mettait pas de gants… métaphoriquement s'entend. Les gens du parquet ne sont bien sûr pas sans savoir qu'une prise de la température rectale est nécessaire pour déterminer l'heure de la mort et que, chez les femmes, la recherche de traces de sperme est systématique. Mais il y a l'art et la manière… Zlotkrychbrto ne s'embarrassait pas de la sensibilité d'autrui. Il déshabillait les cadavres sans ménagement et procédait aux examens qu'on attendait de lui sans s'embarrasser de la présence éventuelle de témoins.

« Je ne me le pardonnerais jamais si je partais maintenant, dit Hoornaert. Louise a peut-être encore besoin de moi. »

Il fit mine de se lever, mais Hannelore l'incita à rester assis en posant une main sur son épaule. Elle venait de voir la Mercedes déglinguée de Zlotkrychbrto défoncer la pelouse.

« Expliquez-moi d'abord où je peux trouver le jardinier », dit-elle pour gagner du temps.

Le vieil homme la remercia du regard.

« On vous croit, quand vous dites que vous êtes juge d'instruction ? » se risqua-t-il à dire.

Au fil de sa carrière, Hannelore avait déjà entendu bien des compliments, mais celui-ci était sans conteste le plus beau.

« Il vaut mieux que vous n'assistiez pas à l'examen du légiste », dit-elle.

Monsieur Hoornaert approuva, reconnaissant.

Le docteur Zlotkrychbrto était un grand et fort gaillard au visage anguleux et au front large tout droit sorti de sa Pologne natale à peine six mois auparavant. Dans les couloirs, on l'appelait Frankenstein – c'était plus facile à prononcer. Van In l'aimait bien. Contrairement à Dupon, dont il avait dû supporter l'arrogance pendant huit ans et qui venait heureusement de partir à la retraite, Zlotkrychbrto ne faisait pas de chichis. Il ne crachait jamais sur un verre et il avait une façon très amusante de manier le néerlandais. Pas plus tard que la semaine d'avant, en plein procès d'assises où il était appelé à la barre en sa qualité d'expert, il avait parlé de porte-loulou, un néologisme qui avait fait froncer les sourcils aux jurés. Lorsque le président du jury lui avait demandé ce qu'il entendait par là, il avait indiqué une des pièces à conviction : un soutien-gorge taché de sang. Il s'en était fallu d'un cheveu que toutes les personnes présentes, y compris les magistrats et les avocats, n'éclatent de rire.

« Bonjour, Piotr. »

Zlotkrychbrto avait grandi dans un pays où la pauvreté et les privations vous blindent un homme. Il serra la main du commissaire et, sans plus attendre, ouvrit sa trousse et enfila des gants de latex. Que deux des trois victimes soient des enfants et qu'ils aient été assassinés sauvagement le laissait apparemment de marbre. Il examina d'abord la fillette. Il la souleva comme une peluche et la posa sur le lit.

« Ce n'est pas bon », dit-il.

Van In détourna la tête. Trop tard. L'image du cadavre de la petite fille nue s'était imprimée sur sa rétine. Encore heureux que le corps n'ait pas été mutilé. Dans ce cas, il aurait filé sans demander son reste. Versavel se tenait dans l'embrasure de la porte. Malgré son bronzage, il était livide.

« Deux balles dans la tête », annonça Zlotkrychbrto.

Comme Van In ne réagissait pas, le légiste coucha la fillette sur le dos, lui ôta son slip et procéda à l'examen gynécologique.

« Je vais fumer une cigarette », dit Van In, incommodé par les bruits de succion.

Ils étaient assis tous les trois à la table de la cuisine : Van In, Hannelore et Versavel. Aucun d'eux n'avait le cœur à parler. Tout indiquait un drame familial – ni la mère ni la fille n'avaient été violées –, mais cela n'en était pas moins horrible pour autant.

« Il n'ira pas bien loin », dit finalement Hannelore.

Elle pensait à Wilfried Traen.

Versavel prit la thermos de café et remplit les tasses. Malgré ses gestes assurés, il ne put éviter qu'une goutte de café reste en suspens au bord du récipient, coule le long de la paroi et laisse un cercle brun sur la table immaculée.

« En général, les gars qui font ça finissent par retourner leur arme contre eux, dit Van In.

– Ou par se rendre. »

Van In hocha la tête. Il était rare qu'un père qui avait trucidé sa famille n'aille pas de lui-même et très rapidement se livrer à la police.

« Ça m'étonnerait qu'il ait essayé de se suicider, avança Hannelore.

– Nous n'en savons encore rien, Hanne », dit Van In sans conviction.

D'après l'examen de Zlotkrychbrto, Louise Hoornaert et ses deux enfants étaient morts depuis au moins quarante-huit heures, peut-être plus. Ses conclusions collaient avec la déclaration de Georges, le jardinier.

« J'ai téléphoné à l'entreprise de Wilfried Traen, dit Versavel. Vous ne devinerez jamais ce que m'a dit sa secrétaire. »

Traen l'avait appelée le dimanche soir, vers vingt-deux heures, pour lui annoncer qu'il prenait une semaine de congé et lui demander de s'occuper des affaires courantes.

« Qu'est-ce que c'est que cette histoire ? » marmonna Van In.

Avant de rentrer chez lui, Hoornaert lui avait montré de vieilles photos. Van In avait eu confirmation que le Wilfried en question était bien son ancien camarade de classe. La question qui l'obsédait n'en était devenue que plus lancinante : *Pourquoi, mais pourquoi Wilfried a-t-il tué sa femme et ses deux gosses ?* Des six années qu'il avait passées avec lui à l'école primaire, Van In gardait le souvenir d'un garçon à l'intelligence vive, plein d'énergie, non dépourvu d'humour et très mûr pour son âge. Quelqu'un qui aimait mordre dans la vie à pleines dents, aussi, et qui ne se laissait pas mener par le bout du nez. Cette villa froide et sans âme ne lui ressemblait pas.

« Qu'est-ce que tu veux dire ? »

Hannelore avait regardé les enfants. Elle avait aussi vu Van In tressaillir lorsqu'on avait sorti les corps de la maison. Mais elle connaissait suffisamment son homme pour savoir que chez lui la raison l'emportait toujours sur les émotions. S'il énonçait des doutes, c'est qu'il avait ses raisons.

« Le jardinier a déclaré que Louise lui avait téléphoné le dimanche soir, vers neuf heures et demie, pour lui demander de venir tondre avant vendredi. »

Van In alluma une cigarette. La soucoupe qui lui servait de cendrier contenait déjà huit mégots.

« Wilfried dirige une petite entreprise de recyclage de matériel informatique. Il reçoit régulièrement des clients chez lui. Parfois à l'improviste. Il rentre, annonce à Louise qu'il attend de la visite le vendredi. Elle prévient le jardinier. Il est neuf heures et demie du soir. Puis il la tue, s'occupe des deux gamins et, une fois sa besogne faite, il appelle sa secrétaire pour dire qu'il s'absente une semaine. Et il disparaît sans laisser de traces. Il y a quelque chose qui cloche.

– À moins qu'il n'ait eu l'intention de fuir à l'étranger, suggéra Hannelore.

– Je ne pense pas qu'il ait prémédité les choses.

– Les gens changent, Pieter... »

Si cela s'était passé dix ans auparavant, elle n'aurait sans doute pas émis cette objection, réfléchit Van In. Les juges prennent désormais en considération la violence gratuite et la « pulsion irrépressible ». Il arrive même que les meurtriers sans mobile s'en sortent mieux que les autres. Et puis, est-ce que ça ne devient pas à la mode, de faire un carton pour attirer l'attention sur ses problèmes ou pour avoir son nom dans les journaux ? Merci les États-Unis...

« Quelle est la proportion des types qui ne se rendent pas d'eux-mêmes dans les quarante-huit heures après avoir trucidé femme et enfants ? demanda Van In.

– Je ne sais pas, répondit Versavel.

– Eh bien, cherche, bordel ! »

Hannelore adressa à Versavel un regard qui voulait dire quelque chose du genre : « Guido, ne lui en veux pas. Que son jour de congé tombe à l'eau, il peut l'accepter. Mais il s'agit d'un double infanticide… Tu sais à quel point il est sensible dès qu'il est question d'enfants… »

« Je fais le nécessaire, commissaire. »

Versavel quitta la cuisine en silence non sans avoir porté deux doigts au képi. Il avait sa fierté.

« Tu n'aurais pas dû le rabrouer comme ça, dit Hannelore.

– Je l'ai rabroué, moi ? »

Hannelore lui piqua son paquet de cigarettes et s'en alluma une. Après avoir interrogé le jardinier, elle était montée au premier pour jeter un coup d'œil à la scène. Elle avait passé la tête dans la chambre des enfants à l'instant où, armé de pincettes, Zlotkrychbrto prélevait des rideaux un lambeau de cervelle du gamin. La brutalité de cette affaire bouleversait Van In, mais cela ne lui donnait pas le droit d'être injuste avec Versavel.

« Ils n'auraient pas dû nous déranger ce matin », dit-elle en regardant Van In.

Le regard perdu dans le vague, il promenait son index dans la tache de café qui maculait la table.

« Zlotkrychbrto n'exclut pas la possibilité que Louise ait été sous soporifique au moment où on l'a tuée, dit Van In.

– Est-il sûr que ce n'est pas un suicide ?

– L'enquête nous le dira, Hanne. »

Van In aussi avait imaginé que Louise Hoornaert et Wilfried Traen aient pu vouloir se suicider après avoir tué leurs enfants. Le pater familias aurait renoncé à se donner la mort au dernier moment. Le plus simple était en effet d'administrer une dose importante de somnifères aux enfants et à son épouse. Mais, dans ce cas, pourquoi avoir fracassé le crâne de son fils avec un marteau ? Et pourquoi avait-on retrouvé sa fille dans cette position de momie dans un coin de sa chambre ?

« Klaas Vermeulen a peut-être déjà découvert quelque chose. »

Le chef du labo technique et son équipe étaient arrivés une demi-heure plus tôt. Pour leur laisser le champ libre, Van In, Hannelore et Versavel s'étaient retirés dans la cuisine. C'était Van In qui l'avait proposé, à la grande surprise d'Hannelore et de Versavel, qui savaient pertinemment que Van In ne se préoccupait d'habitude jamais de ce genre de détail. Il préférait poursuivre l'enquête malgré les vives protestations de Vermeulen.

« On le saura demain.

– Qu'est-ce que tu veux dire ?

– J'ai envie d'une Duvel, pas toi ? »

Hannelore soupira.

« Pourquoi pas ? ! » dit-elle, avec un rien d'impatience.

Elle prit son sac à main et se leva. Van In essuya son index maculé de café sur son pantalon. Dans le couloir, il posa une main sur l'épaule de sa compagne et la serra légèrement. Elle comprit. Il avait eu le même geste pour le père de Louise. Cette maison avait été le cadre non seulement d'un triple assassinat, mais aussi d'un drame incompréhensible.

« Heureusement, Versavel n'a pas suivi ton ordre à la lettre, dit-elle en voyant leur ami debout près de la Golf.

– Il en faut plus que ça pour le déstabiliser, Hanne. »

« Commissaire Van In ! »

Un collaborateur de Vermeulen, un type d'une corpulence assez forte, traversait le gazon en courant. C'était une vision étonnante compte tenu du fait que l'homme n'avait ôté ni sa combinaison protectrice ni ses gants de latex. De loin, il ressemblait un peu à un Teletubbie, version blanche.

« Commissaire ! » cria-t-il une deuxième fois.

En d'autres circonstances, Van In aurait pu répondre : « Je ne suis pas sourd ! », mais il s'abstint.

« Vous êtes certain que c'est lui ?

– Je crois bien que oui. »

Hannelore poussa un soupir de soulagement. S'ils avaient retrouvé le corps de Wilfried Traen, cela mettait fin à toutes leurs spéculations.

« Il s'est suicidé ? »

L'homme en combinaison blanche hocha la tête.

« On l'a retrouvé pendu dans le grenier, madame. »

Dans le Sud, les maisons sont pourvues de toits plats, que l'on peut utiliser comme terrasses. Dans le Nord, on construit des toits en bâtière à cause des pluies fréquentes. L'espace du grenier ne trouve généralement pas d'autre fonction que celle d'un débarras, à une exception près : avec ses poutres solides, l'endroit est idéal pour le suicide par pendaison.

Wilfried Traen était bel et bien mort. La puanteur était insupportable. Vermeulen avait attendu l'arrivée de Van In pour trancher la corde. Avec le petit gibier mis à faisander, il suffit souvent de bousculer le corps pour qu'il se détache de la tête. Wilfried Traen n'était pas un faisan, et il ne se balançait sans doute pas là depuis suffisamment longtemps.

« D'après un de mes hommes, vous le connaissiez ? », dit Vermeulen.

L'odeur pénétrante du cadavre en décomposition ne lui faisait manifestement aucun effet, car il poussa un profond soupir devant l'absence de réaction de Van In.

« Nous étions dans la même classe à l'école primaire », finit par expliquer Van In.

Hannelore et Versavel étaient restés à la porte du grenier, à cause de l'odeur. Il y avait encore pire pourtant : les mouches noires qui vrombissaient autour du corps.

Le cadavre était maintenant étendu sur le plancher. Van In le considéra en silence. Wilfried Traen n'avait pas beaucoup changé, malgré le passage du temps. Certes, il avait un peu forci, ses cheveux s'étaient clairsemés et étaient devenus grisonnants, et il avait des poches sous les yeux. Mais il paraissait encore très jeune, malgré les signes de vieillissement contre lesquels les hommes luttent plus ou moins à l'arrivée de la quarantaine.

« Il a écrit une lettre d'adieu ? »

Vermeulen haussa les épaules.

« On n'a encore rien trouvé. »

Van In s'agenouilla devant le corps. La puanteur ne lui faisait plus rien. Il était submergé par les souvenirs. Était-ce de la mélancolie ou de la compassion ? Il lui était très difficile d'accepter qu'un pote qui avait comme lui profité d'une jeunesse insouciante dans les années soixante ait attenté à ses jours. Wilfried Traen portait un complet trois pièces, une chemise bleu ciel et une cravate multicolore. Le chasseur de jadis s'était adapté à la faune d'aujourd'hui. Un chef d'entreprise doit toujours être impeccable. Van In se releva. Ses genoux craquèrent. Une chaise renversée gisait sous la poutre funeste. Ses quatre pieds étaient tournés vers la gauche.

« Je me demande si c'est réellement un suicide », lâcha le commissaire.

Hannelore porta une main à sa bouche. Versavel secoua la tête. Ils pensaient tous les deux la même chose : la puanteur était si forte que Van In en perdait ses facultés.

2

« Tu as lu le journal ? »

Versavel attendait que Van In ait bouclé sa ceinture pour passer la première.

« On y parle déjà de l'affaire d'hier ?

– Qu'est-ce que tu crois ? »

Tout en conduisant, Versavel tendit le bras droit vers la banquette arrière pour attraper la feuille de chou. « UN ALTERMONDIALISTE EXTERMINE TOUTE SA FAMILLE » Van In fronça les sourcils. Wilfried Traen, un ALTERMONDIALISTE ? Il parcourut les trois colonnes de l'article avant d'étudier la photo qui occupait la moitié de la une. Elle avait été prise lors d'une manifestation. Deux hommes tenaient un calicot sur lequel on lisait : « TOBIN TAX NOW. » Une des deux têtes était entourée d'un cercle blanc. Van In plia le journal en quatre, le lança sur la banquette arrière et bâilla à s'en décrocher la mâchoire. La veille, sur le coup de quinze heures, ils étaient allés boire une Duvel à la terrasse de L'Estaminet, mais ils n'avaient pas eu le temps de souffler. À peine étaient-ils installés que le portable d'Hannelore sonnait. Quelqu'un de la télévision flamande voulait interviewer madame le juge d'instruction pour le journal télévisé. Il fallait faire vite, car le sujet devait être dans la boîte pour seize heures trente. Après, cela avait été une pluie d'appels, jusqu'à ce qu'Hannelore décide d'éteindre son téléphone. Pas étonnant si Van In avait la migraine.

« Parfois, j'envie ces gars-là, dit-il. Ils savent toujours tout avant nous. »

Malgré le caractère condensé de l'article – les lecteurs aimaient ça –, le journaliste avait fait du bon boulot. Dans un encadré, il avait inséré une courte biographie de Wilfried Traen.

« J'ignorais que Traen écrivait des bouquins, dit Van In, admiratif. Tu as déjà lu quelque chose de lui ?

– Je ne pense pas.

– Un auteur méconnu ?

– Nul n'est prophète en son pays… », dit Versavel sur un ton revenu de tout.

Lui aussi écrivait. Il conservait dans le tiroir supérieur de son bureau les lettres de refus que lui avaient envoyées divers éditeurs au fil des ans. Ce n'était pas facile de faire éditer un manuscrit. Et quand on y parvenait, les chances que quelqu'un retienne votre nom ou le titre de votre livre trois semaines après la parution étaient minces.

« Des romans ? »

Van In reprit le journal. Wilfried Traen avait écrit un essai sur la justice économique, un autre sur le potentiel de croissance de l'Afrique. Les titres étaient donnés en anglais : *A Just Cause* et *Black Gold.*

« D'après l'article, ses livres ont figuré dans la liste des best-sellers aux États-Unis.

– Non ? ! Je ne te crois pas !

– *C'est ce qui fait mis dans le journal,* comme dirait Frank ! Et si on taillait une bavette avec lui ?

– Frank ou le pisse-copie ? »

Versavel regarda Van In en souriant.

« Bonne idée, Guido. Appelle-le. »

Versavel rangea la voiture et appela la rédaction du journal. Van In en profita pour sortir se dérouiller les jambes. Après les interviews, lui et Hannelore avaient passé la soirée au jardin, dans l'herbe, sur une couverture. Il en était sorti lessivé.

« Dix heures au Café Théâtre, à Gand, dit Versavel lorsque Van In remonta dans la Golf.

– Non ? Le café où...

– ... on sert le meilleur filet américain[1] de Flandre, oui. »

Versavel sourit. Il adorait le filet américain, mais il savait que Van In pensait à une autre sorte de viande fraîche.

« Quelle heure est-il ?

– Neuf heures moins le quart, chef.

– Je vais appeler Hannelore. »

Versavel tendit son portable à Van In en lui chuchotant le nom d'un restaurant de Gand connu pour n'être fréquenté que par des dames à la retraite.

« Je me présente : Gérard D'Hulster. »

Le journaliste portait un jean coûteux et une chemise de marque. Il avait le front luisant de transpiration. Van In se leva pour lui serrer la main. Elle était moite.

« Bonjour, monsieur D'Hulster. Merci d'avoir bien

---

1. En Belgique, steak tartare. (*Les notes sont de la traductrice.*)

voulu vous libérer si rapidement. Je peux vous offrir un verre ?

– Un cappuccino, merci. »

L'homme prit place et sourit. Ce n'était pas tous les jours que les flics l'appelaient pour lui demander de les aider à résoudre une affaire de triple assassinat. S'il la jouait fine, il y aurait peut-être un papier à écrire. Il avait consulté les archives avant de quitter les locaux du journal. À la rubrique « Pieter Van In », il avait trouvé une collection impressionnante de coupures de presse et plusieurs photos. Hannelore Martens figurait sur l'une d'elles. Le bruit courait que le commissaire s'était rangé.

« Vous n'ignorez pas que les grands journaux ont leurs propres archives », répondit-il, un rien vexé quand Van In lui demanda comment il avait trouvé la bio de Wilfried Traen si rapidement.

Depuis que la qualité d'un journal se mesure à son tirage, il est de plus en plus rare que les journalistes prennent le temps de consulter les archives. Cela valait particulièrement pour le journal qui employait D'Hulster, spécialisé dans les accidents de la route et les procès retentissants, pour lesquels il faut battre le fer tant qu'il est chaud, et tant pis si on estropie les noms au passage ou si les « envoyés spéciaux » se permettent des interprétations de leur cru. L'important est de garder le lecteur captif en lui servant sa dose quotidienne de détails croustillants. Or l'article que D'Hulster avait consacré au drame de Damme était sobre et précis. Van In l'en félicita, ce à quoi le journaliste réagit d'une manière un brin revêche, comme si ces compliments l'embarrassaient.

« J'ai eu l'occasion d'interviewer le bonhomme.

– Pas à propos de ses livres, quand même ? demanda Van In, étonné.

– Non, bien sûr. Traen avait été blessé lors d'une manifestation. Il voulait porter plainte contre la police. C'était dans ce cadre-là.

– Ah ah, dit Van In.

– Vous savez, commissaire… Nous avons l'obligation morale d'écrire sur les sujets de ce type.

– Bien entendu, monsieur D'Hulster. »

Van In but une gorgée de Duvel et échangea un bref regard avec Versavel. Il lui paraissait normal que le drame familial figure à la une du journal, mais il ne comprenait pas pourquoi D'Hulster n'avait pas exploité les détails macabres de l'histoire. Ce n'était pas dans les habitudes de la maison.

Une jeunette de vingt-cinq ans au corps de liane et avec sans doute un chouïa de sang caraïbe dans les veines apporta le cappuccino du journaliste. Elle le gratifia d'un sourire avant de s'éloigner vers une autre table. Van In profita de cette légère diversion pour faire dévier le cours de la conversation.

« Ce qui me frappe surtout dans votre article, c'est que vous mettez l'accent sur la carrière de Wilfried Traen alors que…

– … alors qu'il y avait beaucoup d'autres choses à dire. »

Le journaliste mélangea soigneusement la crème fraîche et les paillettes de chocolat à son café, puis but une petite gorgée.

« Exactement. »

Les journalistes qui couvrent les affaires criminelles ont leurs indics auprès de la police. Il était quasi inimaginable que D'Hulster ne sache rien de concret de ce qui s'était passé dans la villa des Traen et que personne ne lui ait parlé, par exemple, du marteau taché de sang.

Van In scruta D'Hulster. Le journaliste ne s'attendait

manifestement pas à ce que la conversation prenne ce tour, car il baissa les paupières.

« On était amis, Wilfried et moi, dit-il tout à trac. Il était au-dessus de mes forces d'écrire qu'il avait fracassé le crâne de son gamin à coups de marteau.

– Cela me paraît plausible. »

Il parut plus sage à Van In de ne pas énoncer ses doutes trop clairement, histoire de ne pas hypothéquer la suite de l'entretien. Mieux valait jouer la carte de la prudence. D'Hulster reprit une gorgée de cappuccino, s'essuya la bouche et se gratta pensivement le nez.

« Vous ne le croirez peut-être pas, commissaire, mais moi aussi, je suis ALTERMONDIALISTE. Comme Wilfried. Je sais que je travaille pour un journal qui ne rate pas une occasion de chanter les louanges du capitalisme. Je sais que mon salaire est bien supérieur à ce que peut gagner tout un village d'Afrique, mais...

– ... mais c'est vous qui avez écrit ces deux livres. »

C'était un coup de poker. D'Hulster resta un moment estomaqué : Van In avait tapé dans le mille.

« C'est lâche de ma part, je sais, dit-il. Mais les actionnaires du journal n'auraient jamais accepté que le nom d'un de leurs employés soit associé à ce genre de prose.

– Cela vous honore, au contraire », rétorqua Van In.

Il leva la main pour attirer l'attention de la serveuse.

« Un autre cappuccino ? »

Le journaliste fit non de la tête.

« La même chose que vous, dit-il.

– Bien. »

Lorsque les Duvel arrivèrent sur la table, D'Hulster se lança. Il parla près d'une heure. D'abord, il expliqua comment était né le mouvement ALTERMONDIALISTE, puis il exposa ses objectifs et ses stratégies. Il décrivit ensuite la société postcommuniste depuis le démembrement de l'Union soviétique et s'étendit sur les injustices criantes dans le monde, le scandale d'un système économique basé sur le profit et l'indifférence croissante des Occidentaux. Il n'avait pas tort, bien sûr, même si tout cela paraissait franchement idéaliste. Van In laissa le journaliste aller jusqu'au bout de ce qu'il avait à dire.

« Nous sommes un grand mouvement. Il est inévitable que certains durcissent leurs positions quand il s'avère que la protestation non violente ne porte pas ses fruits. »

Il donna plusieurs exemples d'actions musclées qui avaient terni l'image des altermondialistes.

« J'ai moi-même eu une période où j'étais un militant acharné, concéda-t-il. Je n'ai jamais participé concrètement à ces actions, mais je les ai soutenues. En ma qualité de journaliste, j'ai accès à certaines informations. J'en ai fait profiter le noyau dur.

– Le noyau dur ?

– Les gens qui, comme Wilfried Traen, n'ont pas peur de monter sur les barricades. »

Van In haussa les sourcils. Wilfried Traen était un homme d'affaires respecté. Il vivait dans une villa luxueuse. Il conduisait une voiture de marque allemande coûteuse. Ce n'était pas vraiment le profil de quelqu'un qui consacre ses loisirs à incendier d'autres voitures allemandes coûteuses, à lancer des pierres sur la police et à fracasser les vitrines des magasins. Quand Van In émit cette objection, D'Hulster sourit.

« C'était sa force, justement. Il était au-dessus de tout soupçon. Un homme d'affaires qui dépave les rues... Même quand il a été arrêté durant cette manifestation à Bruxelles, il s'en est tiré à bon compte. »

Le journaliste fut secoué d'un petit rire.

« Vous savez ce qu'il a raconté à la police ? Qu'il s'était retrouvé au milieu des manifestants par hasard alors qu'il se rendait à son hôtel.

– Mouais », dit Van In.

Il avait senti la pique. Dans certains cercles, on continue à considérer les policiers comme des boyards.

« Vous disiez que vous aviez été un militant acharné. Ce n'est plus le cas ? »

D'Hulster se rendit compte qu'il s'était laissé emporter par son enthousiasme et qu'il en avait peut-être un peu trop dit. Le sourire disparut de son visage. Les flics l'avaient eu. Comme s'ils avaient été journalistes et lui…

« Vous ne pouvez m'accuser de rien.

– Ce n'est pas non plus mon intention. J'essaie simplement de comprendre ce qui peut passer par la tête d'une personne qui mène manifestement une petite vie sans histoire et qui décide du jour au lendemain de massacrer sa famille. »

Van In s'en tenait à dessein à la version donnée par la presse. D'Hulster restait un gratte-papier. Si le commissaire se laissait aller à exprimer le moindre doute sur la thèse officielle, les instincts de chasseur d'info de l'autre remonteraient à la surface aussi sec, et on lirait à la une du journal du lendemain que Van In croyait mordicus à un quadruple assassinat. Avec toutes les conséquences…

« Je ne sais pas. Je ne vois pas comment Wilfried aurait pu faire une chose pareille…

– Mouais », répéta Van In sur un ton neutre.

Il vida sa Duvel d'un trait.

« C'est tout ?

– Je crois. Vous nous avez bien aidés. »

D'Hulster eut du mal à cacher son étonnement. Van In se leva et lui serra la main. Il avait pris sa décision :

il ne boirait plus jamais trois Duvel avec un estomac vide.

« Qu'est-ce que tu en penses ? demanda Versavel alors qu'ils reprenaient l'autoroute sur le coup de quatorze heures.

– Tu avais raison. C'est le meilleur filet américain de Flandre !

– Ce n'est pas ce que je voulais dire.

– Je sais », répondit Van In en souriant.

Les images des quatre corps commençaient à se faire moins obsédantes. C'était à la fois rassurant et inquiétant. D'Hulster, Traen et consorts avaient raison : on devient de plus en plus indifférent à tout. Van In ouvrit sa vitre et s'enfonça dans son siège. L'air frais qui pénétra dans l'habitacle lui rappela les vacances qu'il avait passées avec Hannelore, cinq ans auparavant, en Crète. Et cette excursion mémorable en scooter sur le plateau de Lassithi. Ils s'étaient arrêtés au pied d'un des nombreux moulins pour s'allonger à l'ombre d'un arbre noueux et siroter un ouzo tiède. Il avait joué à Don Quichotte, avait chevauché un canasson imaginaire et était monté à la charge d'un hélicoptère qui les menaçait. C'était la même brise fraîche qui lui caressait les cheveux maintenant, mais la douceur de ces moments à deux s'évanouit quand il se demanda pour la énième fois ce qui pouvait bien pousser un homme d'affaires respecté et un journaliste en vue à prendre ainsi fait et cause contre l'injustice dans le monde. S'il voulait être honnête avec lui-même, cet altruisme le rendait un brin jaloux. Lui, avait-il jamais tendu la main à un étranger dans le besoin ? Essayait-il de changer la société ? Oui, bon, d'accord, il lui arrivait de coffrer un criminel. De temps en temps. Mais c'était son job, il était payé pour ça. N'était-il pas temps de penser à s'engager pour une cause ?

« Je propose de réexaminer cette histoire à L'Estaminet, dit-il. Devant une bonne Duvel.

– Je n'y aurais pas songé », dit Versavel.

Van In passa sa main par la vitre ouverte.

« Saint Augustin ne s'est pas converti tout de suite, dit-il.

– Il était plus jeune que toi quand ça lui est arrivé », rétorqua Versavel.

Van In ne se laissa pas démonter.

« Si tu regardes bien, beaucoup de saints sont entrés dans la carrière passé un certain âge. Et ça vaut aussi pour le Christ. »

« Tu veux que j'appelle le médecin, mon chéri ? » cria Marijke depuis la cuisine.

Elle sortit les tasses de l'évier et les posa sur le plan de travail. Puis elle ôta la bonde et se sécha les mains avec un torchon. Elle envisagea un instant d'allumer une cigarette, mais se ravisa quand elle se rendit compte qu'il n'en restait que six dans le paquet posé sur la table de la cuisine à côté du livre de recettes. On était le vingt-cinq du mois. Il lui restait trente-neuf euros dans son portefeuille. S'ils se contentaient de pain et de pâtes pendant cinq jours, elle pourrait se racheter des sèches, mais dans ce cas il fallait faire une croix sur le médecin.

Stef Bonheure changea de position. Il se sentait misérable, mais aucun toubib n'y changerait rien. Il avait la gorge sèche, il transpirait comme un Turc et c'était comme s'il avait du sable dans les yeux.

« Il nous reste combien pour finir le mois ?

– Trente-huit euros et trente-neuf centimes. »

Au petit Aldi du coin, on trouvait une bibine à un prix incroyable. Absolument dégueulasse, mais l'important n'était pas là.

« Et si tu... »

Il n'eut pas besoin de terminer sa phrase. Ils avaient les mêmes goûts, Marijke et lui. Après la déconfiture de NOWASTE qui lui avait coûté son boulot deux ans plus tôt, ils en avaient descendu, des bouteilles, à deux ! Aussi bizarre que cela puisse paraître, la boisson avait été comme une passion commune qui avait resserré leurs liens. Sans leurs bitures, ils ne seraient sans doute jamais restés ensemble si longtemps. Et pourtant, pour s'aimer, ils s'aimaient, et il se passait rarement un jour sans qu'ils ne s'envoient en l'air.

« Du whisky ou du genièvre ? demanda-t-elle.

– Du genièvre, ce coup-ci ! »

Marijke se posta devant le miroir, arrangea ses cheveux raides et se pinça les joues. Même si leur intérieur était aménagé chichement, si le papier peint gondolait sous l'effet de l'humidité et si les châssis avaient l'air de pourrir sur pied, tout était d'une propreté impeccable. Seul le miroir aurait eu besoin d'un coup de chiffon, mais elle le laissait comme ça : l'image trouble lui donnait l'illusion qu'elle n'avait pas changé, qu'elle ressemblait toujours à celle qu'elle était du temps où tout allait bien et où elle pouvait rivaliser avec des filles dix ans plus jeunes qu'elle. À trente-cinq ans, quand elle ne buvait pas encore, son joli petit cul et ses seins menus la rendaient toujours affriolante comme une jeunette. En bikini, elle n'avait pas besoin de rentrer le ventre, même quand elle s'asseyait sur le bord de la piscine. Désormais, elle était contente quand les hommes ne la dévisageaient pas d'un air apitoyé au supermarché. La pauvreté et la décrépitude vont main dans la main.

Depuis que Stef avait été fichu à la porte et qu'ils étaient obligés de vivre dans ce taudis, tout était allé très vite : les premiers cheveux gris, la cellulite sur ses fesses et sur ses cuisses, les seins tombants, les mamelons tout ridés, sans parler de la ceinture de graisse sur ses hanches...

« Un godet sans cigarette, c'est comme... »

Elle n'eut pas besoin de terminer sa phrase.

« Achète deux paquets, dit Stef. À chaque jour suffit sa peine. »

Il avait pas mal de défauts, mais il dépensait sans compter. Marijke remit en place la bretelle de son soutien-gorge, passa à nouveau une main dans ses cheveux courts – elle les avait longtemps portés longs, à une époque où elle s'offrait le coiffeur tous les quinze jours – et prit le portefeuille posé sur la table de la cuisine. Soit, la douche était cassée, et cela faisait longtemps qu'elle ne s'était plus assise dans le fauteuil du dentiste. Mais un paquet de chewing-gum mentholé, ça coûtait trois fois rien. Bientôt, elle saurait se montrer reconnaissante avec son homme.

Sur la terrasse de L'Estaminet, la marquise avait été ouverte à moitié. Sans résultat. Il faisait aussi chaud à l'ombre qu'au soleil.

« On s'assied où ? demanda Versavel.

– À l'intérieur », répondit Van In.

Il aurait voulu ajouter que dans les pays du bassin méditerranéen, les gens ne s'asseyent en terrasse qu'au crépuscule car ils se méfient des méfaits du soleil, mais il s'abstint. Il avait réfléchi pendant tout le trajet de Gand à Bruges. À saint Augustin, aux stylites et à saint Antoine, qui dormait parfois avec une femme pour le seul plaisir de voir s'il serait capable de résister à la tentation. Il y avait beaucoup de choses qu'il ne comprenait pas chez les chrétiens.

« À mon avis, l'autopsie est finie, dit Versavel lorsque Van In lui demanda si Zlotkrychbrto avait déjà donné signe de vie.

– Je suis curieux de connaître ses conclusions.

– Je l'appelle ?

– Pourquoi pas, Guido ? »

« *Nasdrovje !* »

Le légiste leva son verre, se passa la langue sur les dents et vida d'un trait la Duvel que Van In venait de poser devant lui.

« *Teufel*, c'est bon ! s'exclama-t-il.

– Le diable est dans la bouteille », rétorqua Van In, qui en avait déjà descendu trois.

Louise Hoornaert avait reçu une balle à bout portant. En plein cœur. L'arme était celle qu'ils avaient retrouvée à côté d'elle dans la salle à manger.

« Elle n'a pas souffru, dit Zlotkrychbrto.

– Souffert. »

Le légiste haussa ses sourcils broussailleux.

« Souffru, pas souffret », dit-il d'un air supérieur.

Versavel plongea le nez dans son Perrier. S'ils commençaient comme ça, cela pouvait durer des heures.

« Je viens de rendre comptabilité au la juge.

– Ah ah », répondit Van In.

Sur la terrasse, la chaleur commençait à jouer des tours aux clients. Le ton des conversations montait. Une femme qui avait une bonne quarantaine d'années ôta son t-shirt et retroussa sa jupe au-dessus de ses genoux. Elle n'était pas désagréable à regarder, mais Van In détourna les yeux.

« Et les enfants ? »

Zlotkrychbrto poussa un soupir.

« D'après moi, ils ont été tués les premiers. »

Le géant polonais souleva son verre de Duvel avec deux doigts, le pouce et l'index. Dans son pays, il avait un jour pratiqué une autopsie sur une fillette de huit ans qui avait été tuée à coups de marteau. Le type qui avait fait ça était un pédophile. Il avait continué à frapper jusqu'à réduire le crâne en bouillie.

« Avant vingt et une heures trente, donc ?

– Oui, je crois.

– Tu en es sûr ?

– Non, Piotr.

– Qu'est-ce qui te fait dire ça, alors ?

– Ils étaient encore habillés. »

Zlotkrychbrto était un des rares médecins légistes à lire les rapports de police. Il savait que Louise Hoornaert avait appelé le jardinier à vingt et une heures trente. Le gamin avait dix ans, la petite fille, huit. S'ils avaient encore été en vie à cette heure-là, ils auraient dû se trouver au lit. C'était une hypothèse qui valait ce qu'elle valait : elle reposait sur le principe intangible que les enfants de cet âge vont dormir tôt. Zlotkrychbrto ne s'était pas encore familiarisé avec les habitudes occidentales : il ignorait que les enfants décident désormais de l'heure à laquelle ils vont se coucher. Mais il était bien obligé d'accepter cette contrainte : il était impossible de déterminer avec précision l'heure de la mort des deux enfants et de leur mère car elle remontait à près de trois jours. Ce serait déjà bien beau que l'examen du bol alimentaire des victimes lui permette de déterminer si elles étaient toutes mortes à peu près au même moment.

Van In leva la main pour commander une nouvelle tournée. Il faisait si chaud que la tête commençait à lui tourner. La femme à la jupe retroussée rajusta son soutien-gorge en le fixant droit dans les yeux. Van In laissa errer son regard en direction de la fenêtre. Il y avait eu un temps où, après cinq Duvel, il était encore capable de tenir un raisonnement qui tienne la route...

« Pour changer, je crois que je vais prendre un Perrier, dit-il à Johan, le patron, qui s'approchait avec les boissons.

– Perrier sec, ou avec un café ?

– Les deux », marmonna le commissaire.

Les alcooliques prétendent mordicus qu'ils peuvent arrêter de boire quand ils veulent. Van In avait toute sa tête, mais il se rendait bien compte que ça ne pouvait pas durer. Il avait les statistiques contre lui. Tôt ou tard, l'association alcool et tabac faisait des dégâts. Son père était mort à soixante-sept ans. S'il continuait comme ça, il ne verrait jamais grandir ses petits-enfants.

« Tu as déjà parlé à Vermeulen ?

– Vermeulen ? Tu rigoles, ou quoi ? »

Zlotkrychbrto porta ses lèvres à son verre et entreprit de boire goulûment. *Les Flamands ne savent pas boire*, se dit-il en regardant Van In avaler une gorgée d'eau.

« Tu as déjà lu son rapport ?

– C'est vraiment nécessaire ? » commenta le Polonais avant d'éclater de rire.

Van In sourit. Quelqu'un qui doutait des compétences du chef du labo technique ne pouvait qu'attirer sa sympathie, aussi gratifia-t-il Frankenstein d'une claque amicale sur l'épaule. Versavel n'apprécia pas. Le légiste avait une manière de mettre Van In dans sa poche qui ne lui plaisait pas des masses. Il n'avait aucun problème à supporter la concurrence des gamines – Van In s'enflammait très vite. Primo, c'étaient des femmes ; deuzio, il savait que Pieter ne tromperait jamais Hannelore et que si jamais il lui arrivait de le faire, il était absolument impossible qu'il la quitte. Mais l'amitié, c'était autre chose. Lui et Van In étaient des âmes sœurs. Chacun aurait sauté dans le feu pour sauver la vie de l'autre. Zlotkrychbrto était un intrus qui venait casser leur belle harmonie. Et, ce qui n'arrangeait rien, il était médecin, il aimait les jolies femmes et il savait profiter de la vie.

« Vermeulen a déjà envoyé son rapport ?

– Aucune idée.

– Tu peux vérifier ça pour moi, Guido ? »

Van In avait à peine regardé Versavel. Il ne se rendait compte de rien.

« Bien sûr. »

Versavel vida son verre, repoussa sa chaise et disparut sans mot dire. Au lieu de traverser la rue et de monter dans la Golf, il prit à droite, dans la direction du Marché-aux-Poissons. Un très beau jeune homme, un blond aux yeux bleus, était assis sur le muret du canal. Un touriste. Un Allemand, sans doute. Versavel passa devant lui en feignant l'indifférence, mais lorsqu'il sentit le regard de l'autre lui brûler le dos, il fit volte-face et revint sur ses pas. Les hommes hétéros laissent filer beaucoup de chances parce qu'ils sont insensibles aux signaux qu'envoient les femmes quand elles éprouvent du désir. Pour les homos, ce n'est pas pareil. C'est quelque chose qu'ils sentent tout de suite. Versavel n'y alla pas par quatre chemins. Il s'assit à côté de l'éphèbe et se présenta.

Cela faisait six mois qu'Helmut Grünewald avait appris de la bouche de son médecin qu'il était séropositif. Deux jours plus tard, il donnait sa démission à son patron et vendait sa maison et les actions qu'il avait héritées de son père. L'opération lui avait rapporté huit cent trente-quatre mille euros, une somme qui lui permettait de faire le tour du monde en prenant du bon temps. C'était un jouisseur. Il n'avait pas envie de s'engager dans une longue thérapie. Non, ce qui l'intéressait, c'était de mordre dans la vie à pleines dents pour le temps qui lui restait. Et il ne voulait plus entendre parler de préservatifs. De toute façon, il savait désormais qu'ils n'étaient pas fiables.

« Mon hôtel est tout près d'ici », lâcha-t-il avec nonchalance quand Versavel lui eut dit qu'il venait de se libérer pour l'après-midi.

On sait peu qu'il est possible de s'adresser directement à un juge d'instruction si on estime que le parquet ne prend pas une affaire au sérieux. Le magistrat est tenu par la loi de recevoir les justiciables qui s'estiment lésés. Sous son tailleur chic, la jeune femme qui venait de prendre place en face d'Hannelore dégageait une sensualité animale. Tout dans son regard de Bambi et sa manière de croiser les jambes montrait qu'elle s'y connaissait en matière de séduction. Hannelore lui serra la main, prit place derrière son bureau et chaussa ses lunettes de lecture, pour se donner l'air sérieux.

« Vous êtes… ?

– Kitty Jouy. »

À une époque où les scientifiques trouvent une explication à tout, il ne serait pas étonnant que des études établissent le lien entre le nom d'une personne et sa personnalité ou sa profession. Hannelore avait appris à ne pas tenir compte de ce genre d'inepties, mais elle laissa échapper un petit sourire.

« Que puis-je pour vous, mademoiselle Jouy ? »

Hannelore ôta ses lunettes. Ses collègues masculins avaient eux aussi ce geste lorsqu'ils se sentaient mal à l'aise.

« Je tiens d'abord à protester contre la manière dont la police m'a traitée. Je trouve ça scandaleux que l'auteur d'un délit reste impuni parce que môssieur a la chance d'avoir des protections et que certains magistrats ne se donnent pas la peine d'ordonner une enquête sous prétexte que la victime aurait un mode de vie… euh… euh… et…

– Si vous en veniez aux faits, mademoiselle Jouy », dit Hannelore, à qui cette tirade avait donné le tournis.

La jeune femme faillit exploser. Sous son épaisse couche de maquillage, ses joues étaient devenues cramoisies. Ce n'était pas parce qu'elle avait commencé à travailler à dix-sept ans – elle avait fait un CAP de coiffure chez les bonnes sœurs parce qu'une connasse du service d'orientation ne l'avait pas jugée capable d'autre chose – que la justice devait prendre ses déclarations par-dessus la jambe. Quelqu'un qui ne payait pas une prestation de service qu'il avait de surcroît demandée lui-même, elle appelait ça un voleur.

« Les faits, mademoiselle Jouy. »

Hannelore rechaussa ses lunettes. Le dossier que Vermeulen lui avait fait parvenir une heure auparavant était posé entre ses deux coudes. Elle avait isolé un élément de tout le charabia technique : le nom d'un homme politique brugeois en vue qui venait d'entrer au gouvernement après un remaniement ministériel figurait dans le répertoire téléphonique de Wilfried Traen. Un socialiste. Ou un écolo ? Il était parfois difficile de s'y retrouver.

« Je crois qu'il n'est pas nécessaire que je vous explique comment je gagne ma vie », dit Kitty Jouy.

Hannelore réprima un sourire.

« Disons que vous n'êtes pas fonctionnaire…
– En effet. »
La jeune femme déboutonna la veste de son tailleur et rajusta sa poitrine d'un geste professionnel.
« Je suis très recherchée. Je demande huit cents euros la nuit. »
Après un silence, elle poursuivit :
« Il y a trois semaines, j'ai reçu un appel d'un certain Wilfried Traen. »
Hannelore se redressa dans son fauteuil. Kitty Jouy y vit un signe favorable. Elle battit des paupières avec la légèreté gracile d'un colibri.
« En général, j'accorde une réduction de vingt-cinq pour cent aux nouveaux clients. À condition de commencer la soirée au restaurant. Gastronomique, bien entendu. Quand ils ont un verre dans le nez, ils sont plus vite contents. Si vous voyez ce que je veux dire. »
Hannelore fit comme si ce monde lui était parfaitement inconnu.
« Vous aviez communiqué votre prix au préalable ? » demanda-t-elle.
En Belgique, la prostitution reste interdite par la loi. Kitty Jouy ne se rendait-elle pas compte que le parquet lui avait rendu service en ne prenant pas sa plainte en considération ?
« Bien sûr, qu'est-ce que vous croyez ? » dit la call-girl en adressant un grand sourire à la juge.
Elle et Traen n'avaient pas eu de relations sexuelles. Elle voulait seulement ternir son image (un procès nuirait forcément à sa carrière et ne lui faciliterait pas la vie avec sa femme) en guise de compensation pour la raclée qu'il lui avait infligée.
Hannelore rechaussa ses lunettes. Il était tout à fait possible que Kitty Jouy ne lise pas les journaux.

« Je crains de devoir déclarer votre plainte irrecevable, dit la juge sèchement.

– Irrecevable ?

– En effet, mademoiselle Jouy. Vous ne pouvez pas poursuivre un mort.

– Dans ce cas, c'est la famille qui paiera. »

Hannelore n'en crut pas ses oreilles. Elle revit en pensée le père de Louise Hoornaert, qui avait éveillé sa sympathie. Le moins qu'elle pouvait faire, c'était d'éviter qu'il n'apprenne que son gendre avait fréquenté les prostituées.

« Vous allez m'écouter attentivement, mademoiselle Jouy », dit Hannelore en se lançant dans un sermon qu'un jésuite n'aurait pas désavoué.

La jeune ingénue ne se laissa pas démonter :

« Dans ce cas, je vais vous expliquer autre chose, madame la juge. »

3

Le soleil couchant colorait d'un ocre resplendissant les façades du centre historique de Bruges. Sur la grand-place, les terrasses étaient pleines. Les serveurs allaient et venaient entre les tables, apportant des boissons fraîches aux touristes qui profitaient de la chaleur. Le paradis des uns est l'enfer des autres. Une calèche passa avec fracas sur les pavés. Elle était tirée par une jument au ventre lourd qui tenait la tête au ras des pavés, pour lécher les moindres flaques. Elle trébucha en passant devant la double statue de Jan Breydel et de Pieter De Coninck. Les conversations cessèrent un moment. Mais, à l'exception d'un ami de la nature, les clients des cafés perdirent tout intérêt pour la scène en voyant que l'animal restait bien campé sur ses pattes.

Hannelore traversa la place d'un pas pressé en louvoyant entre les groupes de jeunes étendus de tout leur long et en évitant les grappes de touristes qui s'éventaient en écoutant leur guide d'un air las. L'entretien avec Kitty Jouy lui restait en travers de la gorge. Heureusement, elle avait réussi à joindre Van In. Si tout se passait comme convenu, il était allé récupérer les enfants chez la nounou et il avait mis le dîner à réchauffer au four. Elle s'engouffra dans la rue Saint-Jacques. Tout de suite, il fit plus frais et plus calme. Elle allait pouvoir se doucher longuement, enfiler un vêtement léger et terminer la soirée avec sa petite famille au jardin. À la seule idée d'ôter bientôt son soutif, elle se sentait pousser des ailes.

« Tu crois à la simultanéité ? » demanda Hannelore.

Elle était allongée sur un lit de camp. Deux assiettes, une bougie, des verres et un seau à glace étaient posés sur la table de jardin. Van In s'était donné beaucoup de mal. Au lieu de réchauffer un plat surgelé, il s'était mis aux fourneaux : côtelettes d'agneau, haricots princesse et purée de pommes de terre. Il avait même acheté une bouteille de champagne à son retour du boulot.

« Manger et baiser en même temps ? »

Van In sourit d'un air angélique en regardant les enfants occupés à jouer calmement sur une couverture et Bob, le berger allemand, couché bien sagement, dans l'attente des os.

« Oublie le deuxième point, dit Hannelore en feignant l'indignation. Il fait beaucoup trop chaud.

– Ça ne me dérange pas de parler avant.

– Arrête ton char, Van In. »

Hannelore s'installa sur le côté.

« J'ai reçu une certaine Kitty Jouy dans mon bureau aujourd'hui, dit-elle.

– Et... ?

– Tu la connais ?

– Pourquoi faudrait-il donc que je la connaissasse ? »

Contrairement à de nombreux hommes, Van In suivait le cycle d'Hannelore. Simple précaution, pour éviter qu'une conversation innocente ne dérape malencontreusement. La réaction de sa compagne lui confirma qu'il avait eu du nez.

« Si j'apprends que tu connais... disons... personnellement cette mademoiselle Jouy, tu peux faire tes valises, mon petit gars. »

En général, Hannelore l'appelait par son prénom ; elle réservait « Van In » aux moments délicats. En s'entendant appeler « mon petit gars », le commissaire, en homme avisé qu'il était, sut qu'il devait se tenir à carreau.

« Je ne connais aucune mademoiselle Jouy, ma chérie. Par contre, si tu parles de Kitty Gros Lolos, là...

– Abruti ! »

Hannelore poussa un soupir. Van In resterait toujours un grand enfant.

« Je croyais que tu n'aimais pas les gros seins.

– Bien sûr que non. C'est bien pour ça que j'ai...

– Ça va, Van In. Ça va. »

Hannelore réprima un sourire.

Van In sortit la bouteille du seau à glace et remplit les coupes. Il en tendit une à Hannelore. Il l'avait échappé belle.

« Tu parlais de simultanéité... », dit-il.

La soirée ne faisait que commencer. Van In but une gorgée. Il avait mis le champ' une heure au congélo ; malgré ce traitement barbare, il était excellent. Il souleva les jambes d'Hannelore, s'assit et reposa les pieds de la jeune femme sur ses genoux.

« Je suis tout ouïe, madame la juge.

– Ne m'appelle pas comme ça.

– Comme tu veux, ma chérie. »

Il lui caressa le pied gauche et entreprit de lui masser chaque orteil, de gauche à droite, puis de droite à gauche. C'était son point G à elle. Elle se laissa faire en silence.

« Kitty Jouy affirme que Wilfried Traen l'a engagée récemment pour une partie à trois. Avec René Vandevijvere.

– Le ministre ?

– C'est ce qu'elle dit. »

L'idée d'une femme avec deux hommes la laissait totalement froide, ce qu'elle ne pouvait pas dire de ce massage des orteils. Van In lui caressa le mollet gauche. Elle frissonna de plaisir.

« En soi, cela n'a aucun rapport avec notre affaire, mais… »

Elle poussa un petit cri presque inaudible. Van In fit semblant de rien. *Rien de tel que l'expérience*, pensa-t-il. Il posa la main sur le coussin du lit de camp pour laisser à Hannelore le temps de terminer son récit. Vermeulen avait trouvé le numéro privé du ministre Vandevijvere dans le répertoire téléphonique de Wilfried Traen. Qu'elle ait appris cet élément juste au moment où Kitty Jouy lui disait que Traen lui avait proposé de coucher à trois, avec ledit ministre, voilà ce qu'elle appelait une belle simultanéité. À moins que ce ne soit qu'une simple coïncidence ?

« Et si je mettais les enfants au lit ? proposa Van In.

– Oui, bonne idée. »

Une goutte de transpiration tomba du menton d'Hannelore, roula dans son cou et poursuivit son chemin, et ce n'était pas à cause de la chaleur.

« Je n'ai pas très faim, dit-elle.

– Ce n'est pas grave. J'ai prévu un léger hors-d'œuvre. Saumon fumé et petits oignons à la croque-au-sel. »

Elle le regarda en se demandant s'il parlait au propre ou au figuré, mais ne protesta pas.

« Qu'est-ce qu'on fait des côtelettes d'agneau ? »

La réponse vint de Bob. Il se leva en agitant la queue et s'approcha de la table en se léchant les babines.

Carine Neels rangea sa Citroën Picasso devant le bâtiment occupé par la cellule de recherche spéciale, passa une main à travers ses boucles courtes et sortit les jambes de l'habitacle. *J'ai chaud comme un poulet au micro-ondes*, pensa-t-elle. Il n'était encore que huit heures et demie, mais le soleil tapait déjà très dur. Et puis, elle avait eu une sale nuit. Son tout nouveau copain appartenait déjà au passé. D'accord, ils étaient sortis ; d'accord, il avait bu plus que ne peut le supporter un homme normal. Mais cela n'excusait pas qu'après s'être agité pendant cinq minutes, ce gros porc se soit affalé le nez dans les oreillers jusqu'au matin. Carine s'examina dans le rétro. Elle était pourtant mignonne !

« Bonjour, ma petite Carine ! »

Bruynooghe posa son vélo contre la façade et s'approcha d'elle d'un pas leste pour lui faire la bise.

« C'est un plaisir de te voir en jupe, dit-il, l'œil allumé. Après deux semaines à supporter des Écossais en kilt, le spectacle est réjouissant.

– Ça va, ça va, Robert. »

Bruynooghe revenait de vacances. Dans un pub, un type qui avait éclusé pas mal de *bitter* avait tenu à lui prouver que non, ce n'était pas une légende : les Écossais ne portaient rien sous leur tartan.

« J'ai lu dans le journal que…

– Oui, moi aussi. On dirait que l'enquête est déjà bien avancée.

– Comment ça ? demanda Bruynooghe en haussant les sourcils.

– Les autres aussi peuvent prendre des congés, Bruynooghe. »

Carine venait de s'offrir deux jours pour donner sa chance au type qui l'avait draguée au Cafédrale. Un beau gaspillage.

« Je prépare du café ?

– Non, laisse Versavel s'en occuper », répondit-elle en précédant son collègue à l'intérieur.

La galanterie a du bon, se dit Bruynooghe en plissant les yeux pour mieux voir. *Il est bien loin le temps où le petit cul de bobonne pouvait rivaliser avec celui de Carine.*

« Bonjour, Pieter, s'exclama Carine, l'œil brillant, quand Van In pénétra dans son bureau.

– Je suis content de te voir, dit-il.

– Je t'ai manqué ?

– À quel homme ne manquerais-tu pas ? » répondit-il poliment, sans se rendre compte de l'effet que son compliment risquait d'avoir sur Carine.

Elle était en manque d'affection et, après le fiasco de la veille, prête à faire feu de tout bois :

« Je prépare le café ?

– Versavel n'est pas encore arrivé ?

– Non, répondit-elle sans une once de regret.

– Dans ce cas… »

Van In pivota et prit la direction de son bureau. Versavel n'avait plus donné signe de vie depuis la veille. Cela le turlupinait.

« Guido ? »

Helmut Grünewald se tenait nu devant le miroir de la salle de bains. Au cours des semaines écoulées, il avait séduit plusieurs hommes plus âgés que lui, mais c'était la première fois depuis bien longtemps qu'il passait une nuit blanche. Chaque parcelle de sa peau conservait le souvenir langoureux de leurs étreintes passionnées.

« *Ich muss gehen,* dit Versavel dans son meilleur allemand.

– *Warum denn*[1] ? »

Versavel sauta en bas du lit, s'habilla et regarda par la fenêtre. Il ne savait plus où il en était. Devait-il avouer la vérité à Frank, ou était-il plus sage de ne pas lui dire qu'il avait donné un coup de canif au contrat ? C'était la première fois de sa vie qu'il se trouvait dans cette situation. Et quelque chose lui soufflait que ce n'était pas une bonne idée de se confesser à Van In : il n'y trouverait qu'un motif de moquerie.

« Il faut que j'aille… au bureau.

– Dommage », répondit l'Allemand sans conviction, se disant que cela valait mieux comme ça : la deuxième nuit est toujours décevante, surtout avec un vieux.

Ils prirent congé d'une poignée de main. En refermant la porte de la chambre derrière lui, Versavel fut soudain submergé par une énorme tristesse.

« Merci pour le café. Il est délicieux », dit Van In en buvant une gorgée d'un air de fin connaisseur.

Dès que Carine eut quitté son bureau, il repoussa sa tasse en faisant la grimace. Il fallait une réelle expertise pour parvenir à rater si magistralement le café. Le commissaire repensa à Versavel. Peut-être avait-il été chercher le rapport de Vermeulen et l'avait-il déposé quelque part. Van In approcha sa chaise de son bureau et entreprit de fouiller la pile de chemises en plastique.

1. « Il faut que je m'en aille. » – « Pourquoi donc ? »

Aucune trace du rapport de Vermeulen. Et si j'appelais Versavel ? Quand même pas… Oui ? Non ? Il prit le combiné, puis raccrocha. Un coup d'œil à l'horloge murale au-dessus de la porte lui indiqua qu'il était neuf heures moins le quart. Il appellerait Versavel s'il n'arrivait pas d'ici neuf heures et demie. Il s'était peut-être de nouveau disputé avec Frank, comme cela arrivait de plus en plus souvent.

Van In s'enfonça dans son fauteuil et joignit les mains en prière contre sa bouche. Il réfléchissait. Louise Hoornaert avait appelé le jardinier le dimanche soir, à vingt et une heures trente, pour lui demander de tondre la pelouse avant le vendredi parce qu'ils attendaient de la visite. Lequel jardinier s'était engagé à venir le mercredi. Mais dans l'agenda qu'ils avaient trouvé sur le plan de travail de la cuisine et où Louise notait scrupuleusement tous les rendez-vous, la page du fameux vendredi était vierge. Il fallait ajouter à cela le fait que Wilfried Traen avait pris une semaine de congé, ce qui laissait entendre que le rendez-vous en question n'était pas d'ordre professionnel. La veille, Van In n'y avait pas prêté attention. L'image des enfants assassinés, qui s'était estompée avec les Duvel qu'il avait éclusées en compagnie de Zlotkrychbrto à la terrasse de L'Estaminet, lui revint à l'esprit, nette comme au premier jour. Leur absence n'avait inquiété personne, mais c'était compréhensible en cette période de l'année. Van In prit quelques notes rapides :

1) Les parents de Louise Hoornaert habitent dans les environs. Des grands-parents peuvent-ils rester trois jours sans voir leurs petits-enfants s'ils vivent en voisins ?

2) Retrouver l'agenda de Wilfried Traen.

Van In eut la tentation d'écrire aussi le nom du ministre, mais il se ravisa. Cela pouvait attendre. Il avait déjà fait dégringoler de son strapontin pas mal de pontes de la politique, et on ne lui en avait pas été très reconnaissant en haut lieu. Si Wilfried Traen et René Vandevijvere s'étaient offert une partie de jambes en l'air à trois avec une call-girl, il n'y avait là rien de répréhensible. C'était leur affaire. Et cela expliquait la présence du numéro du ministre dans le répertoire de Traen. Van In plia son aide-mémoire en quatre et le fourra dans la poche de son pantalon. Puis il appela Carine et Bruynooghe par l'interphone. Ce fut cet instant que choisit Versavel pour faire son entrée. Il n'avait pas l'air dans son assiette.

« Tu peux prendre un jour de congé, tu sais. Ça ne me dérange pas », dit Van In alors qu'ils montaient dans la Golf.

Il avait demandé à Carine et à Bruynooghe de surveiller discrètement la villa du couple Traen-Hoornaert toute la journée et de noter l'identité de ceux qui s'en approcheraient. Il avait aussi tenté de prendre rendez-vous avec la secrétaire de Wilfried Traen, mais elle n'était pas à son bureau. Une collaboratrice bien intentionnée lui avait conseillé de rappeler une heure plus tard. Van In aurait bien sûr pu aller rendre une petite visite à cette dame chez elle, mais il préférait commencer par entendre les parents de Louise. Son petit doigt lui disait qu'il avait beaucoup à attendre de cette conversation.

« Pourquoi devrais-je prendre un jour de congé ? répondit Versavel, un rien irrité.

– Ce n'était qu'une proposition, Guido. »

Van In s'abstint de lui poser la moindre question sur le rapport de Vermeulen et prit soin d'éviter toute allusion à Frank, ce qui ne passa pas inaperçu car c'était à l'opposé de ses habitudes.

Versavel boucla sa ceinture, mit le contact et passa en première d'un geste brusque. Le moteur rouspéta. En général, Versavel était aux petits soins avec les voitures, comme un cavalier amoureux de sa monture.

« Au canal de Damme ? »

Van In hocha la tête presque docilement. Il n'osa même pas allumer une cigarette.

« J'ai eu une aventure cette nuit, dit Versavel en s'engageant sur le périphérique de Bruges. Avec un Allemand.

– Avec un Allemand, répéta Van In sans broncher.

– Oui, avec un Allemand. »

Il y eut un silence. Van In réprima un soupir. Bon sang, que devait-il répondre à ça ? Il ne parvenait pas à s'ôter de l'esprit l'image d'un Bavarois bien en chair faisant la java dans son costume tyrolien, bretelles et petit chapeau compris. Des Allemands qui font l'amour, il trouvait ça aussi irréel que l'idée de surprendre ses parents en train de faire des galipettes sur le divan du salon.

« Un ex ? »

Versavel mit les gaz.

« Tu baises tes ex ? »

C'était la première fois que Versavel employait ce verbe.

« Non, répondit Van In. Mes ex... Quand j'en rencontre une, on papote, dans le meilleur des cas on va boire un verre, mais ça en reste là.

– Sale macho ! »

Porte des Baudets, Versavel ignora le feu qui passait au rouge.

« Euh... Tu crois que j'ai mérité ça ? »

Versavel regardait droit devant lui en se mordant la lèvre. Il se sentait coupable, et il le faisait payer à son meilleur ami. Cherchez la logique, mais c'est ainsi que le monde tourne... Il était tombé sous le charme du corps ferme et musclé d'Helmut, de ses yeux bleus et de son after-shave qui avait réveillé la bête en lui. Van In avait de la chance. Il avait Hannelore.

« Désolé. Je n'aurais pas dû dire ça. »

Van In se pencha en avant pour enclencher le gyrophare et la sirène.

« Ne te fais pas de bile, Guido. Raconte-moi. »

Les parents de Louise Hoornaert vivaient dans une belle villa ancienne protégée d'une haie épaisse. Le domaine se trouvait à bonne distance de la chaussée. On y accédait par un chemin de terre que protégeait une grille en fer forgé. Le jardin était luxuriant. Une agréable odeur de fleurs accueillit Van In lorsqu'il ouvrit la portière.

« C'est un mauvais cap à passer, Guido. »

Versavel déboucla sa ceinture de sécurité au ralenti. Si Van In n'avait pas été assis à côté de lui dans la voiture, il se serait sans doute pris un platane. Il en était là. Un gros faux bourdon poilu vrombit autour de sa tête. Le père de Louise Hoornaert avait ouvert la porte de la maison. Il portait un jean flambant neuf et une chemise beige clair dont il avait retroussé les manches avec soin. Le soleil donnait un bel éclat à la mèche de cheveux blancs qui tombait sur ses yeux.

« Bonjour, commissaire.

– Bonjour, monsieur Hoornaert.

– Entrez donc ! »

Il règne dans certaines demeures une ambiance particulièrement agréable. Les Traen habitaient une maison comme ça, une maison où il fait bon vivre. Les meubles en chêne ciré reflétaient légèrement la lumière diffuse qui perçait à travers les fenêtres au vitrage vert. L'odeur subtile de bois brûlé et d'herbes fraîches qui flottait dans l'air rendait presque euphorique le grand romantique qu'était Van In.

« Vous êtes vraiment bien installés ! » dit-il lorsque le vieux Hoornaert les fit entrer, lui et Versavel, dans la véranda où la vue donnait sur la campagne. Versavel repéra aussitôt les volumes à la reliure de cuir rangés dans la bibliothèque qui occupait tout un pan de mur. Van In s'assit et croisa les jambes. Que venait-il faire là ?

« Que puis-je vous offrir ? »

Van In se dit que monsieur Hoornaert lui faisait penser à Apollon âgé.

« Ne vous dérangez pas pour nous ! répondit le commissaire.

– Un café ?

– Allez, va pour un petit café ! »

L'homme prit la direction de la cuisine. Très vite, une bonne odeur de café fraîchement moulu s'ajouta à celle de bois brûlé et d'herbes fraîches.

« Comment va votre épouse ? demanda Van In lorsque leur hôte revint en portant un plateau sur lequel il avait posé une cafetière en cuivre, trois tasses, le sucrier et un ballotin de pralines[1].

– Elle se repose, mais si vous voulez que...

– Ne la dérangez surtout pas ! » dit Van In en se demandant s'il aurait jamais le cœur à demander au grand-père pourquoi il n'avait pas rendu visite à ses petits-enfants pendant trois jours. Heureusement, l'homme vint à son secours :

---

1. En Belgique, des chocolats.

« Ma femme vient d'être opérée de calculs rénaux. Elle n'est pas encore tout à fait rétablie. »

Avec l'âge, on pleure de moins en moins : les vicissitudes de la vie endurcissent. Le chagrin qu'éprouvait le père de Louise du fait de la mort de sa fille, de son beau-fils et de ses petits-enfants ne se voyait pas sur son visage. Mais Van In le perçut à la manière dont l'homme servit le café, au regard qu'ils échangèrent, à ses épaules contractées et à la façon qu'il avait de traîner ses pantoufles.

« Ça ira comme ça ? »

Sans laisser à Van In le temps de répondre, Hoornaert pivota et marcha à pas mesurés vers un gros meuble en chêne, où il s'avéra qu'il conservait les alcools et les cigares. Il saisit une bouteille de vieux cognac et trois verres.

« Je n'avais qu'une fille, dit-il. Un jour, elle serait venue habiter ici. »

Il remplit les verres à ras bord. Versavel, qui ne buvait jamais, n'osa pas refuser celui qui lui fut tendu. Il pensait à Helmut. Dans le jardin, un couple de moineaux prenait un bain de poussière. Dans le salon, une horloge égrenait les secondes. Hoornaert s'assit en face de Van In, sur le canapé, huma son cognac et le goûta en fermant les yeux. Ensuite, seulement, il commença à parler. Louise avait rencontré Wilfried à l'université. Elle étudiait l'archéologie ; il voulait devenir ingénieur civil. Une fois diplômés, ils s'étaient mariés et étaient partis pour le Rwanda.

« Wilfried était un idéaliste, il faut que vous le sachiez. Il se préoccupait du sort des plus pauvres. Ma fille aussi, d'ailleurs. Mais, cinq ans plus tard, ils sont rentrés en Flandre en catastrophe parce que Louise ne supportait pas le climat. Wilfried a accepté la nouvelle donne et monté une petite entreprise de recyclage d'ordinateurs. Les débuts ont été un peu difficiles, mais son entreprise génère aujourd'hui un beau chiffre d'affaires.

– Ils n'avaient donc pas de problèmes d'argent ?

– Non, bien sûr. L'entreprise de mon beau-fils est saine. Dix pour cent des bénéfices sont injectés dans le financement de projets d'aide au développement en Afrique. L'année dernière, cela a représenté soixante-deux mille euros.

Hoornaert ne crut pas bon de préciser qu'il avait complété la somme pour arriver à cent mille euros. C'était un détail qui ne regardait personne.

Van In prit une gorgée de cognac. Chacune des paroles d'Hoornaert disait l'estime dans laquelle il tenait son gendre. Van In avait-il le droit de casser l'image que le vieil homme s'était faite de son beau-fils en l'informant de ce qu'il avait appris ? Les mariages de conte de fées, on ne trouvait ça que dans les livres. Pareil pour les entreprises qui donnaient soi-disant dix pour cent de leur bénéfice aux petits Africains. Il pensa à Kitty Jouy, la call-girl de luxe qui était allée voir Hannelore.

« Vous ne pensez donc pas que c'est votre beau-fils qui a tué votre fille et leurs enfants ? »

Hoornaert ne montra pas à quel point cette phrase le blessait. Il parvint même à sourire.

« Non, pas plus que je ne crois qu'il entretenait une maîtresse.

– Comment ça, une maîtresse ?

– La semaine dernière, une femme m'a téléphoné. Elle a prétendu que Wilfried lui devait de l'argent. Pour des services qu'elle lui aurait rendus.

– Kitty Jouy ? »

Hoornaert fronça les sourcils.

« Oui, je crois que c'est son nom, dit-il pensivement.
– Que lui avez-vous répondu ?
– Rien, commissaire. J'ai raccroché.
– Vous a-t-elle rappelé plus tard ?
– Non. »

Van In prit son verre par le pied, le porta à sa bouche et le vida d'un trait. L'histoire d'Hoornaert lui paraissait trop belle pour être vraie. D'un autre côté, l'homme demeurait inébranlable et si assuré qu'il était difficile de ne pas le croire sur parole.

« Puis-je vous demander quel était votre métier avant d'être à la retraite, monsieur Hoornaert ?

– Je suis né riche, commissaire. Mon père avait fait fortune au Congo. Vous comprenez maintenant ? »

Van In hocha la tête.

« Notre société doit payer le prix des dégâts qu'elle a occasionnés, dit Hoornaert en élevant la voix. L'oppression entraîne la révolte. Tôt ou tard, des enfants innocents paient les pots cassés. Mes enfants... Vos enfants... Vous y avez déjà réfléchi ? Wilfried voulait protéger ses propres enfants de cela. Il voulait inverser le cours des choses avant qu'il ne soit trop tard. Un homme de cette trempe mérite tout notre respect. »

Il tendit une main tremblante vers son verre. Van In échangea un regard rapide avec Versavel.

« Je vous en prie ! Ne vous mettez pas dans un état pareil », dit-il.

« Ça va quand même ? demanda Van In lorsque Versavel eut pris place au volant et bouclé sa ceinture.

– Ne crois pas que je vais me prendre un platane, Pieter. J'ai bien entendu la leçon.

– Sûr ?

– Sûr », répondit Versavel, un brin ému.

Entre grands amis, l'affection qu'on se porte se manifeste parfois si fort qu'on a l'impression de pouvoir la toucher. Cette expérience est aussi imprévisible qu'impressionnante.

« Alors, c'est une belle journée qui commence. »

Van In ouvrit sa vitre et alluma une cigarette. Il y avait quelque chose qui clochait dans le témoignage d'Hoornaert, c'était évident, mais il ne savait pas encore quoi. Il portait son gendre aux nues d'une manière pour le moins excessive. Et le sentiment de culpabilité que lui inspirait le comportement de son père en Afrique paraissait à Van In tout aussi exagéré.

« Étonnante, cette affaire, non ? »

Versavel souffla devant lui pour chasser la fumée de la cigarette du commissaire et remonta le sentier de terre à une allure d'escargot.

« Tu ne soupçonnes tout de même pas Hoornaert de quelque chose ? »

Van In haussa les épaules. Monsieur Météo avait prédit le maintien du beau temps pendant au moins une semaine. Lui et Hannelore venaient de prendre leur premier jour de congé depuis plusieurs mois, et voilà que leurs projets tombaient à l'eau. Rien n'était plus facile et plus tentant que de boucler l'enquête et de s'offrir quelques jours de vacances. Il essaya de chasser de son esprit la thèse du quadruple assassinat et de se convaincre que Wilfried Traen avait tué sa famille avant de se donner la mort. Il était certes ami avec un ministre, il avait certes eu des loisirs singuliers en sa compagnie, il était certes à la tête d'une entreprise qui faisait des dons au tiers-monde et il avait certes un beau-père traumatisé par le passé colonial de son propre père, mais tous ces éléments auraient été balayés d'un revers de la main par la plupart des enquêteurs.

« Il faut que tu voies ces deux-là ! » dit Versavel en tendant la tête vers la gauche et en arrêtant la Golf.

Carine Neels et Robert Bruynooghe s'étaient installés sur une couverture au bord de la route. Lui portait un bermuda et un t-shirt aux couleurs criardes, tandis qu'elle avait une minijupe et un haut qui laissait voir un nombril des plus charmants. Un panier rempli de pistolets fourrés[1] d'où dépassait une bouteille de chianti était posé entre eux.

« Bonjour, Pieter ! » dit Carine en se relevant.

Elle embrassa le commissaire. Elle avait déjà bu deux verres de vin. Et puis, madame la juge n'était pas dans les parages.

« Tu nous avais demandé de surveiller discrètement la villa, non ? » ajouta-t-elle avec une petite moue boudeuse.

Il y avait deux choses qui faisaient craquer Van In : les petites moues boudeuses et les nombrils peu profonds. Il baissa les paupières.

« C'était une bonne idée d'utiliser une voiture banalisée, dit-il niaisement.

– Il faut dire ça à Robert. Moi, je me suis occupée des déguisements, dit-elle en adressant un clin d'œil à Van In.

– Bon, on y va ? demanda Versavel. On se fait à peine remarquer, là. »

Avec sa bande bleue, la Golf des deux compères n'était pas moins visible qu'une danseuse nue à Kaboul. Van In jeta sa cigarette dans l'herbe. Il ne succomberait jamais aux charmes de Carine, mais cela flattait son ego qu'elle essaie de le draguer.

1. Sandwiches faits avec des petits pains ronds.

« Un pistolet à l'américaine ? » dit la jeune femme en indiquant le panier de sandwichs.

Van In consulta Versavel du regard.

« Quelle heure est-il ?

– Midi moins cinq. »

Van In poussa un profond soupir.

« Il faut bien casser la croûte », dit-il.

4

Mademoiselle Boonstra, la secrétaire de Wilfried Traen, la petite trentaine, était une Néerlandaise pure souche : chignon, tailleur à la mode et lunettes Calvin Klein.

« Vous êtes le commissaire Van In ? »

Elle donnait l'impression d'avoir déjà une journée bien remplie dans les jambes. Elle se déplaçait comme un rappeur en faisant des gestes saccadés qui semblaient découper l'air en tranches. Van In opina du chef. Versavel détourna la tête pour rendre grâces à Dieu. Des femmes comme la petite Boonstra étaient un don du Ciel : elles amenaient les hommes du genre de Van In à penser à autre chose.

« Vous auriez pu prendre rendez-vous », dit-elle en précédant les deux flics dans le bureau de Wilfried Traen.

La nouvelle que son patron avait tué sa famille avant de se suicider ne semblait pas l'impressionner plus que ça. En tout cas, elle n'en souffla mot, même quand son mobile se mit à sonner et qu'elle eut à répondre à un client – c'est du moins ce que Van In supposa, car la péronnelle se contenta de répondre : « Je vais signaler votre problème à la comptabilité, monsieur Vernimme. Je vous rappelle dès demain. »

« Vous faites ça depuis longtemps ?

– De quoi parlez-vous ? »

Elle scruta Van In à la manière d'un sergent étudiant une nouvelle recrue. Ses épaules carrées frémirent, et elle eut un sourire arrogant qui donna des chauds et froids même à Versavel.

« Le commissaire vous demande si vous travaillez ici depuis longtemps », dit-il dans une tentative de sauver la situation.

Il connaissait Van In. La tempête couvait. Il ne lui faudrait pas grand-chose pour demander à voir le permis de travail de la donzelle, et là, tout pouvait arriver. Il se trompait. Van In se surpassa.

« En fait, j'aurais préféré rencontrer quelqu'un de la direction, dit-il. Quelqu'un qui connaît tous les rouages de cette entreprise », ajouta-t-il gravement.

Les témoins oculaires prétendent que le ciel s'obscurcit et qu'un vent violent souffla lorsque Jésus rendit l'âme sur la croix. La terre trembla et le rideau du temple se déchira. Ces phénomènes ne sont rien comparés à la voix glaciale de mademoiselle Boonstra.

« Je suis assistante de direction, commissaire Verrine. »

Il y eut un silence gêné. Mademoiselle Boonstra redressa les épaules, serra sans doute les fesses – c'est ce que crut voir Van In à travers le fin tissu de son tailleur – et s'éloigna sans autre forme de procès.

« Je ne sais pas ce qui me retient de lui filer deux baffes », dit Van In en patois grasseyant, à la grande stupéfaction de Versavel. Il n'avait jamais entendu Van In parler brugeois.

Un brocanteur-ferrailleur habitait autrefois à la sortie des petites villes de Belgique, dans une maison qui menaçait de tomber en ruine et qui puait la limaille de fer et le matelas pourri. Tout autour du campement, des amoncellements de loques, de chiffons et de vieux papiers. Le père de Van In avait longtemps été ami avec un de ces hommes qui sillonnaient les rues dans sa camionnette en chantant sa chanson : « Vieux fers, vieux cuivres, vieilles machines à laver… » Il lui arrivait d'aller boire un verre chez lui le dimanche. Le petit Pieter avait le droit d'accompagner son paternel, ce qui avait le don d'exaspérer sa mère. Pieter escaladait les barricades, se battait contre des ennemis invisibles, édifiait des campements improbables avec des portes qui s'effritaient et des plaques de tôle ondulée rouillée. Au cours des ans, il s'était rendu compte que les tas, loin de s'amenuiser ou de disparaître, gonflaient et se multipliaient, et que rien de tout ce qui était accumulé là n'était jamais vendu nulle part ni utilisé. Sa collection de livres interdits qu'il avait cachée dans un vieux frigo à l'âge de neuf ans y était toujours quatre ans plus tard, par exemple. Les temps avaient bien changé. L'entreprise de recyclage de Wilfried Traen était on ne peut plus moderne, et les locaux sentaient le propre et l'ordinateur. Il n'y avait plus de place pour les montagnes de rebuts du passé. Le bureau de Traen donnait sur un jardin intérieur soigneusement entretenu, meublé de sièges en teck et d'une fontaine d'agrément.

« Ces messieurs souhaitent-ils un café ? »

Mademoiselle Boonstra aurait proposé de se déshabiller sur-le-champ, elle n'aurait pas suscité davantage la surprise de Van In. Il ne comprendrait jamais les têtes de fromage[1].

« Un café, oui, ce sera parfait », répondit-il.

Il y avait une différence entre les chiffonniers de son enfance et les entreprises de recyclage d'aujourd'hui : les secondes tenaient une comptabilité précise. Il ne fallut qu'une demi-heure à Van In et à Versavel pour se faire une idée plus précise de la SA NOWASTE. L'agenda de Wilfried Traen n'indiquait malheureusement pas le rendez-vous qu'il aurait dû avoir ce vendredi-là à son domicile. Ils firent cependant une découverte intéressante dans le bac du courrier sortant : un bon de commande pour deux boîtes de caviar de 250 grammes. Van In appela illico la Maison du caviar, et ses doutes furent confirmés : deux boîtes d'osciètre devaient bien être livrées le jour même avant dix-huit heures à la villa de Damme et facturées comme cadeau d'affaires. L'employé qu'il eut en ligne lui annonça même que la précieuse marchandise avait quitté le magasin une heure plus tôt, par coursier.

« Tu as annulé la commande, ou tu veux que je demande à Carine d'intercepter la marchandise ? demanda Versavel, les traits tendus.

– Une pièce à conviction est une pièce à conviction, répondit Van In imperturbable.

– Et que veux-tu qu'elle en fasse ?

– Qu'elle le mette dans la voiture, Guido.

– Par un temps pareil ?

– La pièce à conviction ne doit pas forcément rester comestible, dit Van In. Tu ne crois tout de même pas que…

1. Surnom que les Flamands donnent aux Néerlandais.

– Bien sûr que non. »

Versavel prit son téléphone et appela Carine. Il n'y comprenait rien.

Van In savait pourtant très bien ce qu'il faisait. Un demi-kilo d'osciètre coûtait quelque chose comme douze cents euros. Une marchandise aussi précieuse était certainement livrée dans une boîte frigorifique spéciale. Elle ne devrait pas trop souffrir d'un petit séjour en voiture. Mais il savait déjà qu'il noterait dans son PV qu'il avait été contraint de jeter la marchandise au motif qu'un de ses subalternes l'avait laissée plusieurs heures dans une voiture stationnée en plein soleil. La seule question en suspens, en réalité, c'était de savoir quelle histoire il allait bien pouvoir servir à Hannelore.

« Du lait et du sucre ? »

Mademoiselle Boonstra réapparaissait avec un plateau en bois sur lequel étaient posées deux tasses et une thermos au design futuriste.

« Oui, merci », répondit Van In.

L'assistante posa son plateau sur le bureau de Wilfried Traen avant de s'éloigner, mais Van In la retint de justesse.

« Je voudrais vous poser quelques questions, mademoiselle Boonstra. Si cela ne vous dérange pas, naturellement. »

La Hollandaise fit non de la tête avec nonchalance.

« Asseyez-vous, je vous prie. »

Une grande table de réunion ovale occupait le centre de la pièce, mais l'assistante alla prendre place derrière le bureau de son patron, dans son fauteuil. Van In eut l'impression que ce n'était pas la première fois. La conversation lui donna raison : il s'avéra que Wilfried Traen s'absentait souvent, très souvent même. Concrètement, c'était elle qui tenait les rênes de l'entreprise.

« Cette situation dure-t-elle depuis longtemps ?
– Il n'en a jamais été autrement.
– Voulez-vous dire que monsieur Traen vous a engagée pour diriger son entreprise ?
– Non, monsieur Verrine. Wilfried m'a engagée pour restructurer NOWASTE. Il faut que vous sachiez que la société était encore dans le rouge il y a deux ans. J'ai réussi à inverser la tendance. Aujourd'hui, nous nous appuyons sur une base financière solide et nous avons un carnet de commandes bien rempli. »

La donzelle avait fait des études d'économie et de gestion. Et aux États-Unis, qui plus est, où le recyclage était un créneau d'avenir. Van In échangea un regard avec Versavel, qui avait pris place à la table de réunion et qui semblait se battre l'œil de ce qui se disait entre l'assistante et le commissaire. À la vérité, il ne perdait pas un mot de la conversation et il étudiait l'assistante attentivement. Cette tactique s'était souvent révélée fructueuse. D'où il était, il avait par exemple une excellente vue sur les pieds et les jambes de la Hollandaise – en soi, cela ne l'intéressait que très moyennement, mais il savait d'expérience que les personnes qui croient se contrôler parfaitement trahissent toujours leurs émotions d'une manière ou d'une autre. C'est une chose que les cameramen savent aussi. C'est pour cette raison qu'ils montrent si rarement les jambes des personnes interviewées en plateau. Or, mademoiselle Boonstra n'avait cessé de remuer les pieds chaque fois que Van In lui avait posé une question pertinente. Son genou droit s'était même mis à trembler lorsqu'il lui avait demandé si par hasard monsieur Traen n'entretenait pas une relation extraconjugale et si c'était ce qui expliquait ses absences fréquentes. Elle avait laissé passer un temps avant de répondre par un petit « non » sec et d'enchaîner immédiatement sur un autre sujet. Elle estimait que Wilfried Traen ne connaissait rien aux affaires. Sans l'aide financière de son beau-père, il n'aurait jamais tenu la tête hors de l'eau si longtemps.

Lorsqu'ils remontèrent dans la Golf, le thermomètre du tableau de bord indiquait soixante-deux degrés. Heureusement, les sièges étaient en simple tissu, et non en simili-cuir. Autrement, ils se seraient brûlé le dos en s'asseyant. Versavel eut l'intelligence de rester en dehors de l'habitacle, portière ouverte, pendant plusieurs minutes avant de s'asseoir au volant.

« De plus en plus compliqué ! dit-il.

– Et chaud bouillant !

– L'Estaminet ? »

Van In hésita. S'il allait chercher le caviar tout de suite, cela ne passerait pas inaperçu et Hannelore goberait difficilement l'histoire qu'il venait d'inventer.

« La terrasse du Phare n'est pas mal non plus », dit-il en espérant que la Maison du caviar prévoyait des appareils frigorifiques vraiment à toute épreuve.

Le Phare était un bistro situé dans les environs de la porte de Damme, à deux encablures de l'endroit où Carine et Bruynooghe étaient de faction.

« Tu as l'intention d'entendre quelqu'un d'autre aujourd'hui ?

– Quelle heure est-il ?

– Trois heures moins le quart.

– Alors on a tout le temps de voir venir, Guido. »

Versavel opina, mit le contact et régla l'air conditionné au maximum. Pour une fois, il ne donnait pas tort au boss. Il faisait beaucoup trop chaud pour travailler.

Kitty Jouy occupait un appartement sous les combles donnant sur la digue de mer à Blankenberge – pas une cage à poule de trente mètres carrés, mais un loft énorme avec sol en marbre, jacuzzi et une grande terrasse qui lui assurait une totale intimité. Elle aimait prendre un bain de soleil dans le plus simple appareil, mais, surtout, elle avait besoin d'espace et de luxe. Elle examina son corps d'un œil critique dans le miroir, vérifia la fermeté de ses seins, puis laissa courir ses doigts sur ses cuisses. Le corps qu'elle avait reçu de son père et de sa mère était en parfaite condition. Elle avait un jour lu dans un essai scientifique que l'organisme était essentiellement composé d'eau. Pour quelqu'un qui gagnait son pain avec cela : de l'eau, elle ne s'en sortait pas trop mal. En moins de dix ans, elle s'était constitué un petit capital de près d'un million d'euros, qu'elle avait soigneusement investi en actions. Elle avait reçu l'appartement en cadeau d'un boucher, deux mois avant que l'épouse du bienfaiteur ne découvre le pot aux roses. Kitty avait ses affaires bien en main. Trois semaines plus tôt, elle avait annoncé à Wilfried Traen et à David Starr qu'elle se rangeait des voitures. Ils n'avaient pas apprécié.

Une terrasse à proximité de la mer, cela vaut de l'or, surtout en été. Van In et Versavel attendirent plus d'un quart d'heure avant qu'un serveur en short kaki et t-shirt blanc vienne prendre leur commande. Malgré l'heure – il n'était que trois heures dix –, c'était comme si l'économie belge était à l'arrêt. Aucun siège n'était inoccupé.

« Je me demande pourquoi le vieux Hoornaert nous ment », commença Van In.

Il posa ses mains sur le ventre pansu du gros verre tulipe pour les rafraîchir, plongea son nez dans la mousse et but une longue lampée de Duvel. Pourquoi le vieil homme avait-il porté son gendre aux nues, alors qu'il connaissait ses piètres qualités de chef d'entreprise ? Et puis... pourquoi avoir parlé de ces dix pour cent de bénéfice que Traen investissait en projets de développement en Afrique ? Comment cela aurait-il pu se faire ? Selon l'assistante, NOWASTE n'engrangeait des bénéfices que depuis deux ans, et les chiffres disaient à quel point ils étaient modestes. Et qu'est-ce que c'était que cette orgie de caviar prévue pour le soir même ? Qui figurait sur la liste des invités ? Le ministre Vandevijvere ? Un dictateur africain ? Le pape ?

Avant de s'installer à la terrasse du café, le commissaire avait pris contact avec un de ses hommes pour lui demander de téléphoner à tous les traiteurs de Bruges et des environs afin de savoir s'ils devaient livrer quelque chose à la famille Traen ce vendredi soir. L'idée que Louise Hoornaert avait eu l'intention d'être aux fourneaux ne lui vint même pas à l'esprit : la cuisine de la villa de Damme était beaucoup trop nette pour ça. D'autres choses le tracassaient. Wilfried Traen était gaucher – il jouait au foot du pied gauche, il s'en souvenait parfaitement. Dans ce cas, pourquoi avait-il projeté la chaise vers la droite quand il s'était pendu ? Et quelle idée de porter un costume trois pièces et une cravate quand on veut attenter à ses jours ! Et puis, et puis... Wilfried Traen aimait la chasse et les armes à feu. Pourquoi ne s'était-il pas tué d'une balle dans la bouche ?

« Je reste convaincu que Traen ne s'est pas suicidé. »

Versavel haussa les sourcils et se caressa la moustache. *Et c'est reparti !* pensa-t-il.

« Chacun a droit à ses opinions, dit-il sans chercher à polémiquer. Nonante pour cent des meurtres commis en Flandre sont liés à des problèmes relationnels. Quand il s'agit d'un drame familial, il est difficile de connaître le mobile exact car le meurtrier se suicide généralement juste après avoir perpétré son forfait. Alors le juge d'instruction enquête, et il trouve toujours à peu près la même chose : des problèmes relationnels.

– Je sais, Guido », répondit Van In, piqué au vif.

Versavel vida son Perrier. Des gouttes de sueur roulaient de sa tempe gauche jusqu'à son cou et creusaient une rigole de feu sur sa joue. Il repensa malgré lui à son prof de latin, au collège, dont il avait été éperdument amoureux. « Monsieur Versavel ! l'entendit-il lui dire. *Pars pro toto*, la métonymie, est une figure de style qui utilise la partie pour désigner le tout, un toit accueillant pour une maison accueillante, par exemple. » Cette rigole de feu sur sa joue était aussi une métonymie : c'était tout son corps qui était en feu, y compris un endroit auquel il préférait ne pas penser. Avoir des rapports non protégés avec un inconnu, c'était de la folie. Il y avait mille façons de mourir prématurément, fumer soixante cigarettes par jour, arroser son petit-déjeuner d'un verre de whisky et ne plus s'arrêter de boire jusqu'au soir, se balader en minijupe dans certains quartiers de Bruxelles passé la tombée de la nuit, se promener une valise à la main à Jérusalem déguisé en Palestinien… Oui, il y avait mille façons, et il en avait trouvé une toute bête…

« Ce qui voudrait dire que le meurtrier court toujours…

– J'en ai bien peur.

– Ils vont être contents d'entendre ça, au parquet.

– Le parquet peut aller se faire voir.

– Bois encore un peu ! » conseilla Versavel.

La chaleur rendait tous les occupants de la terrasse totalement avachis. Ils ne bougeaient presque pas, parlaient à peine... Torse nu, les hommes étaient affalés sur leur chaise tels des rois fainéants ; les femmes mouraient d'envie de se dévêtir un peu plus qu'elles ne l'étaient déjà, sans l'oser – en tout cas pas là où tout le monde les connaissait. Pourtant, Van In ne commanda même pas une deuxième Duvel. Il continua à se creuser les méninges à la recherche d'un prétexte qui tiendrait la route pour ne pas clôturer l'enquête. Au moment où Versavel se faisait la réflexion que, pour une fois, personne n'était occupé à téléphoner sur la terrasse, son propre mobile se mit à sonner. Van In se redressa aussitôt et tendit l'oreille. Lorsqu'il entendit Versavel dire : « Nous arrivons immédiatement », son cœur chanta des alléluias.

On pourrait affirmer que les plages flamandes sont un crottoir pour chiens, mais les innombrables touristes allongés cuisse contre cuisse sur le sable fin semblaient l'ignorer totalement, voire prendre du plaisir à se vautrer au soleil dans cette insupportable promiscuité. Van In alluma une cigarette : il était allergique aux relents d'huile solaire, de gaufre au sucre et d'oignon frit. Impossible de sentir l'odeur de la mer. Un peu plus loin, une poignée d'agents essayaient tant bien que mal d'interdire l'accès d'une partie de la digue à des touristes d'un jour qui flânaient sans rien soupçonner – autant essayer de vider une baignoire avec des dés à coudre.

« Elle habite au dixième », dit Versavel alors qu'ils parvenaient enfin à se frayer un passage jusque dans l'entrée de la résidence Florida.

À Blankenberge comme ailleurs sur la côte belge, les immeubles d'appartements portent tous l'appellation de « résidence », accolée en général à un nom, de préférence risible : King Tower, Golden Beach, Brise marine, La Balise, La Nuit blanche… Le Florida, tout compte fait, c'était encore assez sobre. Lorsque Van In et Versavel pénétrèrent dans le loft de Kitty Jouy et qu'ils découvrirent son corps nu et ensanglanté sur la terrasse, Van In pensa automatiquement au restaurant de fruits de mer The Slipaway, du nom du plan incliné, ou slip, qui sert à mettre les bateaux à l'eau ou à les haler à sec.

« Hannelore est prévenue ?

– Elle arrive », répondit Versavel.

Van In jeta un bref coup d'œil au living. Une traînée de taches de sang était visible sur le sol. Il en compta cinq. Elles menaient à la porte d'entrée.

« Tu veux bien délimiter ça pour moi, Guido ? » dit-il en indiquant les gouttes de sang avant de se rendre sur la terrasse.

Kitty Jouy était étendue sur le dos dans une flaque de sang séché. Elle avait la gorge tranchée. Un bandeau noir lui cachait les yeux. Van In apprécia en connaisseur les courbes de sa silhouette et ses seins que n'avait jamais touchés aucun bistouri. Une pute de luxe de trente-cinq ans sans silicone ajouté, cela devenait de plus en plus rare. Van In observa la jeune femme plus longtemps que nécessaire, par souci esthétique. Il avait bien le droit d'apprécier les jolies choses, non ? Il repensa à une vieille affaire. Vingt ans plus tôt, il avait fait une descente dans une villa où un industriel avait tiré sur sa maîtresse soi-disant par accident. Il était accompagné d'un juge d'instruction, ancien avocat sans valeur arrivé dans la magistrature par la vertu de ses relations politiques. La femme était allongée dans son lit, nue, et même morte elle était d'une beauté extraordinaire. Il était clair que la mort n'avait rien d'accidentel. Van In se souviendrait toujours des paroles du juge d'instruction lorsqu'ils étaient remontés dans la voiture après une enquête sommaire : « J'l'ai enfin vue à poil ! » Il s'avéra que cette femme et le juge d'instruction avaient étudié le droit ensemble et que tous les étudiants de la fac ne rêvaient que d'une chose : coucher avec elle. Van In avait eu des petites amies dans sa jeunesse, bien sûr, mais il croyait pouvoir dire qu'aucune n'avait si bien supporté les outrages du temps que la maîtresse de l'industriel qui, comme le montra le rapport d'autopsie par la suite, avait près de cinquante ans quand la Grande Faucheuse avait mis un terme à sa présence resplendissante sur terre. Kitty Jouy lui ressemblait étonnamment.

« J'appelle Zlotkrychbrto ? »

La question de Versavel fit sursauter Van In. Il était ailleurs, perdu dans ses pensées. Statistiquement, il meurt plus de jolies femmes que de laides. C'était une donne qu'il valait mieux ne pas ébruiter : qui sait, sinon…

« Oui, Guido. »

Il ne parvenait pas à détacher ses yeux de la scène. Le bandeau sur les yeux, les seins, la taille, la peau ferme, l'épilation maillot… Était-il devenu un vieux dégueulasse ? Non. Il était bien dans son devoir d'enquête. En la regardant ainsi, il pouvait se faire une idée du désir qu'elle avait éveillé de son vivant. Auprès du ministre Vandervijvere, par exemple. L'homme était présenté dans la presse comme un chevalier de la morale, un défenseur des bonnes mœurs, un monsieur-la-vertu. Van In était sûr d'une chose : Kitty Jouy aurait pu à elle seule faire dégringoler le cours des actions Viagra. Et que penser de Wilfried Traen, Dieu ait son âme ? Il avait peut-être été l'idéaliste et le gendre idéal dont on lui avait fait le portrait. Qui allait lui jeter la première pierre d'avoir cédé à la tentation devant une telle beauté ?

« Hannelore vient d'appeler, annonça Versavel. Elle a laissé sa voiture à la gare. Elle est là dans dix minutes. »

Van In aurait pu s'installer au salon et jouer les hypocrites, faire comme si le corps de Kitty Jouy ne l'intéressait pas plus que ça. Mais il décida du contraire. D'abord, il n'était pas hypocrite, et puis Hannelore l'aurait percé à jour au premier regard. Aussi prit-il une chaise et alla-t-il s'installer sur la terrasse. Un avion publicitaire fendit le ciel gris-bleu en tirant sa bannière : « MEUBLES SCHOONBAERT. » La chaleur faisait danser l'air. Un voile pourpre flottait à l'horizon. Les moineaux eux-mêmes se taisaient. Un enfant aurait pu prévoir l'arrivée de l'orage. Pourtant, sur la plage, les estivants ne se doutaient de rien. Ils restaient étendus au soleil malgré la menace. Quand le ciel se déchirerait, ce serait le sauve-qui-peut, chacun se précipiterait sur l'autoroute et dépasserait allègrement les vitesses autorisées. Il y aurait sans doute ici ou là un vingt-tonnes qui couperait la route à un automobiliste sans crier gare. Van In observa les fourmis qui s'agitaient sur la plage et poussa un profond soupir. *Oh, que je n'aime pas ça, vivre sur une planète peuplée à nonante pour cent de débiles.*

« Pourquoi tuer la beauté ? » dit Zlotkrychbrto en se penchant sur le corps de Kitty Jouy.

Le Polonais secoua la tête. Il ne faut pas croire que

les médecins, et même les gynécologues, deviennent insensibles à la beauté féminine. Ils développent une certaine immunité, échappent à l'attrait de la nudité, mais face à un spécimen d'une beauté aussi rare que celle de Kitty Jouy, ils éprouvent la même chose que tout homme normalement constitué.

« Qui l'a trouvue ?

– Qui l'a trouvée, Guido ? »

Van In leva les yeux. Versavel se trouvait à l'autre extrémité de la terrasse, appuyé à la balustrade. Au loin, un éclair zébra le ciel. Si Kitty Jouy avait été un homme, il ne se serait assurément pas tenu si loin.

« Aucune idée, répondit Versavel. Appel anonyme.

– D'un téléphone fixe ou d'un portable ?

– D'un portable.

– À carte ou par abonnement ?

– On cherche. »

Van In hocha la tête. Les auteurs d'appels anonymes à la police ne se rendent pas compte qu'on peut très facilement remonter jusqu'à eux. Tôt ou tard, ils retrouveraient le type ou la bonne femme qui avait prévenu la police. Van In se leva et marcha jusqu'au parapet. Il y avait un autre moyen de savoir. Il se pencha, regarda à gauche et à droite. Une fois alertée, la police de Blankenberge avait appelé le syndic de l'immeuble et lui avait ordonné d'ouvrir la porte. Si elle avait été béante, il aurait été plus difficile d'éliminer des suspects, mais ce n'était pas le cas. Il restait donc deux possibilités. Soit c'était le meurtrier qui avait prévenu la police, soit c'était quelqu'un qui avait vue sur la terrasse. Il suffit à Van In d'un coup d'œil aux immeubles voisins. La commune de Blankenberge n'octroyait des permis de bâtir sur la digue que dans des conditions très strictes : les immeubles ne pouvaient pas compter plus de dix étages. Mais Blankenberge n'aurait pas été Blankenberge s'il n'y avait pas eu des exceptions ici et là... Certains promoteurs immobiliers pouvaient se permettre des dérogations... Un onzième étage avec vue sur la mer valait deux cent cinquante mille euros, ce qui était toujours bon à prendre... Par un hasard extraordinaire, deux immeubles voisins de celui de Kitty Jouy comportaient un onzième étage avec vue plongeante sur la terrasse de la belle.

« Tu as un peu de temps pour moi ? »

Le docteur Zlotkrychbrto leva la tête et adressa un sourire carnassier à Van In.

« J'ai toujours du temps pour toi, Piotr.

– Bien. »

Le Polonais sortit un thermomètre de sa trousse, tourna Kitty Jouy sur le ventre et fit ce qu'il avait à faire pour déterminer l'heure de sa mort.

« J'en ai pour deux minutes ! » ajouta-t-il.

« Monsieur Dewinne ? »

La porte était entrouverte. Van In sonda les yeux injectés de sang qui lui lançaient un regard apeuré. Il avait sonné à l'un des deux appartements qui donnaient sur celui de Kitty Jouy, en espérant que la chance serait de son côté. Le type avait commencé par protester avant de dire qu'il n'avait rien à voir avec cette histoire. Alors Van In avait menacé d'appeler l'unité d'intervention spéciale, et cela avait suffi pour que le gars actionne l'interphone et les laisse monter. Van In était certain de se trouver à la bonne adresse. L'homme paniquait manifestement.

« Je ne vois pas en quoi je pourrais vous aider, bredouilla-t-il avec un accent brabançon.

– On verra, on verra », commenta Van In.

Le commissaire poussa la porte et pénétra dans l'appartement, suivi de près par Versavel. Il y avait quelque chose d'indéfinissable dans l'appartement... « Bégueule », Van In ne trouvait pas d'autre mot. Des gravures dans leur cadre doré, un canapé rococo... L'homme portait un pantalon en lin et une chemise à manches courtes et, surtout, il allait nu-pieds. Une montre de prix brillait à son poignet droit.

« Vous vivez seul ? »

Une longue-vue posée sur un trépied trônait sur la terrasse. Il y a beaucoup d'hommes d'un certain âge qui investissent dans l'immobilier sur la côte belge. D'abord, parce qu'ils sont certains de toucher une belle plus-value lorsqu'ils revendront, ensuite pour le calme, et puis pour la vue. Une clientèle en or pour les opticiens.

« Je viens ici de temps en temps, répondit Dewinne. Ce n'est pas interdit, quand même ? »

Sa lèvre inférieure tremblait d'indignation. Il savait pourquoi la police était montée chez lui, mais pour rien au monde il n'aurait avoué qu'il matait la voisine.

« Bien sûr que non. »

Van In marcha jusqu'à la terrasse, fit glisser la porte vitrée et observa la longue-vue d'un air de fin connaisseur.

« Je suis ornithologue », dit Dewinne, qui l'avait suivi.

C'était presque un aveu.

« Et vous vous intéressez à quel genre d'oiseau ? »

Dewinne tourna la tête et interrogea Versavel du regard.

« Le commissaire vous demande si c'est vous qui avez appelé la police. Il s'en fiche comme de l'an quarante, de ce que vous observez avec votre lunette. Pas vrai, Pieter ? »

Van In posa un œil dans le viseur et orienta la lunette. Il vit aussitôt le dos imposant de Frankenstein et deux jambes de femme au galbe parfait.

« La juge d'instruction sera ici dans cinq minutes, dit-il en restant dans cette position. Un mot d'elle, et vous atterrissez en préventive pour une durée indéterminée. Vous comprenez ce que je vous dis, monsieur Dewinne ? »

L'ornithologue poussa un soupir, alla s'asseoir sur le canapé rococo et entreprit de donner sa déposition par phrases hachées. Lorsqu'il parvint à la fin de son témoignage, Van In jura in petto.

« Ça, c'est rapide ! »

Hannelore se tenait à côté du docteur Zlotkrychbrto. Klaas Vermeulen, le chef du labo technique, venait d'arriver et prenait photo sur photo avec un enthousiasme à peine voilé.

« Le témoin a vu le cadavre sur la terrasse, expliqua Van In. Il a refusé d'en dire davantage. »

Dewinne avait ses petites habitudes. Entre treize heures trente et quinze heures, il s'offrait une petite sieste. Ensuite, seulement, il s'adonnait à son hobby. L'enquête de voisinage que mena bientôt la police de Blankenberge ne s'avéra pas plus concluante. Le deuxième appartement qui avait une vue plongeante sur le loft de Kitty Jouy était inoccupé. Son propriétaire avait été hospitalisé une semaine plus tôt à la suite d'un infarctus. Quant aux habitants de la résidence Florida, ils déclarèrent avec une belle unanimité n'avoir rien vu rien entendu.

« Et vous le croyez, le voisin ? »

Van In hocha la tête. Il avait été à deux doigts d'appeler un toubib, tant le sieur Dewinne s'était mis dans tous ses états en donnant sa déposition.

« Il aurait pu ne pas nous appeler, dit Van In.

– C'est vrai. »

Hannelore alluma une cigarette. Cela faisait beaucoup de cadavres en quelques jours, et elle n'aimait pas ça. Elle pensait au visage osseux de sa grand-mère qu'elle avait été forcée d'embrasser sur son lit de mort et à l'odeur écœurante qui flottait dans sa chambre. Ces souvenirs la hanteraient toujours. Sa grand-mère s'était éteinte dans son sommeil à l'âge de quatre-vingt-quatre ans. Kitty Jouy avait été fauchée d'une manière horrible dans la gloire éblouissante de sa jeunesse.

« Le meurtrier a de toute façon pris un gros risque, commenta Versavel. Pourquoi lui a-t-il tranché la gorge sur la terrasse ?

– Et avec une grande coutelas ! dit Zlotkrychbrto avec un geste de pêcheur qui se vante de la taille d'une belle prise au café du commerce.

– Tu n'exagérerais pas un peu ? »

Van In aurait mieux fait de tenir sa langue. Il fut bon pour un discours sur le rapport entre la largeur et la profondeur de l'incision et la taille de la lame.

« Alors, ce n'est pas un couteau, c'est une épée. »

Zlotkrychbrto haussa les sourcils d'étonnement. Il venait d'étoffer considérablement son vocabulaire.

« Très grande, répéta-t-il en refaisant son geste.

– Un espadon », ajouta Van In en riant à sa propre plaisanterie.

Il fut le seul. Hannelore jeta sa cigarette à moitié consumée et l'écrasa avec son talon.

« Ce n'est pas le moment de faire de l'humour à deux balles, Van In. » Puis, se tournant vers le chef du labo technique, toujours occupé à prendre des photos, elle ajouta : « Ce sera bon comme ça, monsieur Vermeulen. »

Versavel fut le seul à comprendre véritablement Hannelore. Il alla chercher un drap de lit dans la chambre à coucher et couvrit soigneusement le corps. Hannelore fit un petit signe approbateur de la tête. Quelqu'un s'était-il demandé pourquoi Kitty Jouy était nue ? Ses vêtements étaient pliés soigneusement sur une chaise, dans la chambre, et le lit n'avait pas été ouvert. Tout indiquait qu'elle était en train de prendre un bain de soleil à l'arrivée du meurtrier.

« Un client, peut-être », proposa Van In.

Les gars du labo avaient passé l'appartement au peigne fin, jusqu'aux tiroirs du petit bureau élégant qui trônait dans le salon. À part des documents bancaires et une chemise contenant des reçus, ils n'avaient rien trouvé d'intéressant.

« Même pas un agenda, ajouta l'un d'eux.

– Et l'ordinateur ?

– Protégé par un mot de passe.

– Merde !

– Ne vous faites pas de souci, commissaire. On a appelé l'expert, il arrive.

– Ce n'est pas Vandewalle, j'espère ? »

Van In poussa un profond soupir quand ses craintes furent confirmées. Vandewalle était certes un as de l'informatique, mais il avait un passé au ministère des Finances. En clair : même s'il forçait l'ordinateur en quelques minutes, il lui faudrait vingt-quatre heures pour pondre son rapport.

« Quelle heure est-il ?

– Six heures et quart, répondit Versavel.

– Tu as le numéro de NOWASTE ?

– Un moment.

– Je peux savoir à quoi vous jouez, tous les deux ? » demanda Hannelore.

Elle était penchée à la balustrade et regardait vers la plage. Le ciel était aubergine, l'orage couvait. Quand on vit au pied d'un volcan, on ne se laisse pas intimider par quelques grondements. Un petit éclair de rien du tout n'impressionne pas les touristes de la mer du Nord. Les uns ne prennent leurs jambes à leur cou que lorsque la lave dévale les pentes du Vésuve, et les autres attendent que le ciel leur tombe sur la tête. Hannelore en était là dans ses pensées lorsque les premières gouttes de pluie s'écrasèrent sur sa peau. La foule se mit en branle. Trop tard. Les premiers estivants n'avaient pas encore atteint la digue que le ciel se déchirait. Un terrible coup de tonnerre fit trembler les immeubles, quelques secondes après qu'un éclair aveuglant eut zébré le ciel. Puis une averse diluvienne nettoya la petite ville balnéaire.

Van In et Versavel se dépêchèrent de rentrer le corps de Kitty Jouy à l'intérieur. Le drap resta sur place. Vermeulen se gratta derrière l'oreille.

« On peut oublier les indices. »

En deux minutes, l'eau qui noyait la terrasse s'écoula vers les étages inférieurs, laissant sur la façade de la résidence Florida une longue traînée rose.

« C'est le répondeur, dit Versavel.

– Appelle Boonstra chez elle.

– Tu as son numéro ?

– Boonstra ? Qui est Boonstra ?

– Une petite Hollandaise avec de gros lo...

– Abruti !

– Viens avec nous, si tu ne me crois pas ! »

Avec la pluie, la température baissa rapidement de

plusieurs degrés. Van In recouvrait toutes ses facultés. Il venait de se souvenir d'un détail qui lui avait échappé la veille.

« Et une machette, plutôt qu'une épée ? Ça ne se pourrait pas ? »

Le père d'Hoornaert avait été colon. Les gens qui ont un passé africain remplissent leurs maisons de souvenirs de là-bas : statuettes, masques rituels, bibelots en ivoire, boucliers, lances, machettes. La maison d'Hoornaert ne contenait aucun souvenir d'Afrique. Van In trouva cela subitement étrange.

5

« Excusez-nous de vous déranger si tard », dit Van In lorsque mademoiselle Boonstra leur ouvrit la porte de son domicile, les cheveux mouillés plaqués sur son crâne et emmaillotée dans une robe de chambre en coton.

Hannelore évita le regard du commissaire à la vue de la soi-disant petite Hollandaise aux gros lolos.

« Vous m'avez dit que c'était urgent.

– Et ça l'est, répondit le commissaire. Si vous voulez bien, nous allons perquisitionner le bureau de monsieur Traen. »

Durant le trajet de Blankenberge à Bruges, Van In avait appelé Carine et Bruynooghe pour leur confier la surveillance de la maison du vieux Hoornaert.

« Vous ne parlez pas sérieusement », dit l'assistante en passant une main dans ses cheveux mouillés.

Starr allait arriver d'un moment à l'autre. Si la police le trouvait chez elle, elle risquait d'être dans l'embarras.

« Je m'intéresse seulement à son agenda, répondit Van In.

– Pourquoi ? Il y a un problème ? » demanda l'assistante en rejetant ses épaules en arrière et en croisant les bras.

Van In regarda Hannelore. Il était temps qu'elle dise quelque chose. Mais la juge resta silencieuse. Ne prétendait-il pas qu'il était capable d'emballer n'importe quelle bonne femme par la seule vertu de ses belles paroles ? Elle voulait voir comment il allait se débrouiller.

« Je ne crois pas, répondit Van In. En fait, c'est de ma faute. J'aurais dû l'examiner plus attentivement, mais enfin… bon… » Il hésita. « J'ai mentionné cet agenda dans le procès-verbal, et voilà maintenant que le juge d'instruction en veut une copie sur son bureau dès demain matin. Pour le dossier. » Il baissa la voix : « Vous devriez voir l'arrogance de certains magistrats… Ils croient qu'on peut aller comme ça chez les gens à n'importe quelle heure du jour ou de la nuit… »

Hannelore n'en croyait pas ses oreilles. Versavel regardait délibérément ailleurs. Van In jouait avec le feu, mais il obtint ce qu'il voulait. L'assistante se força à sourire et les invita à entrer.

« Je tiens un agenda électronique avec tous les rendez-vous de monsieur Traen depuis plusieurs années, dit-elle. Asseyez-vous, je vais vite vous en faire une copie sur une disquette. »

La maison de mademoiselle Boonstra était aménagée agréablement, quoique selon le goût néerlandais. Lumière d'ambiance, bougie diffusant une lumière virginale, robustes meubles en pin, table du salon croulant sous les revues… Van In aurait mis sa main à couper qu'il trouverait dans la cuisine des petits pots à épices intacts sur une belle étagère.

« Tu ne m'as pas encore présentée à mademoiselle Boonstra, dit Hannelore quand l'assistante eut disparu dans l'escalier (son ordinateur se trouvait dans sa chambre).

– Qu'est-ce que tu veux que je dise ? Inspectrice ? »

Deux minutes plus tard, ils remontaient dans la voiture.

« On a un appareil pour lire cette chose ? demanda Van In.

– Oui, je crois », dit Versavel sans broncher.

Le visage fermé, Hannelore boucla sa ceinture de sécurité.

« Tu n'es quand même pas fâchée que j'aie cassé du sucre sur le dos des magistrats ?

– Ça t'arrive souvent ? »

Un catalyseur est une matière qui influence favorablement une réaction chimique sans y être associée réellement, pensa Versavel en se remémorant une leçon du cours de chimie.

« Pieter faisait déjà ça bien des années avant de te connaître, dit-il. Tu te souviens de l'affaire Christoffels, Pieter ?

– Houlà ! Ça remonte à loin !

– Seize ans, si je ne m'abuse. Je me rappelle, tu avais…

– Vous voulez bien cesser vos gamineries ?

– Tu ne crois pas Guido ?!

– Je ne suis pas une oie blanche.

– Non, tu es un cygne ! s'exclama Van In. Le plus beau cygne de Bruges ! »

Ils sortirent en silence de la rue endormie. Malgré l'orage, il faisait encore très chaud. Les flaques fumaient.

« De Bruges et de toute la province ! renchérit Versavel.

– Abrutis ! »

Hannelore s'enfonça dans le siège passager. Les deux hommes ignoraient qu'au collège, ses amies de l'époque se moquaient d'elle et de son long cou en la qualifiant de cygne, justement. Cette image la rendait toujours triste. Elle n'en avait jamais parlé à personne. On dit que le vilain petit canard devient parfois une jolie femme, mais aucun conte ne parle des cygnes et de leur horrible cou. À part Zeus, Lohengrin et Van In, qui s'intéresse à ces stupides volatiles ? Elle se trouvait subitement très laide et éprouvait un énorme chagrin.

« Si on repassait chez Hoornaert ? »

Versavel prit le périphérique. Au loin, la porte principale de la ville, la porte de Sainte-Croix, dessinait sa silhouette sur un fond de ciel menaçant. Même si l'orage avait éclaté plusieurs heures auparavant, le trafic en direction de Bruxelles semblait toujours extrêmement congestionné.

« À quoi tu penses, Hanne ? »

Van In connaissait Hannelore depuis longtemps. Il y avait quelque chose, il le voyait. Il se pencha en avant et l'enlaça. Elle avait la chair de poule.

« Allez-y, vous », dit-elle.

Les policiers savent que la réussite d'une enquête tient en grande partie aux conditions dans lesquelles elle est menée. Un enquêteur qui travaille à contrecœur est moins performant qu'un autre qui vise une promotion. Pareil s'il s'est levé du pied gauche, s'il a une rage de dents, s'il vient d'avoir un accident avec sa voiture flambant neuve, si son médecin lui a donné de mauvaises nouvelles de sa prostate ou si son fils se contente de glander à la fac. Ou s'il s'agit d'un commissaire tellement amoureux de sa compagne qu'il est incapable de la laisser seule quand il voit qu'elle a du chagrin.

Van In posa une main sur l'épaule de Versavel. Il n'eut rien à dire. Porte de Sainte-Croix, Versavel prit à gauche, direction la grand-place et l'impasse du Poisson-Gras.

« Pourquoi tu ne m'en as pas parlé plus tôt ? » demanda Marijke.

Elle remplit les verres et alluma une cigarette. Stef était affalé sur le canapé, le visage dans les mains. Depuis qu'il avait lu l'article dans le journal sur le drame familial, il ne dormait plus. Deux bouteilles de whisky n'avaient pas pu le calmer.

« J'ai fait ça pour nous, dit-il.

– Tu n'as rien fait du tout, répondit Marijke. Tu n'as même jamais eu d'arme à feu ! »

Elle se passa la langue sur les dents. Quand Stef travaillait pour NOWASTE, elle réussissait encore à modérer son envie de boire, mais depuis son licenciement, impossible de le freiner. Wilfried Traen, le patron de NOWASTE, avait accusé Stef d'absentéisme caractérisé et de vol. D'accord, son Stef ne disait pas non à un verre, mais cela n'en faisait pas un voleur pour autant. Et encore moins un assassin. Elle le connaissait, elle savait qu'il était incapable de ça.

« Il y a quelque chose qui ne colle pas, Stef. »

Elle se leva et se fit une petite place à côté de lui sur le canapé. Dans deux jours, ils fêteraient leurs dix-huit ans de mariage. Cela n'avait pas été les meilleures années de sa vie, pas les plus malheureuses non plus. Une vague de bien-être la remplit en repensant aux débuts de leur passion. Elle avait seize ans lorsqu'elle l'avait rencontré à un camp scout. Elle avait tout de suite été attirée par ses grands yeux bruns, la nonchalance de son humour et ses longs doigts fins. Marijke se souvenait encore des frissons qui avaient parcouru son corps lorsqu'il avait promené ses longs doigts dans son dos, dégrafé son soutien-gorge, caressé ses jeunes seins, puis qu'il était lentement descendu plus bas. La première fois, ils s'étaient contentés de s'embrasser et de se toucher. Ils étaient devenus inséparables, nourrissant cette idée fixe : être ensemble, se regarder les yeux dans les yeux, se tenir la main. Ils avaient attendu six mois avant d'avoir des relations sexuelles. Quelques jours avant Noël – les parents de Marijke étaient sortis –, elle l'avait enfermé dans sa chambre de jeune fille et lui avait ouvert son corps. C'était des moments que personne ne pourrait jamais lui enlever.

« Il faut que je me rende aux flics, dit-il, têtu.

– Et moi ? Qu'est-ce que je deviendrai ?

– Tu trouveras quelqu'un d'autre.

– Tu es fou ? »

Stef ôta ses mains de son visage. Ses yeux étaient cernés de noir. Ses beaux doigts étaient devenus boursouflés et son gros ventre pendouillait au-dessus de sa ceinture.

« Tu verras... »

Elle l'enlaça et se serra contre lui. La vie ne l'avait pas épargné. Ils s'étaient mariés quand elle était tombée enceinte, malgré le désaccord de ses parents à elle – ceux de Stef n'auraient rien pu dire : il était orphelin. Comble de malchance, leur bébé était mort peu après la naissance. Ils avaient essayé de se consoler mutuellement, en se promettant qu'ils essaieraient de faire un autre enfant. Ils avaient acheté une bouteille de whisky. Il n'y avait pas eu de deuxième bébé, mais il y avait eu d'autres bouteilles.

« Je sais que tu n'as tué personne, dit-elle. Et certainement pas des mômes.

– C'est la faute à l'alcool… »

Le dimanche après-midi, il avait éclusé une bouteille de whisky à lui tout seul. Ils s'étaient disputés, et il avait quitté leur petite maison sur un coup de tête. Lorsqu'il était rentré, le lendemain matin, il avait prétendu avoir passé la nuit au café. Puis il s'était affalé sur le divan et avait pioncé toute la journée.

« Tu m'as dit que tu ne te souvenais de rien. »

Stef leva vers elle ses yeux vitreux et injectés de sang.

« J'ai peur, répondit-il.

– Je sais. »

Van In alluma l'interrupteur du lampadaire avec le pied et régla le diffuseur de façon à ce qu'une lumière chaude et agréable baigne le salon. Hannelore s'était couchée depuis un quart d'heure. Heureusement, Versavel n'était pas parti.

« Elle n'est pas malade, j'espère ? »

Van In haussa les épaules.

« Je ne crois pas.

– Elle a vu son médecin récemment ? »

L'année précédente, on lui avait diagnostiqué un kyste au sein. Les résultats de la biopsie avaient été on ne peut plus rassurants, mais Hannelore gardait une fragilité. À chaque pépin de santé, petite fatigue, toux sèche ou gonflement de la poitrine, elle prenait rendez-vous à l'hôpital. Les jours qui suivaient, elle était d'humeur dépressive et avait tendance à s'isoler.

« C'est possible.

– Les femmes vivent plus longtemps que les hommes. Et tu sais pourquoi ? Parce qu'elles courent chez le toubib à la moindre inquiétude. »

Versavel s'assit sur le canapé et s'installa confortablement. La soirée promettait d'être longue.

« Tu bois quelque chose ?

– Pareil que toi.

– L'amitié... ! dit Van In. C'est précieux.

– Oui, c'est précieux. »

Versavel aimait passer une soirée en tête à tête avec Van In de temps en temps, surtout quand il savait que son ami était soucieux. Il n'osait pas imaginer ce que deviendrait le commissaire s'il arrivait quelque chose à Hannelore. Ils en parlaient souvent depuis cette histoire de kyste.

« Tu n'appelles pas Frank ? »

Van In se rendit dans la cuisine et sortit deux Duvel du frigo. Le fait que Versavel abandonne son sacro-saint Perrier, c'était un signe de solidarité qu'il appréciait à sa juste valeur. Il décapsula les bouteilles, prit deux verres et revint au salon. Ses pieds nus laissaient des traces humides sur le parquet.

« Il vaut peut-être mieux que je n'aie pas à le regarder dans les yeux ce soir.

– Ton escapade d'hier... »

Van In inclina un verre et servit une Duvel d'un air concentré.

« C'est peut-être une question indiscrète, mais... »

Il entreprit de remplir le deuxième verre. Le liquide ambré chatoyait à la lumière d'ambiance. Le col était parfait.

« Je sais ce que tu veux dire, répondit Versavel. La réponse est non. On n'a pas utilisé de préservatif. J'aurais dû me montrer plus prudent.

– Mouais. »

Chacun but plusieurs gorgées en silence.

« Drôle d'affaire, reprit Van In subitement. Est-ce que je t'ai dit que Wilfried Traen et moi, on était à l'école primaire ensemble ? Oui, je te l'ai dit. Il avait un appétit de vivre phénoménal. »

Versavel essuya la mousse qui s'était accrochée à sa moustache.

« Les gens changent, Pieter.

– Mouais. »

Van In but une longue lampée. La bière lui rafraîchissait tout le corps. Une fraction de seconde, il revit le corps nu de Kitty Jouy et la blessure béante. Il repensa à Hoornaert et à l'absence de souvenirs du Congo dans sa maison. La call-girl avait-elle été tuée à la machette ou Zlotkrychbrto avait-il raison de parler d'« une grande coutelas » ?

« Vermeulen t'a dit quelque chose ? »

Versavel posa son verre sur la table du salon. Après deux gorgées de bière, la tête lui tournait déjà.

« Il a demandé à ses hommes de passer l'appartement à l'aspirateur. »

Zlotkrychbrto avait curé les ongles de la victime et procédé à l'examen gynécologique. Il fallait attendre les résultats, mais le légiste avait tout de même affirmé que selon lui il n'y avait pas eu viol.

« Je ne comprends toujours pas pourquoi elle a été tuée sur la terrasse », dit Van In.

En revanche, il était selon lui très plausible que le meurtrier ait pu quitter l'immeuble sans se faire remarquer : l'été, les appartements de la digue sont occupés par des estivants qui passent leurs journées à la plage, surtout par une telle chaleur.

« Vermeulen a promis de te tenir personnellement au courant, dit encore Versavel.

– Il est payé pour ça. Mais là n'est pas la question. Il y a autre chose qui me chiffonne. Ce couteau grand comme une épée, à croire Zlotkrychbrto... Si le meurtrier l'a apporté avec lui, il est aussi reparti avec, parce qu'on n'a rien retrouvé chez Kitty Jouy. Plutôt encombrant à cacher sous un imperméable… Et qui porterait un imperméable par trente degrés ?

– Il l'a peut-être caché quelque part… Dans une valisette, un étui, une boîte en carton… ?

– Dans ce cas on aurait retrouvé l'emballage, non ? »

Versavel se redressa, curieux d'entendre ce que Van In allait trouver à dire.

« Si l'arme était cachée dans une valisette ou un étui, pourquoi le meurtrier ne l'y a-t-il pas rangée tout de suite ? Je te rappelle qu'on a trouvé des taches de sang jusqu'à la porte.

– Il a peut-être paniqué ?

– Mouais… La panique et une mauvaise préparation… »

Le meurtrier avait quitté les lieux en quatrième vitesse, avait refermé la porte à clé derrière lui et s'était rendu compte trop tard qu'il tenait encore son arme à la main. Autrement dit, c'était un amateur.

« Je ne le vois pas traverser la digue en brandissant une arme blanche… Il a dû la cacher dans l'immeuble. Il reviendra peut-être la chercher…

– Possible. »

Van In avait parfois des idées auxquelles il s'accrochait coûte que coûte. Versavel savait d'expérience qu'il était inutile de le contrarier.

« Je veux en avoir le cœur net ! s'exclama le commissaire en bondissant sur ses pieds.

– Qu'est-ce que tu vas faire ?

– Je vais prévenir Hannelore qu'on part. »

Versavel regarda son verre à moitié plein sur la table. Il songea à Helmut Grünewald, à son corps d'athlète. Il ne pouvait quand même pas avoir chopé une saleté…

Il vida son verre d'un trait. Toute sa vie, il avait été attentif à son corps. Il ne fumait pas, ne buvait que très rarement, il prenait soin d'éviter les graisses saturées. Il avait statistiquement beaucoup de chances de vivre sans problèmes jusqu'à ses quatre-vingts ans. Une nuit de folie, une seule, pouvait-elle tout remettre en question ?

« Les enfants dorment et Hannelore n'est pas opposée à ce que nous allions faire un tour à Blankenberge, dit Van In en redescendant.

– Comme tu veux.

– Il y a un problème ?

– La passion est plus forte que toutes les bonnes résolutions, Pieter.

– Je n'aurais jamais cru entendre ça de ta bouche !

– Tu as raison. Je suis trop vieux pour ces bêtises… »

Versavel repoussa son verre et se leva. Comme s'il disait : « Loin de moi ce calice ! » Mais Van In n'y prêta aucune attention, tout impatient qu'il était de retourner au loft de Kitty Jouy.

L'orage avait chassé tous les touristes d'un jour sur l'autoroute et poussé les estivants à rejoindre leur appartement ou leur chambre d'hôtel. Ils en étaient ressortis dès qu'il avait cessé de pleuvoir. L'air était lourd, les terrasses bondées et la meute qui flânait sur la digue à peine plus habillée qu'au plus chaud de l'après-midi. Un vieil homme assis sur un banc prenait des notes dans un carnet. Sa spécialisation : les ventres nus. Son occupation : les coter sur une échelle de 1 à 10. Il en était à dix-sept 10, quarante-huit 9 et cent cinq 8. Il ne savait pas où donner des yeux.

« Dans cinq ans, tu verras, Blankenberge sera une station balnéaire hyperchic ! prophétisa Van In en reluquant un groupe de jeunes filles en bikini qui jouaient au softball sur le sable.

– Je suppose que nous ne sommes pas venus ventre à terre à Blankenberge pour que tu puisses te rincer l'œil, dit Versavel.

– Il y a aussi des garçons, Guido. »

Versavel allait dire quelque chose lorsqu'il aperçut Helmut Grünewald sur la digue. Il portait un slip de bain et un t-shirt blanc immaculé. Un jeunot de dix-huit ans marchait à côté de lui, un Adonis aux muscles bien dessinés qui aurait fait tourner la tête aux sculpteurs de l'Antiquité grecque. Versavel éprouva de la jalousie, mais aussi une certaine fierté. Il eut une folle envie d'aborder son amant d'un soir, mais il se retint. Helmut n'était pas malade : cela crevait les yeux.

Hoornaert gara sa voiture devant le port de plaisance. Il portait un pantalon de toile et une chemise à manches courtes. Un étui cylindrique en carton aux couvercles de plastique était posé dans son coffre. Une mamy à la coloration blonde qui se promenait avec sa petite-fille lui adressa un signe amical. Il l'ignora. Il sortit l'étui du coffre et se faufila dans la direction du passage Léopold qui menait à la digue. Personne d'autre ne lui prêta attention. Il aurait bien sûr pu attendre plus longtemps avant de venir récupérer la machette dans l'armoire électrique de la résidence Florida (la police surveillait peut-être le bâtiment), mais il ne pouvait pas courir le risque qu'un habitant la découvre par hasard. Il avait soigneusement pesé le pour et le contre et pris sa décision après mûre réflexion. Un article paru dans un journal populaire l'y avait un peu aidé. La police, avait-il lu, ne disposait pas d'un nombre suffisant d'enquêteurs pour lutter efficacement contre la criminalité. Autrement dit, il était peu probable que la résidence Florida soit sous surveillance. Ses mains tremblaient encore légèrement quand il repensait au meurtre qu'il avait commis la veille de sang-froid. Tout était allé très vite. À dix heures et demie, il avait appelé Kitty Jouy pour lui dire qu'il était prêt à honorer la dette de son beau-fils à son égard, à condition qu'elle lui accorde ses faveurs. La salope avait triplé la somme, mais il avait accepté, exigeant toutefois qu'elle se plie à une petite mise en scène. « Quand je sonnerai, avait-il dit, je veux que tu entrouvres la porte et que tu ailles te mettre au lit à poil. Avec un bandeau sur les yeux. » Elle avait protesté à nouveau, mais il avait senti qu'il pouvait obtenir gain de cause en y mettant le prix. Et en effet, elle lui avait répondu : « Cinq mille euros, et j'accepte le bandeau. » Elle avait déjà fait des choses bien plus étranges dans sa carrière.

Il avait aimé cette image. La justice est toujours représentée avec un bandeau sur les yeux, et personne n'ignore qu'elle est de petite vertu. Ses admirateurs, en général des hommes qui ont étudié le droit, gagnent d'ailleurs leur pain en baisant leur clientèle.

Lorsque Hoornaert avait sonné, Kitty Jouy avait appuyé sur le bouton de l'interphone et entrouvert sa porte, mais au lieu de s'installer au lit – il faisait étouffant dans la chambre –, elle s'était allongée sur la terrasse. Personne ne les verrait, à part le voyeur d'à côté, mais elle s'en fichait. De toute façon, les hommes aux exigences particulières comme Hoornaert étaient en général impuissants.

Le syndic, un jeune agent immobilier très blond et rasé de frais, les attendait dans le hall d'entrée de la résidence Florida. *Ah ! Ils sont en civil ! C'est déjà ça !* se dit-il. Le meurtre de la call-girl avait suscité une énorme publicité négative : il ne voulait à aucun prix en rajouter. Cela ne faisait qu'un an qu'il avait racheté l'agence, et les affaires n'étaient pas aussi florissantes qu'il l'avait escompté.

« Bonsoir, monsieur Van In, dit-il en évitant délibérément de prononcer le mot "commissaire".

– Merci d'avoir pu vous libérer si vite.

– Nous faisons de notre mieux. »

Le jeune homme sourit. C'était une phrase qu'il prononçait cent fois par jour, même quand il recevait un flot de réclamations de clients mécontents.

« Bien », répondit Van In.

L'idée était que le syndic leur montre tous les endroits des parties communes où il aurait été possible de dissimuler un objet de la taille d'une machette.

« L'accès à la cave est en principe fermé », dit le blondinet alors qu'ils entraient dans l'ascenseur.

Le règlement intérieur stipulait que tout occupant de l'immeuble (propriétaire ou locataire) ferme les portes donnant accès aux communs. L'affiche placée à côté de l'ascenseur stipulait en néerlandais : « Il est strictement interdit d'abandonner et/ou de conserver des sacs poubelle ou tout autre objet dans la cave. » Quelqu'un avait écrit ce commentaire au feutre noir, en français : « Comprends pas. »

« C'est le seul accès à la cave ? » demanda Van In lorsque les portes de l'ascenseur s'ouvrirent.

Il fallait encore franchir une sorte de petit palier et une porte avant d'accéder à la cave proprement dite.

« Non, répliqua le syndic. On peut également entrer par une porte latérale.

– Hermétiquement fermée, elle aussi ? »

La porte menant à la cave était bloquée par une cale

en bois. Le petit sas était encombré de sacs poubelle et d'un tas d'objets que refusaient de prendre les éboueurs : une vieille poêle à frire, des lampes à halogène, une chaise métallique et même un micro-ondes antédiluvien.

« Je l'espère ! » répondit le syndic.

Il alluma. La première cave était en réalité un long couloir percé de part et d'autre de petits espaces de rangement (un cagibi par appartement). Venait ensuite la pièce avec les compteurs de gaz et d'électricité et la buanderie.

« Commencez par examiner la porte extérieure », proposa Van In.

Ils traversèrent le couloir. Tout au bout, un escalier menait au garage à vélos du rez-de-chaussée, accessible de l'extérieur via une petite ruelle qui longeait l'immeuble.

« Bravo le règlement intérieur. »

La porte du garage à vélos était ouverte. La serrure était cassée.

« Il arrive souvent que les gens…

– Vous étiez donc au courant ? »

Le syndic se tut. Il avait envoyé paître un occupant de l'immeuble en lui promettant d'avertir le conseil de gérance. Ne jamais montrer qu'on est en faute, tel était son credo. Il avait appris son métier d'un vieux rat qui lui avait dit qu'un bon promoteur immobilier a toujours une belle histoire à raconter, car les gens qui achètent ou qui louent un appartement sur la côte veulent tout sauf la vérité.

« Il arrive qu'on déroge à certaines règles en haute saison, dit-il lorsque Van In eut répété sa question.

– Ah ah. »

Van In lança à Versavel un regard qui en disait long.

« J'appelle Vermeulen ? »

Si le meurtrier était entré par la cave et s'il était monté au dixième étage sans sonner depuis le hall, il était peu vraisemblable que Kitty Jouy l'ait laissé entrer.

– Attends encore un peu. »

Van In connaissait Vermeulen. Si cette mesure s'avérait a posteriori inutile, il risquait d'en entendre parler longtemps. Mais le commissaire ne mourait pas d'envie d'examiner la cave lui-même.

« Je propose de commencer par demander l'assistance de la police locale », dit-il.

Versavel hocha la tête et téléphona à l'officier de garde à Blankenberge.

Les gens qui connaissent un peu Blankenberge savent que les services de secours aiment jouer le grand jeu. Au moment même où il allait s'engouffrer dans la ruelle menant au garage à vélos de la résidence Florida, Hoornaert entendit les sirènes. Il s'immobilisa. Lorsqu'il comprit que les véhicules de police se rapprochaient, il traversa la chaussée et se perdit dans le flot de touristes qui quittaient la digue. Un meurtrier qui revient sur le lieu du crime : le cliché avait la vie dure.

Et pourtant, les ronds-de-cuir qui essayaient d'organiser la nouvelle police intégrée auraient mieux fait d'en tenir compte. L'article qu'Hoornaert avait lu contenait sa part de vérité. La police faisait le maximum pour intervenir très rapidement, mais elle n'avait pas le temps d'enquêter à fond. Comment cela aurait-il été possible ? Les sirènes se rapprochaient toujours. Hoornaert n'en doutait pas une seconde : ce déploiement de bleu, c'était pour retrouver la machette. Au lieu de s'enfuir, il décida de s'asseoir sur un banc et d'observer les événements. Il était curieux – c'était en tout cas ce qu'il se disait. De toute façon, il se fichait pas mal de ce qui pouvait lui arriver, désormais. Si les médecins avaient raison, il ne serait plus là dans un an.

« Inspecteur Monset ! À vos ordres, commissaire ! » dit un flic mince et bronzé en portant deux doigts à son képi avant d'enfoncer ses pouces dans son ceinturon.

Van In avait ces simagrées en horreur, mais il s'abstint de tout commentaire.

« J'avais demandé une intervention discrète.

– Oui, mais… »

Monset fronçait les sourcils. Une intervention discrète à Blankenberge, c'était aussi facile que de se balader en imper sur une plage de nudistes.

« Vous voulez que je désactive les sirènes ? »

Les gyrophares coloraient le ciel de bleu.

« Les sirènes ET les gyrophares, inspecteur Monset.

– D'accord. »

Deux voitures de police étaient stationnées devant la résidence Florida. Les agents ne ménageaient pas leurs efforts pour tenir la foule des curieux à distance.

« Mission accomplie », dit Monset, fier de lui.

Qu'est-ce qu'il croit, ce Van In ? Qu'il n'y a que des débiles qui travaillent chez nous ?

Monset était comptable de formation, mais les circonstances l'avaient empêché d'exercer son métier. Ce qui ne voulait pas dire qu'il était dépourvu d'ambition. Il entretenait de bonnes relations avec les cadres du parti libéral, le VLD. Il y avait de grandes chances qu'il soit un jour nommé commissaire.

« J'ai besoin de quatre hommes fiables, dit Van In. Pour passer les communs au peigne fin.

– Aucun problème, commissaire. »

Moins de cinq minutes plus tard, deux nouvelles voitures de police arrivaient sur les lieux. Sirènes hurlantes et gyrophares allumés. Van In réprima un profond soupir avant d'aller fumer une cigarette sur la digue.

La machette avait été dissimulée dans une armoire électrique dont la porte n'était pas plus fermée que les autres. L'inspecteur Monset, qui s'y connaissait en caches, trouva l'objet en cinq minutes.

« Je suppose que c'est cela que vous cherchiez, triompha-t-il.

– Mouais », répondit Van In, désabusé.

Monset aurait sans doute trouvé un crocodile si on le lui avait demandé.

Versavel enfila des gants – étrange, se dit-il, que là il songeait à se protéger –, s'empara de la machette et demanda à un agent d'aller lui chercher un sac en papier. Il arrive que l'on trouve des traces d'ADN sur les armes utilisées dans un crime. Dans les films, on les range dans un sac en plastique. Mais, dans la vraie vie, si on ne veut pas bousiller les indices, c'est du papier qu'il faut.

« J'ai appelé Vermeulen », dit-il en voyant Van In allumer une nouvelle cigarette.

Le meurtrier avait sans doute laissé ses empreintes ici et là, par exemple sur les boutons de porte.

« Dis à Monset de surveiller toutes les issues.

– Tu crois que le meurtrier viendra rechercher son arme ce soir ?

– Non. Mais je ne peux pas me permettre de ne pas envisager malgré tout cette possibilité.

– Évidemment », répondit Versavel d'une voix presque grave.

De toutes les tâches d'une enquête, la surveillance d'un immeuble était sans doute la plus barbante qu'on puisse refiler à un collègue.

« Tu ne trouves pas qu'ils sont très voyants, en uniforme ?

– Demande-leur de s'habiller en civil, Guido.

– Bien, chef. »

Versavel s'éloigna discrètement. Il pensait à Sherlock Holmes et à Watson. Quand le boss réfléchissait, son assistant devait le laisser réfléchir.

6

David Starr planta sa fourchette dans les jaunes de ses œufs au plat et attendit qu'ils se mélangent aux blancs avant d'y tremper une tartine. Un journal était posé devant lui sur la table du petit-déjeuner. « Une call-girl assassinée sauvagement à Blankenberge », titrait la une. Il découpa un morceau d'œuf, le porta à sa bouche et l'avala sans le mâcher. Puis il but une gorgée de café. Il eut un haut-le-cœur. Comme la plupart des Américains, il trouvait le café qu'on sert en Europe dégueulasse. Et les œufs n'étaient pas terribles non plus. Il posa sa fourchette, chiffonna sa serviette et l'envoya valser sur son assiette. Kitty Jouy lui avait vendu ses faveurs pendant plusieurs années. Elle était chère, mais elle connaissait son métier. Sa mort ne lui faisait ni chaud ni froid, mais il s'inquiétait : c'était quand même Wilfried Traen qui les avait présentés, elle et lui. Si les flics faisaient le lien entre Traen et Kitty – d'accord, les Européens sont bas de plafond, mais ils ne sont pas débiles –, il n'était pas impensable qu'ils se mettent en tête de le chercher, lui. Il fallait éviter ça coûte que coûte. Il se trouvait devant cette alternative : appeler le boss et lui demander une nouvelle affectation ou passer lui-même à l'action. Où l'enverrait-on ? En Afrique ? Au Moyen-Orient ? Il était bien, en Flandre. D'accord, le café et les œufs n'étaient pas extra, mais les moules ! et la viande ! Et puis, les gens étaient sympas. Il n'était plus tout jeune. Bientôt cinquante-huit ans… Les vieux arbres supportent mal d'être transplantés. Proverbe flamand. *Damned !*

David Starr leva la main et adressa un clin d'œil au serveur. Il lui avait fallu deux ans pour apprendre à maîtriser la langue locale. Il n'avait pas trop envie d'être muté en Afrique et obligé de se mettre au swahili. Non, cette fois il fallait qu'il trouve une solution tout seul comme un grand. Il étendit les jambes et ferma les yeux. Le bruit des premières calèches qui traversaient la grand-place se mêla au carillon du beffroi. Bientôt, les touristes prendraient possession du centre historique, par troupeaux de quarante ou cinquante menés par de petits guides chauves en costume. Cela faisait dix ans que David Starr vivait à Bruges, mais il n'avait jamais eu envie de la visiter ainsi. Il prit son portable et composa un numéro. On décrocha aussitôt.

« Allô ?

– Stef est là ?

– Un moment. »

Marijke posa le combiné du téléphone.

« Stef ! Téléphone !

– C'est qui ?

– Aucune idée. »

La conversation dura cinq minutes. Lorsqu'elle fut terminée, David Starr prit son journal, paya son petit-déjeuner et rentra chez lui. Il avait joué gros, mais il pensait que ses chances de récupérer sa mise étaient élevées. Stef Bonheure avait les circonstances contre lui.

Sans compter qu'il adorait sa femme. Le connard. Maintenant, il ne restait plus qu'à donner un coup de fil anonyme aux flics et à attendre.

« Ça va mieux ? »

Van In déposa le plateau du petit-déjeuner sur la table de nuit et s'assit au bord du lit. Il avait passé la nuit dans le canapé parce qu'il n'avait pas voulu réveiller Hannelore à son retour de Blankenberge, sur le coup de deux heures du matin.

Elle se tourna vers lui, chassa une mèche rebelle et consulta le réveil.

« Qu'est-ce que tu fais encore ici ?!

– Je m'occupe de ton petit-déj, mon amour.

– Et les enfants ?!

– Ne te fais pas de souci pour eux. »

Van In avait appelé Versavel et lui avait demandé de conduire les jumeaux chez la nounou. Hannelore le fixa d'un regard vitreux. La veille, elle s'était résolue à prendre un somnifère quand elle avait compris qu'elle ne parviendrait pas à se débarrasser de ses idées noires. Cela lui arrivait de plus en plus souvent de n'avoir plus goût à rien, de ne pas trouver le sommeil et de lutter contre des angoisses inexplicables. C'était pour cette raison que son généraliste lui avait prescrit ces somnifères. Van In s'était d'abord montré sceptique, mais, après quelques disputes homériques, il avait heureusement changé d'avis. Elle le trouvait adorable de s'être occupé de tout.

« J'espère que je ne suis pas en train de devenir folle.

– Non, ma chérie. Tu travailles trop, c'est tout. »

Van In se laissa rouler sur le lit et se pelotonna contre elle. Il avait terriblement envie de glisser une main sous les draps pour la caresser, mais il se contrôla. Il se contenta de lui caresser le front, mais même ce geste insignifiant l'excita. Incroyable comme une femme aux yeux humides, aux joues blêmes et aux cheveux en bataille pouvait être appétissante.

« J'ai appelé ta greffière et je lui ai dit que tu prenais un jour de congé », lui chuchota-t-il à l'oreille.

Elle ne protesta même pas. Elle laissa retomber sa tête sur l'oreiller et referma les yeux. Les caresses de Pieter lui faisaient du bien. Elles l'apaisaient.

« Tu es sûr que je n'ai rien ? demanda-t-elle subitement.

– Qu'est-ce que le toubib a dit ?

– Que tout va bien.

– Tu vois !

– J'ai du mal à le croire, Pieter.

– Mouais…

– Tu veux bien m'examiner ?

– Moi ?

– Ça me rassurerait.

– Dans ce cas… »

Van In glissa une main sous les draps.

« Je commence où ? Le gauche ou le droit ?

– Comme tu veux. »

Lorsque Van In traversa le Zand, une heure et demie plus tard, il eut l'impression que Bruges était redevenue la ville agréable qu'il avait tant aimée autrefois. Jusqu'aux statues de bronze surchargeant la fontaine qui avaient recouvré leur beauté et leur élégance. Il répondit d'un signe de tête au salut d'un groupe de Japonais. S'il avait su siffler, il y serait sans doute allé d'un air guilleret. Sa peau frissonnait de plaisir et ses genoux, d'habitude si raides, se dépliaient avec souplesse comme s'ils venaient d'être huilés.

Ils avaient joué au docteur selon une technique tantrique très personnelle qui évoquait pour lui le débouchage au ralenti d'une bouteille de champagne qu'on aurait légèrement agitée au préalable. Van In se sentait rajeuni de dix ans. Il avait même l'impression que sa ceinture le serrait moins que la veille.

Carine Neels fleurait bon le magnolia. Elle portait une petite jupe qui semblait avoir été moulée sur elle et un t-shirt qu'il était inutile de mouiller pour discerner ce qu'il recouvrait. La fliquette salua Van In en consultant sa montre pour lui indiquer qu'il arrivait bien tard. Bruynooghe portait un jean décoloré et une chemise bariolée à manches courtes. Manifestement, ils s'attendaient tous les deux à poursuivre leur travail de planque au canal de Damme.

« J'ai envie de quelque chose de frais ! dit Van In.

– Ça arrive ! »

En raison des travaux de rénovation en cours au commissariat du quai Louis-Coiseau, la cellule de recherche retrouvait temporairement ses locaux de la rue des Siliques. C'était bon de se sentir revenu chez soi. Même le frigo que Van In avait fait installer en son temps était toujours là.

« Bonjour, Guido. »

Versavel était assis en manches de chemise près de la fenêtre. Le rapport que lui avait tendu Bruynooghe une heure auparavant était posé devant lui. Il ne s'y trouvait pas grand-chose d'intéressant. Hoornaert avait quitté sa propriété vers vingt et une heures et était rentré chez lui peu avant minuit. Aucun invité ne s'était présenté à la villa du couple Traen pour la fête que Wilfried avait notée dans son emploi du temps. La disquette sur laquelle mademoiselle Boonstra avait copié l'agenda électronique de son patron contenait, lui, quelques informations précieuses.

« Hannelore va mieux ?

– J'ai fait ce qu'il fallait pour », dit Van In en prenant place derrière son bureau et en allumant une cigarette.

Le sourire qui se dessina sur ses lèvres leva toute ambiguïté. En temps normal, Versavel aurait chambré Van In, mais il demeura silencieux. Van In n'y prêta pas attention. La faute à Carine, sans doute, qui venait de se pencher très bas pour déposer une Duvel devant lui.

« Traen était en contact régulier avec des leaders du secteur de l'informatique, dit Versavel.

– Et alors ? »

Van In but une première gorgée. Rien de tel qu'une Duvel en matinée.

« Tu ne trouves pas ça un peu bizarre pour quelqu'un qui dirige une entreprise de recyclage ?

– Il recyclait des ordinateurs, non ? »

Dans l'agenda de Traen, les noms que Versavel avait repérés n'étaient pas ceux des premiers venus.

« J'ai du mal à m'imaginer ce qui pourrait pousser les administrateurs délégués d'entreprises de technologie de pointe à déjeuner avec le patron d'une boîte qui recycle des vieux coucous », expliqua Versavel.

Quand Van In et Hannelore s'étaient envoyés en l'air – il ne fallait pas être grand clerc pour le deviner –, le commissaire avait toujours besoin d'un petit moment avant d'atterrir.

« On peut toujours le leur demander, Guido.

– C'est toi qui vois.

– Ne fais pas l'enfant, Guido. »

Van In lut le rapport de Bruynooghe. Quelle mouche avait piqué Hoornaert de laisser sa femme seule près de trois heures la veille ? N'avait-il pas dit qu'il s'était privé pendant trois jours de rendre visite à sa fille et à ses petits-enfants, alors qu'ils vivaient en voisins, parce que sa femme se rétablissait d'une intervention et qu'elle avait besoin de lui ? Il pensa à Hannelore. Même si le cancérologue avait assuré qu'il n'y avait pas de souci à se faire, elle continuait à avoir des accès de panique. S'occupait-il assez d'elle ?

« Je fais l'enfant ? »

Versavel avait essayé de se rabibocher avec Frank, sans succès. Il avait l'impression que son compagnon avait compris qu'il l'avait trompé. Il lui avait tourné le dos et était tombé endormi d'un bloc. Versavel avait hésité à le réveiller et à tout lui avouer. Finalement, il n'avait pas osé.

« Non, Guido. Tu ne fais pas l'enfant. »

Van In vida son verre. *Loin de moi ce calice !* songea-t-il.

L'inspecteur Verkaemer revenait d'une journée au parc d'attractions Plopsaland avec sa fille et sa petite-fille. L'excursion lui avait coûté la bagatelle de deux cents euros, mais le sourire de la petite Kenny les valait bien. En fin d'après-midi, sa fille l'avait serré dans ses bras et l'avait remercié, émue. Il tenait à Kenny comme à la prunelle de ses yeux, tous ses collègues le savaient, et depuis que son beau-fils avait laissé tomber sa fille, leurs liens s'étaient encore resserrés. À leur retour au bercail, la petite Kenny s'était assise sur les genoux de son bon-papa et s'y était endormie presque aussitôt. Aussi, ce jour-là, les gens qui appelèrent la police furent accueillis par une voix chaleureuse, car jamais Verkaemer n'avait été de meilleure humeur.

« Police de Bruges. Que puis-je pour votre service ? »

Il y eut un bref silence.

« Allô, monsieur ? En quoi puis-je vous aider ? »

Le téléphone sonna juste au moment où Van In faisait honneur à sa deuxième Duvel.

« Allô ?

– Ici Verkaemer, commissaire. Je viens de recevoir un appel étonnant. Au sujet du drame familial de Damme.

– Je t'écoute, Joris. »

Van In avait beau diriger la cellule de recherche spéciale, la plupart de ses collègues l'aimaient car il n'était pas du genre à se croire sorti de la cuisse de Jupiter. D'ailleurs, il appelait la plupart de ses subalternes par leur prénom et les tutoyait.

Lorsque Verkaemer eut raccroché, Van In soupira. Les appels anonymes, il avait ça en horreur.

« Du neuf ? demanda Versavel.

– Si Verkaemer dit vrai, l'affaire Traen est résolue.

– En voilà une bonne nouvelle !

– Je ne le jurerais pas. »

Les auteurs d'appels anonymes gâchent tout le plaisir qu'il y a pour un flic à boucler une enquête. C'est un peu comme rencontrer la femme de ses rêves et la mettre dans son pieu cinq minutes plus tard sans avoir dû se décarcasser pour la séduire. Van In préférait la lenteur et le travail bien fait. On ne prend pas une citadelle sans faire couler du sang, de la sueur et des larmes. Avant Churchill, Jules César y était allé d'une petite appréciation personnelle qui chantait les louanges de la ténacité belge et que, pour cette raison, nous répétons à l'envi : « *Gallia est omnis divisa in partes tres, quarum unam incolunt Belgae, aliam Aquitani, tertiam qui ipsorum lingua Celtae, nostra Galli appellantur... horum omnium fortissimi sunt Belgae.* »

L'Empereur aurait tout aussi bien pu écrire que les *Belgae*, les *Aquitani* et les *Celtae* ne faisaient pas le poids contre ses légions armées jusqu'aux dents, mais ses lauriers auraient eu moins de panache qu'en écrivant ce qui se trouve désormais dans tous les livres d'histoire : « De tous les peuples de la Gaule, les Belges sont les plus forts. » Loin d'être un fervent admirateur de l'auteur de *La Guerre des Gaules*, Van In ne pouvait lui donner tort sur un point : un combat rudement mené a toujours plus de valeur. Tiens... Eh bien oui, l'ami Corneille n'avait pas dit autre chose : « À vaincre sans péril, on triomphe sans gloire. »

« Je t'arrête, parce que, sinon, tu vas me parler de Norman Schwarzkopf et me dire que dans cinq ans tout le monde l'aura oublié parce qu'il a remporté une offensive décisive de la guerre du Golfe en moins de cent heures, objecta Versavel. Et si tu en venais aux faits ?

– Un citoyen bien intentionné s'est fendu d'un coup de fil pour nous apprendre qui a trucidé Wilfried Traen et toute sa famille. Il s'agirait d'un ancien collaborateur de NOWASTE qui n'aurait pas digéré son licenciement.

– C'est possible, non ?

– Bien sûr que c'est possible.

– OK, boss. »

Versavel se mordit la lèvre inférieure. Il connaissait Van In depuis suffisamment longtemps pour savoir qu'il y a un temps pour parler et un temps pour se taire.

Stef Bonheure et Marijke Moeyaert vivaient dans une maison mitoyenne de la rue des Baudets, une cité sociale de Sint-Pieters, dans la banlieue de Bruges. Les maisons qui avaient encore l'air modernes quarante ans plus tôt étaient aujourd'hui assez piteuses. Elles ne tombaient pas en ruine, elles n'étaient pas non plus délabrées, mais elles se ressemblaient tellement qu'il n'eût pas été étonnant qu'un homme se trompe de porte et couche avec la voisine sans rien remarquer d'anormal.

« C'est ici, dit Versavel.

– Où ?

– Là. »

Van In sortit de la Golf, referma la portière et traversa la rue. Un vase en porcelaine de Chine flanqué de deux candélabres en cuivre était posé sur l'appui de l'immense fenêtre rectangulaire. C'était une maison construite à la hollandaise : de la rue, on pouvait embrasser tout l'intérieur d'un coup d'œil – c'est bien d'ailleurs pour cela que plus personne ne voulait y habiter.

La sonnerie retentit dans tout le quartier. Dans la maison d'en face, quelqu'un tira le rideau – une femme âgée souffrant de la sclérose en plaques et pour qui le moindre mouvement rompait la monotonie des jours. Versavel se dit que les autres voisins devaient être tout aussi curieux, mais peut-être juste un rien plus discrets.

« Commissaire Van In, cellule de recherche spéciale. On peut entrer, madame ? »

Marijke Moeyaert portait un t-shirt défraîchi qui avait jadis été grenat et un pantacourt dont les pans lui battaient les mollets. *Quarante-cinq ans*, évalua Van In. *Pas vilaine.* Sans doute à cause de ses taches de rousseur, de son nez en trompette et des mèches rousses qui encadraient son visage avec grâce.

« Entrez », dit-elle.

Elle portait un soutien-gorge bon marché, une sorte de harnais qui l'obligeait à marcher en rentrant les épaules. Les agrafes étaient visibles sous le coton du t-shirt. Van In eut un regard pour ses jambes à la peau sèche et squameuse.

Marijke Moeyaert les guida jusqu'au salon. Rue des Baudets, on a des meubles en chêne, des tables de cuisine en formica et aux pieds métalliques, un téléviseur tombé du camion et, souvent, un canari.

« Asseyez-vous. »

Marijke saisit le journal posé sur le canapé et le posa sur une pile de revues. Versavel, entré discrètement à la suite du commissaire, releva soigneusement les jambes de son pantalon et s'assit prudemment sur le canapé avachi. Van In choisit le fauteuil.

« Votre mari est là ? »

Marijke passa ses doigts dans ses cheveux et serra les mâchoires. Cinq ans plus tôt, quand tout allait encore, bien des hommes auraient fait des folies pour passer une heure en tête à tête avec elle. Désormais, il ne lui restait que Stef. De tous ceux qui lui avaient jadis fait la cour, il avait été le seul avec lequel elle avait connu une réelle intimité. Il continuait à lui faire l'amour, et qu'elle ait ses règles ou qu'elle n'ait pas envie n'y changeait rien. L'amour est le plus fort des moteurs.

« Il dort », dit-elle.

Un verre de genièvre était posé sur la table. Le cendrier contenait une bonne vingtaine de mégots écrasés.

« Il est malade ?

– Non. »

Marijke Moeyaert baissa les paupières et passa une nouvelle fois les mains dans ses boucles rousses. Avec sa poitrine informe, ses hanches grasses et son gros ventre, elle ne correspondait pas aux normes de beauté imposées par les médias, mais ses yeux brillaient comme des pierres précieuses. Les jeunettes à la silhouette agréable bénéficient d'un certain nombre d'atouts, mais quel est leur sort l'âge venant ?

Van In consulta Versavel du regard. Cette femme avait eu une vie difficile et elle avait tout sacrifié pour un mari alcoolique, sans perspectives d'avenir.

« On peut lui parler ?

– Je vais le réveiller. »

Stef Bonheure dévala l'escalier. Il avait passé un peignoir ; dessous, il ne portait qu'un slip.

« Bonjour », dit-il.

Quand on en a vu de toutes les couleurs, on ne s'effraie même plus lorsque le destin vient frapper à la porte. On se résigne.

« C'est délicat, commença Van In, qui avait ce genre de confrontation en horreur.

– Vous venez pour savoir si c'est moi qui ai tué Wilfried Traen et sa famille ? »

Bonheure prit le paquet de cigarettes posé sur la table et s'alluma une sèche. Puis il resta immobile à fixer le verre de genièvre.

« Et si on commençait par boire un coup ? proposa-t-il.

– Il vaudrait mieux pas, monsieur Bonheure. »

L'homme fit un geste désinvolte de la main pour indiquer que, de toute façon, il s'en contrefichait. La bouteille de genièvre qu'il avait débouchée la veille était presque vide, et il n'avait pas d'argent pour en acheter une nouvelle.

« Je vous écoute, commissaire.

– Il s'agit bien de Wilfried Traen.

– Vous vous demandez si c'est moi qui l'ai dégommé. »

Marijke porta les mains à son visage. Tout ce pour

quoi elle avait lutté durant leur vie commune s'écroulait comme un château de cartes. Les idées romantiques auxquelles elle s'était accrochée, les efforts qu'elle avait accumulés… Tout lui glissait entre les doigts.

« Stef n'a tué personne ! » s'exclama-t-elle.

Klaas Vermeulen, le chef du labo technique, avait détecté un nombre incalculable d'empreintes dans la villa des Traen. Après élimination, il en restait deux qu'il n'avait pas réussi à identifier.

« Personne n'accuse votre mari de meurtre », dit Van In.

Qu'on commette un meurtre dans un état de frustration extrême ou sur un gros coup de colère, il pouvait le comprendre. Il avait beaucoup plus de mal avec ceux qui préméditaient soigneusement un assassinat et dont les avocats plaidaient ensuite une jeunesse difficile et un milieu peu favorable à l'épanouissement personnel. Stef Bonheure était un poivrot, un homme malade.

« Ne prenez pas cette peine, commissaire, dit Bonheure. C'est de ma faute si les Traen sont morts. »

Marijke n'en croyait pas ses oreilles. Elle revit en accéléré toute leur vie commune. Ils avaient eu leurs bons moments, et elle s'y accrochait : leur première nuit, dans sa chambre de jeune fille, le collier de fausses perles qu'il lui avait offert pour son vingt-quatrième anniversaire, ses doigts si doux, leurs conversations interminables, leurs virées au restaurant, la naissance du petit Sven… Elle eut une boule dans la gorge. Le bébé avait à peine vécu quelques jours. Stef adorait les enfants, ce qui avait rendu les choses encore plus difficiles. Et même s'ils avaient continué à essayer, elle n'avait jamais été enceinte une seconde fois.

C'était à ce moment-là que les problèmes avaient commencé.

« Vous mesurez la portée de vos paroles, monsieur Bonheure ? dit Van In en se disant qu'il préférait encore un appel anonyme à des aveux spontanés.

– Je ne suis pas débile.

– Vous comprenez donc que je suis dans l'obligation de vous arrêter. »

Marijke tenta de se maîtriser. Elle perdait son homme. Comment allait-elle se débrouiller sans lui ? Elle ne pouvait pas compter sur sa famille, et des amis, cela faisait longtemps qu'ils n'en avaient plus. Un crime passionnel lui aurait coûté cinq ou six ans. Mais il avait assassiné toute une famille de sang-froid ! Il ne s'en sortirait pas à moins de vingt-cinq ans. Elle avait la gorge en feu.

« Je voudrais boire un dernier verre, dit Stef Bonheure. Un dernier avant d'arrêter. »

Van In hocha la tête. La prison n'était pas le meilleur endroit pour une cure de désintoxication, mais le traitement était radical, vu la difficulté d'approvisionnement.

« Nous avons tout notre temps », dit-il.

Versavel leva les yeux vers le commissaire, mais demeura silencieux. Van In se permettait bien des choses que Dieu interdisait au commun des flics.

Van In laissa Stef Bonheure vider la bouteille de genièvre avant d'appeler l'équipe d'arrestation. À l'arrivée des collègues, il octroya encore à l'homme le temps de faire ses adieux à sa femme. Il n'aimait pas du tout cette situation, mais si un type venait à lui en lui présentant ses poignets pour qu'il y boucle des menottes, que pouvait-il faire d'autre qu'obtempérer ?

« Tu veux l'interroger aujourd'hui, ou tu vas d'abord le laisser cuver son genièvre ? » demanda Versavel alors qu'ils montaient dans la Golf.

Van In ouvrit sa vitre et posa son coude à l'extérieur. La canicule commençait à devenir franchement insupportable. Il entendait les Témoins de Jéhovah annoncer l'imminence de la fin du monde. C'était comme si la terre était sortie de sa trajectoire et qu'elle filait droit vers le soleil. Il alluma une cigarette. Ce n'était pas le moment de lui parler du trou dans la couche d'ozone.

« Il n'a pas dit qu'il avait tué Traen, il a dit que c'était de sa faute s'il était mort. »

Marijke lui avait confié que son mari avait pas mal éclusé avant leur arrivée. Ensuite, il avait descendu une demi-bouteille de genièvre en leur présence. Le moins que Van In pouvait faire, c'était de lui accorder le bénéfice du doute. Et puis, vraiment, il n'aimait pas les coups de fil anonymes.

« Vermeulen s'est manifesté ?

– Pas que je sache. »

Van In laissa pendre sa main et fit tomber la cendre de sa cigarette au-dehors. Porte des Baudets, ils prirent à droite. Des dizaines de cygnes barbotaient dans l'eau. Les canards s'étaient lovés dans l'herbe de la rive. Un vieil homme suscitait un beau raffut en distribuant du pain rassis.

« Kitty Jouy a sans doute été tuée à cause de sa relation avec Traen », dit-il.

Versavel freina aux feux de signalisation du Bloedput. Van In avait probablement raison. Kitty Jouy était une call-girl de luxe. Il y avait vraiment peu de chances que Stef Bonheure connaisse une femme comme elle.

« Et notre expert en informatique ? Il a donné de ses nouvelles ? »

Question débile, la faute à la canicule. Difficile de réfléchir par une température de trente-trois degrés. Autant essayer de fendre des bûches avec une lame de rasoir.

« Tu veux que je l'appelle ?

– Oui, s'il te plaît. »

Van In repensa à Hannelore, mais ses images mentales furent entrecoupées, comme sous l'effet d'un stroboscope, par la vision du corps égorgé de Kitty Jouy. Il frissonna. *Les putes n'ont aucun statut, aucuns droits. Autant dire que le parquet n'est pas vraiment en émoi quand l'une d'entre elles est retrouvée assassinée. Les hypocrites !*

Van In avait eu une relation avec une certaine Véronique, une jeune femme qui vivait elle aussi du produit de ses mœurs légères. *Qu'est-ce qu'elle est devenue, après toutes ces années ? Aucune idée. Mais c'était une femme raffinée, adorable et compréhensive.*

Versavel arracha Van In à ses réflexions.

« J'avais sous-estimé Vandewalle. Devine quel nom il a repéré dans les fichiers de Kitty Jouy ? Le ministre Vandevijvere !

– Dans ce cas, il est grand temps que nous allions rendre visite à son excellence ! »

Versavel fronça les sourcils. Les ministres se sentaient de plus en plus vite blessés dans leur amour-propre. Ils vous collaient sur le dos un procès pour diffamation pour un oui ou pour un non. Mais Van In n'aurait pas été Van In s'il s'en était soucié le moins du monde.

« Et Bonheure, alors ?

– On le laisse cuver son genièvre. »

Van In s'empara du micro de la radio de bord.

« Je veux que Stef Bonheure soit reçu avec les honneurs de la maison ! Notre meilleure chambre ! Et un bon dîner ! »

Les ministres vont en réunion, déjeunent, inaugurent des expositions, participent à des talk-shows à la télévision... Vandevijvere était l'exception qui confirme la règle. Il passait la moitié de son temps dans son bureau à étudier des dossiers, l'autre à discuter avec ses collaborateurs et ses conseillers de la politique à mener dans les attributions qui lui avaient été confiées : l'emploi et le tourisme. Lorsque sa secrétaire lui annonça qu'un certain commissaire Van In souhaitait lui parler le plus rapidement possible, il prit la communication. René Vandevijvere était avocat, ministre et socialiste, dans cet ordre. Lui et Van In s'étaient un jour rencontrés lors d'une réception organisée par la ville de Bruges à l'occasion de la première d'une pièce de théâtre. Le courant était bien passé, pour la simple et bonne raison qu'ils avaient les mêmes opinions politiques.

« C'est une sale histoire », dit le ministre lorsque Van In lui exposa le contexte dans lequel il souhaitait lui parler.

Vandevijvere sortait d'une réunion avec la direction du Tourisme de Flandre occidentale. Il venait de mettre au point un plan révolutionnaire pour promouvoir l'affluence sur la côte belge, histoire de remercier ses électeurs. Il portait pour l'occasion une chemise au col ouvert, sans cravate, un pantalon en lin décontracté et une veste assez sportive : l'uniforme de l'homme politique moderne.

« Nous pouvons être à Bruxelles dans une heure », dit Van In.

Vandevijvere consulta sa montre. Seize heures trente. Quand donc pourrait-il rentrer chez lui avant vingt heures ?

« Je dispose d'un chauffeur, commissaire.
– Moi aussi ! répondit Van In en riant. Et d'une sirène ! »
Finalement, ils convinrent de se retrouver au café Vlissinghe, dont ils appréciaient tous les deux l'atmosphère paisible. Il était étrange que Vandevijvere accepte de se rendre à Bruges, mais Van In ne voulut pas penser à mal.

Le plus vieux café de Bruges présentait un autre avantage : l'été, on pouvait y boire une bière au jardin. Pour une fois, René Vandevijvere avait donné à son chauffeur l'instruction de ne pas tenir compte des limitations de vitesse. Lorsqu'il arriva au Vlissinghe, Van In trempait ses lèvres dans sa deuxième Duvel. Il y eut une certaine agitation dans l'établissement. Les clients qui avaient reconnu le ministre ne parvenaient pas à le quitter des yeux. Quand l'homme se laissa tomber sur une chaise et allongea les jambes, les commentaires fusèrent.
« Que puis-je vous offrir ? demanda Van In.
– Une pinte, merci ! »
Grietje, la patronne, arriva à la table dès que Van In leva la main. Elle accueillait de plus en plus souvent des Flamands connus, les affaires marchaient bien.
« Une pinte, une Duvel et un Perrier ! » commanda Van In à la jeune femme qui portait un jean seyant et un petit chemisier de coton à l'échancrure généreuse.
« Je voudrais vous parler de Wilfried Traen », commença Van In.
Le ministre prit un air grave. Il restait un homme politique dans l'âme, même si le commissaire Van In était un gars qui lui paraissait on ne peut plus sympa-

thique. Il se répéta mentalement le scénario qu'il avait mis au point.

« Je connaissais Wilfried depuis longtemps, commença-t-il. Mais vous avez certainement fait votre petite enquête...

– Bien sûr », mentit Van In.

Le ministre décida de jouer cartes sur table. Lui et Traen, expliqua-t-il, étaient de grands amis. Ils se voyaient régulièrement.

« Il m'invitait à dîner trois ou quatre fois par an... »

Van In se rappela que Louise Hoornaert avait demandé au jardinier de tondre la pelouse pour le vendredi parce qu'ils attendaient de la visite.

« Désolé de vous décevoir, commissaire. Voilà que je rentre de Suède.

– Vous connaissez le beau-père de Wilfried Traen ?

– Hilaire ?! »

Van In se demanda subitement pourquoi il ne s'était jamais enquis du prénom du bonhomme.

La patronne revenait avec son plateau. Elle déposa les verres sur la table en se penchant peut-être un peu plus que nécessaire. Le ministre ne put s'en empêcher. Il jeta un œil vers le plantureux corsage. Cela n'échappa pas à Van In.

« Le nom de Kitty Jouy vous dit-il quelque chose ? demanda-t-il en prenant le taureau par les cornes.

– Pourquoi me demandez-vous ça ? »

Sur l'autoroute entre Bruxelles et Bruges, Vandevijvere avait réfléchi à la réponse à donner à cette question. Le fait que Van In lui ait proposé un lieu de rendez-vous informel montrait qu'il était disposé à accepter un compromis et à fermer les yeux sur certaines choses si on le lui demandait.

« Oui, je la connaissais. »

Au sens biblique ? eut envie de demander Van In. Il s'abstint.

« On peut en parler ?

– Oui, mais pas ici. »

7

Les hommes politiques donnent souvent l'impression d'être des imbéciles, mais rien n'est plus faux. Ce sont au contraire des gens très avisés et prêts à beaucoup pour atteindre leurs objectifs, même si cela implique une certaine dose de risque. René Vandevijvere chuchota quelques mots à l'oreille de son chauffeur avant de s'asseoir à l'arrière de sa limousine en compagnie de Van In.

« J'espère que vous ne m'en voulez pas de vous avoir demandé de vous passer de votre assistant, dit Vandevijvere alors que le chauffeur engageait la voiture dans la direction de la côte.

– Non, bien sûr. »

Au Vlissinghe, le ministre avait déclaré tout de go qu'il voulait s'entretenir entre quat'z'yeux avec Van In. Versavel s'était aussitôt levé, apparemment soulagé.

« Vous avez du temps devant vous ? »

Van In alluma une cigarette sans y avoir été invité.

« Vous pouvez me tutoyer, monsieur le ministre. »

Il y avait anguille sous roche. Il avait contacté l'homme politique à son cabinet, à Bruxelles, celui-ci avait rappliqué dare-dare à Bruges, et maintenant il poussait le bouchon jusqu'à le conduire vers une destination inconnue aux frais du contribuable. Même un auteur de polars à succès n'aurait pas osé inventer une énormité pareille.

« Et je peux t'appeler Pieter ?

– Comment pourrais-je te refuser ça, René ? »

Le ton était donné. Van In prit ses aises sur la banquette arrière. Il n'avait jamais eu autant de place pour ses jambes.

« Ça fait plaisir à entendre. »

La limousine ministérielle glissait à travers les polders comme un jouet téléguidé. Elle passa à hauteur du beffroi trapu de l'église de Lissewege. La silhouette de Blankenberge se profilait dans le lointain, mais telle n'était pas leur destination. Juste avant d'entrer dans l'agglomération, le chauffeur manœuvra la voiture dans un chemin privé qui menait à une grande bâtisse protégée des regards par une haie touffue.

« Je parie que tu n'as jamais été invité ici ! » dit Vandevijvere en souriant dans sa barbe. Puis, il se tourna vers son chauffeur : « Je t'appellerai quand nous aurons fini. »

Van In songea malgré lui au décor du *Grand Meaulnes*, à cause d'un je-ne-sais-quoi d'irréel dans l'atmosphère qui venait s'ajouter à la grandiloquence de l'hôtel particulier. Mais, à bien y regarder, c'était presque à coup sûr un bordel de luxe. Les doutes de Van In se dissipèrent quand il découvrit le nom de l'établissement : Mora Mora. La maîtresse des lieux, une Tchèque très belle, referma la porte à clé derrière eux et les introduisit dans une antichambre où une bouteille de champagne prenait le frais dans un seau à glace. Le reste était à l'avenant : lumières tamisées, moquette défraîchie, fauteuils garnis d'une matière résistant aux taches…

« C'est ici que j'ai rencontré Kitty Jouy. Ce devait être il y a huit ans », dit Vandevijvere.

Il pria Van In de s'asseoir et remplit les coupes. La Tchèque ferma le rideau qui séparait l'antichambre de la salle. Van In était pleinement conscient que le ministre le plaçait dans une situation compromettante, mais il n'entreprit rien pour s'y soustraire. Il n'avait pas encore porté ses lèvres à son verre qu'une jeune fille traversait le rideau. Elle était pieds nus et portait une minuscule robe blanche à ras des fesses. Elle ne devait pas avoir plus de vingt-deux ans. Van In apprécia ses yeux bleus et la grâce de ses courbes.

« Et crois-moi ! Aucun homme ne pouvait lui résister ! » poursuivait Vandevijvere.

La jeune fille et la patronne se mirent à danser, avec des gestes lancinants, sur une musique qu'elles étaient les seules à entendre.

« Kitty n'était pas seulement d'une beauté extraordinaire. Elle était aussi extrêmement intelligente. Elle triait ses clients sur le volet. Elle a très vite travaillé à son compte.

– À la résidence Florida ? »

Le ministre opina du chef. Les deux femmes dansaient maintenant devant Van In. Il n'aurait eu qu'à tendre la main pour les toucher. Il regarda de l'autre côté de la pièce, mais il n'y avait rien à voir que le seau à glace et deux fauteuils vides. Son désir de reluquer les deux femmes était irrépressible, aussi y céda-t-il bien volontiers. Vandevijvere était en train d'affirmer sans ambages que, durant toutes ces années, il avait batifolé avec Kitty Jouy toutes les deux semaines (elle travaillait vingt jours par mois et demandait huit cents euros la passe) quand la petite jeune dégrafa sa robe. Peut-on accuser un homme d'adultère quand deux femmes se déshabillent d'elles-mêmes sous ses yeux ? Question rhétorique. La fille aux yeux bleus fit tournoyer le morceau d'étoffe blanche au-dessus de sa tête avant de le poser sur le dossier d'un fauteuil. Elle ne portait plus qu'un slip tanga noir. Elle sourit à Van In en le voyant incapable de détacher ses yeux de ses seins, qu'elle avait menus mais bien pleins, exactement comme il les aimait. Dans les films porno, on voit des culs prendre des positions obscènes, mais tout, au Mora Mora, se faisait avec une distinction choisie et une grâce naturelle, comme si ces deux femmes s'apprêtaient à accorder leurs faveurs à leurs amoureux et non à deux hommes d'un âge déjà mûr prêts à payer pour se faire astiquer la trique. Il y a des questions rhétoriques auxquelles on tient malgré tout à répondre : Van In ne faisait rien de mal à reluquer deux jolies filles, même si elles étaient incidemment en train de se déshabiller pour ses beaux yeux. Dieu aurait dû créer ces femmes moins belles : c'était de Sa faute.

« Le meurtre de Kitty Jouy ne me concerne pas, conclut le ministre. Je t'avoue que j'ai pleuré quand j'ai appris sa mort dans les journaux. »

La fille aux yeux bleus ôta son slip tanga et se plaça à côté de la patronne. Leur peau soyeuse luisait sous la lumière tamisée. Elles saluèrent. Voilà, c'était fini. Van In lutta de toutes ses forces pour s'abstenir de se lever et d'aller fourrer ses doigts partout. Mais il connaissait la loi tacite qui veut qu'on ne touche pas les strip-teaseuses, et il savait de toute façon qu'Hannelore ne lui aurait jamais pardonné pareil écart.

« Ces dames souhaitent-elles une coupe de champagne ? » proposa-t-il en se demandant comment il réalisait l'exploit de ne pas bafouiller.

Elles prirent place à côté de lui en gloussant. Van In remplit deux autres coupes en les complimentant pour le spectacle.

Elles parlaient toutes les deux le néerlandais. Sans comprendre comment, Van In se trouva embarqué dans une conversation sur le sens de la vie et l'insoutenable légèreté de l'être.

« Milan Kundera, expliqua la fille aux yeux bleus.

– C'est possible », répondit Van In.

Vandevijvere appela son chauffeur vers onze heures. La Tchèque et la fille aux yeux bleus avaient passé toute la soirée avec eux, assises chacune dans un fauteuil. Un observateur aurait trouvé la scène étrange : deux hommes habillés qui conversaient avec deux jeunes femmes dans le plus simple appareil, mais Van In était riche d'une nouvelle vérité : on s'habitue très facilement à cette situation, si déconcertante qu'elle paraisse au départ.

« Je te conseillerais de poser deux ou trois questions à Hoornaert, lui dit le ministre alors que la limousine s'arrêtait à leur hauteur dans l'allée.

– Tu le soupçonnes de quelque chose ?

– Ça ne m'étonnerait pas que ce soit lui qui ait tué Kitty.

– Pourquoi ?

– Il mettait sa fille sur un piédestal.

– Et alors ? Ce ne serait ni le premier ni le dernier.

– Je t'offre une dernière Duvel ? »

Van In fronça les sourcils. De toute sa carrière, c'était du jamais vu. Personne ne le croirait, pas même Versavel, s'il racontait cette folle équipée.

« Pourquoi pas… La soirée commence à peine. »

Le visage de la fille aux yeux bleus le hantait. Vandevijvere connaissait-il ses goûts ? L'avait-il choisie exprès pour lui ? Il était évident, à leur arrivée, que la patronne les attendait. Ce n'est rien de se laisser manipuler. Ce qui est insupportable, c'est quand on comprend qu'on l'a été. Van In repensa au *Grand Meaulnes.* C'était le genre de livre qu'on lit d'une traite et dont on a tout oublié dès qu'on l'a refermé. Il avait pourtant conservé le souvenir d'une atmosphère trouble, d'un désir indéfini qui flottait entre les pages et les personnages. Vandevijvere lui aurait proposé de le conduire en Enfer, il l'aurait sans doute suivi sans une once d'hésitation. *Mais qu'est-ce que je fiche ? Si Hannelore apprend quoi que ce soit, je peux être sûr qu'elle fera ses valises dans l'heure.* Il avait glissé du *Grand Meaulnes* à *Faust,* et cela n'avait rien à voir avec les thèmes littéraires des deux œuvres. Il n'était plus que désir.

« L'Estaminet ? »

Van In fit oui de la tête, sans même trouver étrange que le ministre connaisse si bien ses habitudes.

Il est désormais impossible de se garer à Bruges, en tout cas dans le centre. Ça ne dérangeait pas Kathy Strybosch, à condition que tout le monde respecte les règles. Mais elle en avait ras la patate de voir que les flics ne verbalisaient jamais les voitures des touristes en infraction, ni celles des grosses légumes. C'était clair, certains bénéficiaient d'un régime de faveur. Elle vivait avec son compagnon rue Poitevin, où il est interdit de stationner, comme dans toutes les petites rues. Quand ils avaient reçu plusieurs prunes, les habitants du quartier finissaient toujours par obtempérer. Kathy était de ceux-là. Aussi était-elle toujours dans tous ses états lorsqu'elle voyait une voiture garée impunément en infraction. Ce soir-là, elle avait estimé que cela dépassait les bornes et téléphoné elle-même à la police.

« Les voilà enfin ! » annonça-t-elle à son copain en voyant une voiture de police s'arrêter devant chez elle.

Cela faisait presque trois quarts d'heure qu'elle surveillait la voiture fautive, postée derrière le rideau du salon. Il n'aurait pas fallu qu'elle s'en aille juste avant l'arrivée des flics ! *Ah ah ! Je vous ai, maintenant, mes gaillards ! Justice sera faite !*

Elle courut à la porte d'entrée.

« Madame Strybosch ? »

Vous vous attendiez à qui ? Au pape ? eut-elle envie de dire. Au téléphone, elle avait épelé son nom deux fois au planton de service.

« Oui, c'est moi : Kathy Strybosch », dit-elle, prête à en découdre.

Bruynooghe hocha la tête. Il était clair qu'il n'aimait pas du tout être appelé pour trois fois rien. En tant que membre de la cellule de recherche spéciale, il avait mieux à faire, mais l'officier de garde l'avait supplié d'intervenir (toutes les patrouilles étaient occupées ailleurs). Il avait failli décliner, mais Carine lui avait chuchoté à l'oreille qu'ils pourraient ensuite en profiter pour boire un verre dans le centre.

Kathy Strybosch avait étudié la pharmacie, elle avait survécu au stress des examens, elle avait envoyé paître les étudiants qui avaient les mains baladeuses, et elle s'était résignée au fait qu'elle ne posséderait peut-être jamais sa propre pharmacie, mais lorsque Bruynooghe lui sourit d'un air franchement désinvolte, elle faillit avoir une crise d'apoplexie. Les flics avaient garé leur caisse contre le pare-chocs de la voiture en infraction ! Au lieu de les traiter d'incapables, ce dont elle s'abstint même si cela la démangeait, elle indiqua le véhicule litigieux d'un index tremblant.

« Et qu'est-ce que vous voulez que j'y fasse, moi, ma petite dame ? demanda Bruynooghe en détaillant la donzelle : mince, cheveux blonds et courts, et avec ça un beau petit cul.

– Je crois que madame n'apprécie pas qu'un véhicule soit garé en infraction dans sa rue, intervint Carine, désireuse d'apaiser les choses. C'est ça, madame ?

– Oui, exactement, dit la jeune femme avant d'exploser. Y en a marre que certaines personnes aient droit à un régime de faveur ! Tous les citoyens sont égaux devant la loi ! Je ne vois pas pourquoi la police ferme les yeux avec les touristes et des richards dans le genre de Starr, le m'as-tu-vu d'en face ! » Après une pause, elle vociféra : « Il vous file combien pour que vous ne la voyiez pas, sa fichue tire ? ! »

Heureusement pour elle que Bruynooghe, tout occupé qu'il était à fantasmer, ne l'écoutait que d'une oreille.

« On va commencer par prendre votre déposition », dit Carine en se rendant compte qu'ils étaient en train de frôler la catastrophe : une déposition ne leur prendrait que dix minutes. Mais si Bruynooghe s'avisait de comprendre ce qu'on venait de lui hurler à la figure, ils en avaient pour des heures.

Alors, pour s'assurer qu'elle avait la situation bien en main, elle chuchota à son collègue :

« Après ça, c'est ma tournée ! »

Il fait particulièrement bon aller boire une bière à L'Estaminet par une froide soirée d'hiver – c'est le moment ou jamais de se blottir contre l'antique poêle –, ou l'été, au crépuscule, en terrasse, quand le temps se met à fraîchir. Van In et Vandevijvere s'installèrent dans un coin, près de la porte ouverte. Les habitués jetèrent un regard en direction des deux compères, étonnés d'avoir reconnu le ministre, avant de retourner à leur pinte.

« Pourquoi penses-tu qu'Hoornaert est impliqué dans la mort de Kitty Jouy ? » demanda Van In quand Johan eut servi les boissons.

Avant de quitter son cabinet, le ministre était allé repêcher le dossier du commissaire Van In. Il ne datait pas d'hier, mais cela n'ôtait rien à sa justesse, surtout pour ce qui concernait le profil psychologique du bonhomme. Van In y était décrit comme quelqu'un de perspicace, d'impulsif et de droit pour ce qui était des questions de principe. Mais c'était aussi un romantique doublé d'un flic incorruptible et difficile à mener en bateau. Le dossier établi par la Sûreté de l'État le présentait également comme un homme qui prenait systématiquement la défense des plus faibles. Il était établi qu'il avait un jour renoncé à poursuivre un jeune couple soupçonné de meurtre au motif qu'il estimait que la victime, un ancien chef de cabinet, n'avait eu que ce qu'il méritait. Et puis le rapport mentionnait ce détail non dénué d'intérêt : Van In vivait avec une juge d'instruction et nourrissait des liens d'amitié avec le procureur Beekman. Mais il avait ses points faibles : il aimait la Duvel, les belles femmes et la franchise. Le ministre Vandevijvere avait construit son scénario en tenant compte de toutes ces informations.

« Tu sais qu'Hoornaert a vécu plus de vingt ans en Afrique ? attaqua-t-il.

– Non », mentit Van In.

Le ministre sourit. Il palpa la poche intérieure de sa veste – malgré la canicule, il ne l'avait pas ôtée –, en sortit plusieurs feuilles dactylographiées et les tendit au commissaire.

« Tu n'es pas obligé de lire ça tout de suite, dit-il.

– J'espère bien ! »

Van In plia les feuilles en quatre et les glissa dans sa propre poche. Plutôt crever que d'admettre qu'il avait besoin de lunettes de lecture.

« Un petit dernier pour la route ? » proposa-t-il.

Le ministre accepta. Après une soirée comme celle-là, il disposait d'un nombre suffisant de témoins au-dessus de tout soupçon qui pourraient attester que lui et le commissaire Van In étaient bons amis. Et si cela n'aidait pas, il y avait toujours les photos prises par son chauffeur au Mora Mora.

« Je voudrais que tu me promettes quelque chose, Pieter.

– Que je te *promette* quelque chose ?!

– Deux choses ! »

Plus on vieillit, moins on voit le temps passer. Lorsque Van In pénétra d'un pas peu assuré dans l'impasse du Poisson-Gras, il avait l'impression de ne s'être absenté qu'une petite heure. Quand il vit Hannelore allongée sur le canapé dans ses sous-vêtements, il redescendit sur terre. Repensant malgré lui à la jeune fille aux yeux bleus, il avança sur la pointe des pieds. Allongée sur le dos, les jambes légèrement écartées, Hannelore respirait paisiblement. Van In s'assit à côté d'elle. Il sentit le désir monter en lui. Il avait envie de la caresser dans son sommeil. Comment réagirait-elle ? Bondirait-elle sur ses pieds, ou reconnaîtrait-elle ses doigts et s'abandonnerait-elle à lui ? Une semaine plus tôt, ils avaient vu un documentaire du National Geographic, où un éminent spécialiste n'avait pas hésité à prétendre que les animaux ne connaissent pas l'orgasme parce qu'ils sont dépourvus de conscience et de raison. Van In avait éclaté de rire :

« Moi, quand je prends mon pied, ce n'est pas avec mon cerveau ! »

Il se leva avec mille précautions et marcha jusqu'au frigo. L'horloge de la cuisine indiquait cinq heures moins vingt. Le jour se levait. Comme cela n'avait plus aucun sens de se coucher, Van In décida de veiller Hannelore et de regarder l'aurore colorer sa peau soyeuse. Il prit une Duvel, rinça un verre et retourna au salon.

« Monsieur s'est bien amusé ? »

Hannelore était assise sur son séant. Les bretelles de son soutien-gorge tombaient sur ses épaules.

« Je ne voulais pas te réveiller, dit-il niaisement.

– Écoutez-moi ça ! »

Elle remonta ses bretelles, comme pour dire : « Ne te fais aucune illusion, mon gaillard ! »

« Je crois que… »

Van In cherchait ses mots.

« Je crois que… euh… euh…

– Tu es de nouveau saoul comme la Pologne, Van In.

– Moi ?! » dit-il en posant une main sur sa poitrine, d'une parfaite mauvaise foi.

D'un geste raide, il lança les feuilles dactylographiées que lui avait données Vandevijvere.

« Lis ça si tu ne me crois pas ! »

Hannelore examina les feuillets. L'encre avait blanchi, le papier était jauni. C'était une lettre anonyme, datée du 4 avril 1959 à Léopoldville, et adressée au gouverneur provincial Joseph Germonprez. L'auteur se fendait d'un récit circonstancié du meurtre d'une jeune Congolaise « *dont le corps, brutalement mutilé, fut retrouvé aux environs de** [1]… »

1. Les mots en italique suivis d'un astérisque sont en français dans le texte.

Hannelore lut la missive en diagonale. Trois détails la frappèrent : la jeune fille avait été égorgée, elle était nue, elle portait un bandeau sur les yeux.

« Comment Vandevijvere a-t-il eu accès à cette lettre ?

– C'est son père qui la lui a donnée.

– Son père... ? Germonprez ?

– Non, Hanne. Il ne l'a jamais envoyée. »

Comme Hannelore n'y comprenait rien, Van In lui fit un rapide topo. À l'instar d'Hoornaert, Vandevijvere Senior avait vécu une vingtaine d'années au Congo. Et comme chacun sait, la plupart des coloniaux ne rechignaient pas à se payer du bon temps avec les filles du pays. Hoornaert organisait des parties fines dans une villa retirée de Léopoldville. Au menu : champagne et jolies négresses. Mais dans la nuit du 3 avril 1959, il y avait eu du grabuge. Une petite avait refusé de se soumettre aux jeux pervers d'un invité. Le lendemain matin, un boy l'avait retrouvée égorgée un peu plus loin dans la brousse.

« Dis-moi que je rêve ! »

Hannelore frissonna. Hoornaert, ce brave homme à qui elle avait offert une épaule compatissante, un meurtrier ?!

« D'après le père du ministre Vandevijvere, oui, il a trempé jusqu'aux coudes dans cette sale histoire.

– Mais comment le sait-il ? Il y était, lui aussi ?

– Tu écrirais au gouverneur provincial pour dénoncer un meurtre si tu étais impliquée ?

– Je te rappelle qu'il n'a jamais envoyé sa lettre, Van In.

– Non, il ne l'a jamais envoyée. Mais il l'a écrite.

– Ça reste à prouver ! »

Hannelore refusait de croire à l'implication d'Hoornaert dans un crime aussi sordide. Van In n'était pas du tout de son avis, mais il jugea bon de tenir sa langue. Les hommes politiques sont très forts dans le champ de l'anticipation. Vandevijvere savait que la police apprendrait vite qu'il figurait parmi les clients privilégiés de Kitty Jouy, ce qui ferait aussitôt de lui un suspect. Il avait donc pris l'initiative. En faisant circuler la lettre de son père, il ne se rachetait pas seulement une virginité, il pointait aussi du doigt le vrai meurtrier. Mais il fallait que Van In parvienne à en convaincre Hannelore, et ce ne serait pas simple.

« Tu te souviens du poème de Guido Gezelle sur ce paysan flamand si malin qui essaie de ruser avec un voleur des grands chemins ?

– Boerke Naas, c'est ça ?

– Exactement ! Il rentre du marché en sifflotant parce qu'il a fait de bonnes affaires.

– Il traverse la forêt et se fait attaquer par ton fameux voleur des grands chemins.

– C'est ça ! Tu te souviens de la suite ? Boerke Naas parlemente : sa femme ne le croira jamais s'il rentre sans sa bourse pleine. Le voleur compatit, car il a lui aussi une femme et des enfants. Il accepte de tirer plusieurs coups de pistolet sur la veste et le chapeau de Boerke Naas pour que sa femme le croie quand il dira qu'il a été dévalisé dans la forêt. Mais quand le chargeur du voleur est vide, le paysan sort son arme. L'agresseur s'enfuit, et Boerke Naas rentre tranquillement chez lui.

– Désolé, Hanne, mais je ne vois pas où tu veux en venir !

– Je veux simplement te faire comprendre que je ne suis pas aussi crédule que la femme de Boerke Naas. Tu ne penses quand même pas qu'un ministre est assez stupide pour mettre entre tes mains un document confidentiel, un document qui pourrait fortement nuire à la réputation de son père !

– Son père est mort il y a plusieurs années.

– Et alors ?

– Il veut nous aider, c'est tout, Hanne. »

Hannelore se dirigea vers la cuisine. Les bretelles de son soutien-gorge étaient retombées, mais cela semblait être le cadet de ses soucis. Van In se mordit la lèvre. Ce n'était pas le moment de lui faire un compliment, mais il en mourait d'envie. Elle était terriblement sexy.

« Tu devrais les connaître mieux que ça ! » cria-t-elle depuis la cuisine.

Elle sortit la dernière bouteille de Perrier du frigo et la vida dans un verre.

« Qui ça ?

– Les politiciens ! »

Elle but une gorgée, reposa la bouteille sur le plan de travail et regarda fixement devant elle. *C'est bien Van In !* se dit-elle.

« Tu veux une Duvel ?

– Non ! Je te veux, toi. »

Il avait promis à Vandevijvere de ne pas ennuyer les clients de Kitty Jouy si la lettre lui permettait de prouver que c'était Hoornaert qui l'avait tuée.

Il aurait évidemment pu tout avouer à Hannelore et espérer qu'elle lui pardonne son faux pas. Mas si elle fermait les yeux sur le fait qu'il ait maté sans trop se faire prier le strip-tease de la belle jeune fille aux yeux bleus, par contre, ce traficotage avec Vandevijver ne passerait jamais.

« Il est tard, Van In. »

Hannelore s'assit sur le canapé. Une goutte de sueur perla sur son ventre lisse. Pourquoi lui mentait-il ?

Qu'est-ce que Vandevijvere lui avait promis en échange de la lettre ?

« Il n'est jamais trop tard, mon amour.

– Ah bon ? »

Elle s'allongea et passa ses doigts dans les cheveux bruns de son homme. Boerke Naas était tellement malin… Van In ne comprenait-il donc pas ce qu'elle avait essayé de lui dire ? Sa femme avait plus de jugeote que lui. Boerke Naas aurait mieux fait de lui dire la vérité. Une veste transpercée de balles ne prouvait rien, sinon qu'il l'avait ôtée avant que le voleur ne tire dessus. Sinon, il aurait été tué.

« Tu es vraiment un bel homme, mon Pierrot », dit-elle en changeant de tactique.

C'est quelque chose que les courtisanes savent : il suffit de parler à un homme de sa beauté pour qu'il vous mange dans la main. Van In commençait à avoir chaud, et cela n'avait rien à voir avec la canicule. Il avait peur, peur qu'Hannelore ne lise au plus profond de son âme.

« On prend d'abord une douche ?

– Non, mon amour. J'ai envie de lécher ta transpiration.

– On se couche, ou je reste debout ?

– Ne bouge pas. »

8

À l'heure où, comme le dit un jour un poète, le soleil perçait la brume du mystère de sa gloire matutinale, l'impasse du Poisson-Gras baignait encore dans une obscurité cotonneuse. Le crépuscule des dieux, à l'envers, et à la brugeoise. Hannelore avait enfilé une robe qui ne correspondait sans doute pas exactement à l'idée que l'on pouvait se faire de ses fonctions de magistrate. Elle laissait voir beaucoup, et en laissait deviner davantage, mais elle lui allait divinement bien. Et puis on avait annoncé le maintien de la canicule, et elle n'avait pas envie d'emprisonner ses fesses toute la journée dans la raideur d'un pantalon.

« Guido vient te chercher ? cria-t-elle depuis la salle de bains.

– Je crois.

– Qu'est-ce que tu dis ? »

La sonnerie du téléphone retentit.

« J'arrive ! » cria Van In.

C'était l'officier de garde. Lorsqu'il eut raccroché, Van In monta l'escalier quatre à quatre.

« Il faut que je file de toute urgence ! »

Deux minutes plus tard, Guido sonnait à la porte. Il n'avait pas encore eu le temps d'entrer qu'il recevait déjà les deux jumeaux, un dans le creux de chaque bras : Sarah à gauche, Simon à droite.

« Mo-mo-mo-mo ! »

Ils lui avaient donné ce surnom, Momo, sans qu'il sache pourquoi. Van In lui demanda de conduire lui-même les enfants chez la nounou, car Hannelore avait décidé de l'accompagner au commissariat, alors c'était ainsi et pas autrement. *Eh bien, eh bien,* se dit Versavel. *Quelle agitation !*

« On y va ! lança Van In. Bob est bien en sécurité dans le jardin.

– Tu es devenu fou ? ! s'exclama Hannelore en tirant sur sa robe.

– Tu vois une autre solution ?

– Laisse les portes ouvertes !

– Alors, monsieur va en profiter pour se vautrer une fois de plus dans notre plumard ! »

Le dogue allemand était traité comme un coq en pâte. On pouvait le laisser seul l'esprit tranquille, à condition qu'il puisse prendre ses aises.

« Sinon, il va aboyer toute la journée, et j'aurai une fois de plus les voisins sur le dos !

– Et alors ? »

Hannelore tira une troisième fois sur sa robe en se disant qu'elle était peut-être quand même un peu courte.

« Oh, et puis… Comme tu veux ! »

Van In rentra et ouvrit la porte de la terrasse. Mieux valait ne pas contrarier madame la juge. Elle était capable de se changer pour se venger, et cela aurait été vraiment dommage. Lorsqu'il referma la porte d'entrée derrière lui, il entendit Bob traverser le salon.

« Bonheure est salement amoché ?

– D'après le toubib, il devrait s'en sortir. »

Dans une prison décente, les détenus à risque bénéficient d'un traitement de faveur. Les matons reçoivent la consigne de jeter un œil toutes les sept minutes, car on peut encore ranimer un homme après ce laps de temps, même si c'est tout juste. En préventive, les choses se passent à un rythme légèrement différent. On peut déjà s'estimer heureux de recevoir une tasse de café avant neuf heures du matin. Cela tenait du miracle que quelqu'un se soit avisé de la tentative de suicide de Stef Bonheure.

« Je me demande ce qu'il va nous raconter », dit Hannelore.

Ils franchirent l'impasse du Poisson-Gras d'un pas rapide. Les pavés avaient conservé toute la chaleur de la veille.

Stefaan Bonheure était assis sur une chaise. Nu-pieds. Le visage gris.

« Il avait dissimulé un sac en plastique dans sa chaussure », expliqua l'officier de garde lorsque Van In lui demanda comment diable il était possible que le gars ait presque réussi son suicide.

Le premier imbécile venu qui doit passer une nuit au poste sait que les flics lui retireront tout ce qu'ils estiment dangereux avant de le laisser seul en cellule : lacets, cravate, ceinture, briquet, clés... mais qu'ils le laisseront habillé. Stefaan Bonheure connaissait la procédure pour avoir bénéficié de l'accueil de la flicaille plus souvent qu'à son tour.

« Tu n'as rien à te reprocher », dit Van In à l'officier

de garde. Il savait que c'était sa faute à lui : non seulement il avait laissé Bonheure vider la bouteille de genièvre, mais il l'avait aussi autorisé à aller s'habiller seul dans sa chambre avant de partir.

« Il s'en est fallu d'un cheveu. Il était bleu quand on l'a trouvé. »

Essayer de s'asphyxier avec un sac en plastique n'était pas la manière la plus rapide de s'envoyer ad patres ; pourtant ça arrivait. Le désespoir qui s'empare de certains hommes est parfois si grand que tous les moyens sont bons, aussi douloureux et sordides soient-ils. Mais Van In ne comprenait pas : Bonheure avait avoué. Pourquoi avoir attenté à ses jours juste après, et pas avant ?

« Bonjour, monsieur Bonheure. »

Van In s'assit. Hannelore resta debout : elle ne voulait se montrer provocante avec personne.

« Bonjour, commissaire. »

L'homme souriait. Il était parvenu à ce stade où on se moque de tout parce qu'on est convaincu que personne ne croirait ce qu'on a à dire.

« Café ?

– Oui, merci. »

Versavel n'était pas encore arrivé. Carine et Bruynooghe ne prenaient leur service qu'une demi-heure plus tard. Van In lança un regard à Hannelore.

« Et si tu… ? »

La juge tira (encore) sur sa robe.

« Il est où, le café ?

– Deuxième placard au-dessus de l'évier, dans la cuisine. »

Un magistrat qui prépare le café d'un détenu en préventive, c'était du jamais vu.

« Allez, raconte-moi ce qui s'est passé ce soir-là, Stef,

commença Van In en jouant la carte de la familiarité, qui se montrait souvent payante.

– Qu'est-ce que vous voulez savoir ? demanda Bonheure, amer. C'est de ma faute s'ils sont morts, je vous dis. Ça ne vous suffit pas ?

– Non.

– Société à la con ! »

Il y eut un silence. En démocratie, les aveux d'un homme ne suffisent pas pour le condamner. Non, les juges s'appuient sur des preuves matérielles et sur les déclarations de témoins. Or, jusqu'à présent, Van In n'avait rien de tout cela.

« Je suis bien d'accord », dit Van In.

Il alluma une cigarette et en proposa une à son vis-à-vis. Ça aussi, c'était classique, mais ça aussi, ça payait.

« J'ai la mémoire qui flanche.

– J'ai tout mon temps.

– Au moins on est deux. »

Pour quelqu'un qui avait failli réussir son suicide, Stef Bonheure donnait bien le change, comme souvent, avec les alcoolos. Il retomberait bientôt en léthargie. Lorsque Hannelore entra dans la salle des auditions un plateau à la main, Bonheure reluqua ses cuisses. *Une nouvelle preuve qu'il y a une vie après la mort,* songea Van In, qui ignorait que Bonheure pensait à Marijke.

« Concentrons-nous sur la soirée du dimanche », reprit le commissaire.

Bonheure répéta ce qu'il avait déjà dit, à deux ou trois contradictions près. Lui et Marijke avaient passé l'après-midi à tâter de la bouteille. Ils étaient allés au plumard vers minuit. Il n'avait pas réussi à concrétiser son affaire. Au début, ça les avait fait bien rigoler, mais Marijke avait eu un mot malheureux. Il avait vu rouge et l'avait traitée de tous les noms.

« J'étais furax. Je me suis cassé.

– C'est à ce moment-là que tu es allé à la villa du canal de Damme ?

– Non. Je suis allé boire un coup.

– Encore ?! »

Bonheure ricana. Il avait lu quelque part que le commissaire Van In état un solide buveur et qu'il pouvait s'enfiler huit Duvel et continuer à travailler comme si de rien n'était. *Peuh ! Huit Duvel ?! Un apéritif, oui !*

« Elle porte un nom, ton écluse ?

– Il n'y a pas d'écluse sur le canal.

– Le commissaire veut savoir où vous avez éclusé, intervint Hannelore.

– Aucune idée.

– Vous ne vous souvenez plus du nom du troquet où vous êtes allé boire un verre, mais vous vous rappelez que vous avez tué quatre personnes, c'est ça ? demanda-t-elle d'une voix cassante.

– Oui et non. »

Personne ne touchait à son café. *C'est lent, trop lent !* se dit Van In.

À l'arrivée de Carine et de Bruynooghe, ils n'étaient pas plus avancés. Stef Bonheure avait éludé toutes les questions d'Hannelore et de Van In et témoigné d'un dédain de la mort qui leur avait donné la chair de poule. À la question cruciale de savoir où il s'était procuré le pistolet, il avait d'abord répondu qu'il l'avait acheté au marché aux puces à Bruxelles. Cinq minutes plus tard, c'était soi-disant un héritage de son père. Et comment avait-il contraint Wilfried Traen à se pendre ? Pas de réponse. Lorsque Van In avait évoqué le marteau avec lequel il avait fracassé le crâne du petit Sven, là, enfin, il y avait eu une réaction. Bonheure avait fondu en larmes.

« Tu veux bien remettre le gars en cellule, Robert ? Et tu me le surveilles, d'accord ?!

– À vos ordres, commissaire ! »

Bruynooghe porta deux doigts à sa tempe et claqua des talons.

« Son histoire ne tient pas debout ! dit Hannelore en traversant le couloir en direction de la cuisine.

– J'attends un coup de fil de Vermeulen. »

La veille, il avait envoyé par coursier les empreintes de Bonheure au chef du labo technique, avec la demande expresse de les comparer le plus vite possible à celles qui avaient été retrouvées sur le pistolet, mais Vermeulen n'avait évidemment toujours par donné signe de vie.

« Tu veux que je le houspille un peu ? » demanda Hannelore.

C'était le genre de proposition que Van In balayait en général d'un revers de la main. Il n'aimait pas trop qu'Hannelore lui rappelle que, dans la hiérarchie, elle avait plus de poids que lui. Pourtant, cette fois, il accepta.

Avant même qu'Hannelore ne saisisse le combiné, Carine entra dans la cuisine et leur annonça que Vermeulen demandait à parler à Van In de toute urgence. Van In sourit comme un gamin qui a tellement tanné sa mère pour qu'elle lui donne le dernier bonbon du bocal qu'elle accède enfin à sa demande.

« Les empreintes retrouvées sur le pistolet correspondent à celles de Bonheure, dit Van In en répondant à la question muette d'Hannelore. Pire : c'est idem pour celles des poignées de portes de la cuisine et de la salle à manger.

– Pourquoi dis-tu "pire" ?

– Parce que je suis convaincu de son innocence.

– Tu peux croire tout ce que tu veux, soupira Hannelore. Je ne peux pas faire autrement que de l'envoyer en prison.

– Les seules empreintes retrouvées sur le marteau sont celles de Wilfried Traen, Hanne. »

La juge bâilla en tendant les bras au ciel, ce qui eut pour effet de faire paraître ses jambes encore plus longues.

« Ne sois pas borné, Van In.

– Moi ?! Borné ?! »

Il s'approcha d'elle et tenta de l'embrasser.

« Tu devrais mieux te raser. »

Elle le repoussa.

« Quel est le rapport ? »

La fatigue est après le stress la principale explication aux chamailleries sans queue ni tête. Carine était en train de taper des PV dans la pièce voisine. Elle avait quatre ans de moins qu'Hannelore, ce qui peut faire la différence, entre deux femmes, passé la trentaine.

« J'ai pris une douche ce matin, au moins, moi. »

Van In se retourna. Il savait pertinemment qu'il y a des choses qu'on ne dit pas à une femme, mais ce fut plus fort que lui. Il ajouta :

« Alors, tu aurais pu en profiter pour t'occuper de tes jambes. »

Hannelore avait les idées larges, et elle savait rire de beaucoup de choses, mais ses jambes, c'était sacré. Elle songea à *La Barrique d'Amontillado*, une nouvelle d'Edgar Poe, où un noble Italien, Montrésor, attire son ami Fortunato dans un piège avant de l'emmurer vivant pour le punir de l'avoir insulté. Elle n'irait pas jusque-là, mais Van In avait bien mérité une petite punition malgré tout.

« J'ai des collègues qui ne sont pas de ton avis, dit-elle d'un air innocent. Maître Verhulst, par exemple. Il me dit souvent qu'il n'a jamais embrassé de jambes aussi soyeuses que les miennes. »

Verhulst était l'un des ténors du barreau brugeois. Il était jeune, beau, ambitieux, intelligent et franc-maçon. Ce n'était un secret pour personne qu'il avait un faible pour Hannelore.

« Bien essayé ! dit Van In en riant. Mais je ne tombe pas dans le panneau !

– Tu crois que je ne pourrais pas me payer un amant ?

– Je crois surtout que tu serais incapable de me le cacher, ma chérie. »

Hannelore se planta devant lui, jambes écartées, la tête légèrement inclinée vers la gauche.

« QED ! lança-t-elle en le regardant droit dans les yeux.

– SVB ! » répondit-il, bien décidé à ne pas montrer qu'il ignorait ce que signifiait l'abréviation QED.

Elle lui jeta un regard interrogateur.

« Sale vipère baveuse ! »

On aurait entendu une mouche voler. Hannelore s'avisa que depuis un moment, les doigts restaient suspendus au-dessus des claviers. Tout l'étage les avait entendus. Pour certains flics dont le couple battait de l'aile, cette dispute avait sans doute un effet thérapeutique.

« À ce soir ! » cria Van In dans le dos d'Hannelore lorsqu'il la vit quitter la cuisine d'un pas rapide, une dizaine de minutes plus tard.

Elle s'arrêta net et pivota.

« Il faudra que tu te contentes d'une photo, mon trésor. »

Le sang battait contre ses tempes. Elle n'osait imaginer ce qui se passerait si quelqu'un rapportait ses paroles à Verhulst.

« Un problème ? »

Versavel pénétra d'un pas circonspect dans la cuisine. Il avait croisé Hannelore à l'accueil. Elle lui avait à peine accordé un regard, ce qui ne lui était jamais arrivé. Van In se tenait devant la fenêtre, les épaules contractées. Sans ce fichu amour-propre qui l'empêchait de faire un geste, il aurait couru derrière sa compagne et se serait jeté à genoux devant elle pour implorer son pardon. Au lieu de ça, il se contenta de la suivre du regard, jusqu'au moment où elle tourna au coin de la rue. Un ami lui avait dit un jour que si l'homme vit désormais beaucoup plus vieux, c'est qu'il a besoin de plus de temps pour atteindre la sagesse. Propos de comptoir ? Peut-être, mais cette idée ne l'avait plus jamais quitté.

« Tu sais ce que ça veut dire, QED ? »

Versavel poussa un soupir de soulagement. Ça avait l'air moins grave qu'il ne l'avait craint.

« *Quod erat demonstrandum*, dit-il, assez content de lui.

– Et si tu me traduisais ça dans une langue normale, Guido ? »

Van In se tourna vers son ami. Sa peau flasque et livide et son œil hagard lui donnaient l'air d'un étudiant prolongé venant de passer au bizutage.

« Ce qu'il fallait démontrer, expliqua Versavel. Autrement dit : CQFD. C'est du jargon juridique.

– Mais il n'y avait rien à démontrer, si ? »

Versavel nettoya le filtre à café et prépara une nouvelle cafetière.

« Je ne dirais pas ça..., commença Versavel en souriant, bien conscient que l'humour peut sauver beaucoup de choses.

– Ça n'a rien à voir avec l'affaire Traen, Guido.

– Tu m'en diras tant ! »

Versavel appuya sur le bouton idoine, ce qui eut pour effet d'appeler la cafetière à la vie. Et Van In aussi, par la même occasion. Il raconta la scène qu'il venait d'avoir avec Hannelore.

« Je comprends », dit Versavel lorsqu'il eut terminé.

Il remplit les tasses. Van In fumait comme un forcené, à croire qu'il voulait donner un bon coup d'accélérateur à la tentative de suicide qu'il avait entamée vingt-cinq ans plus tôt.

« Eh bien moi, je ne comprends pas, dit le commissaire.

– Mouais. »

Les conjoints trompés sont souvent les derniers à le savoir. Van In avait bien dit à Hannelore qu'elle ne pourrait jamais lui cacher une infidélité. « *Quod erat demonstrandum* », lui avait-elle répondu après lui avoir parlé de sa relation avec Verhulst. Mais Versavel ne pouvait pas expliquer ça à Van In. C'était déjà suffisamment grave qu'Hannelore l'ait planté là comme ça.

« "Mouais", ça ne m'aide pas beaucoup, dit Van In.

– Tu n'aurais pas envie d'un petit verre, par hasard ?

– Non.

– Il y a une bouteille de Filliers dans l'armoire à archives.

– Du vieux ou du jeune ?

– Du vieux.

– Un petit, alors. Parce que tu insistes.

– Tout le plaisir est pour moi. »

Marx avait tort, pensa Versavel. *L'opium du peuple, c'est le genièvre.*

Hannelore avançait dans la rue Sud du Sablon. Elle passa devant l'église du Saint-Sauveur, qui disparaissait sous les échafaudages depuis plusieurs années. L'édifice subissait des travaux de rénovation importants qui coûtaient une somme pharaonique au contribuable, mais qui avaient suscité beaucoup moins d'opposition au sein de la population locale que le projet mégalomane de construire une salle de concert sur la place du Zand. Hannelore eut un sourire d'amertume. La semaine d'avant, Verhulst l'avait draguée dans le vestiaire du tribunal. D'abord, il lui avait fait un compliment sur la beauté de ses jambes, justement. Elle l'avait remercié d'un sourire amical. Il s'était cru autorisé à passer à la vitesse supérieure. Il avait posé une main moite sur son épaule et elle avait senti son haleine parfumée à l'ail quand il avait tenté de l'embrasser dans le cou. Et pourtant, oui, elle pensait à lui. Comment réagirait-il si elle l'appelait maintenant ? Elle savait que c'était son heure de consultation. Accepterait-il de laisser ses clients en plan pour partir avec elle à Barcelone comme elle en mourait d'envie ? Oui, sans doute. Elle sentait qu'il était prêt à se faire couper le petit doigt pour elle. C'était grisant, de savoir qu'elle avait ce pouvoir sur les hommes. Hannelore traversa la place Simon-Stevin. On pense à tort que les femmes sont monogames parce que chez elles, l'amour et la tendresse sont plus forts que le désir. Hannelore aimait prendre son pied au plumard. Était-elle en train d'être infidèle à Van In ? Et lui ? Se refuserait-il une partie de jambes en l'air s'il en avait l'occasion ? Bien sûr que non. Et, après coup, il accuserait ses hormones…

« Qu'est-ce qu'on fait de Stefaan Bonheure ? demanda Versavel.

– Il faut demander ça à la juge d'instruction, dit Van In.

– On ne peut quand même pas le laisser filer ?

– Et pourquoi pas ? »

La police pouvait garder un détenu vingt-quatre heures. Après cela, seul le juge d'instruction pouvait décider de l'envoyer ou non en prison.

« *Ma femme est juge d'instruction. Demande-lui**. »

Van In saisit la bouteille de Filliers et remplit son verre. Certes, l'homme avait désormais besoin d'un plus grand nombre d'années pour parvenir à la sagesse. Et plus on était bête, plus on vivait longtemps. Les génies mouraient souvent très jeunes.

« Je demande qu'on le remette en cellule ?

– Non, laisse-le partir. »

Versavel fronça les sourcils. Dix ans auparavant, il n'aurait pas protesté. Mais dans une société qui penchait toujours plus à droite, les gens comme Van In avaient de plus en plus de mal à trouver leur place. Le temps des aventuriers rigolards était passé. Désormais, il s'agissait d'appliquer les règles, point barre.

« Tu n'es pas sérieux !

– Oh que si ! »

Van In vida son verre d'un trait et retourna dans la salle d'auditions.

Stefaan Bonheure et Bruynooghe n'avaient pas bougé d'un pouce, ou à peine : le premier était toujours affalé sur sa chaise, le second, presque au garde-à-vous. Le flic fit ce que son supérieur lui demandait de faire. Il ouvrit les pinces de Bonheure et lui dit de s'en aller. Stefaan Bonheure regarda autour de lui comme un chien qui quitte le chenil avec de nouveaux maîtres : confiant, mais malgré tout légèrement craintif.

« Si le commissaire en chef apprend ça, il va te transformer en chair à saucisse, dit Versavel.

– Comme ça, Hannelore pourra préparer des boulettes sauce lapin ! »

Versavel s'assit. Il avait encore connu le temps où Van In restait pleinement opérationnel avec une bouteille entière de Filliers. Là, il partait en vrille alors qu'il n'avait bu que deux malheureux petits verres.

« Tu crois que je suis fou ?

– Fou ou débile… quelle importance ?

– Je croyais qu'on était potes, Guido. »

Van In décrocha le combiné du téléphone.

« Carine, tu veux bien me faire un petit plaisir ? Tu prends Bonheure en filature et tu ne me le lâches pas d'une semelle ! Et tu me tiens au courant du moindre truc suspect ! »

Carine triomphait. Non seulement Van In lui confiait une mission importante, mais il lui demandait de lui rendre compte personnellement. Après ce qui s'était passé entre lui et Hannelore, cela prenait une dimension inespérée. *Youhou !*

Van In s'assit à son bureau. Le Filliers lui faisait de l'œil, mais il résistait. Stefaan Bonheure affirmait avoir tué la famille Traen pour se venger d'avoir été licencié comme un malpropre. Le mobile se tenait, mais le reste était du n'importe quoi. Si Bonheure avait voulu régler ses comptes avec Traen, pourquoi mettre en scène un suicide ? Pourquoi n'avait-il pas abattu tout le monde d'une balle dans la tête ? Et puis, il avait prétendu qu'il était complètement bourré, ce soir-là. Van In ne voyait pas comment un poivrot aurait pu forcer Traen à monter sur une chaise et à se passer la corde autour du cou. Louise Hoornaert et les enfants étaient-ils encore vivants à ce moment-là ? Où étaient-ils ? Van In alluma une cigarette. Il fut pris d'une quinte de toux. Il tendit la main vers la bouteille de Filliers et se servit son troisième verre. L'alcool lui fit du bien. Et puis, il y avait le meurtre de Kitty Jouy, qui avait sans doute vendu ses services à Wilfried Traen. Qu'est-ce qui pouvait bien pousser une call-girl de luxe à aller porter plainte auprès d'un juge d'instruction pour une facture impayée ? Et un ministre à se mettre à nu devant un commissaire de police ? Cette affaire n'était pas simple, mais elles le sont rarement. Van In n'avait pas fait d'études universitaires ; pourtant, au fil de sa carrière, il avait réussi à résoudre pas mal d'enquêtes en s'attachant à distinguer l'essentiel de l'accessoire. Il allait donc se concentrer sur Hoornaert, dont le nom apparaissait aussi bien dans le dossier Traen que dans celui de Kitty Jouy. Deux questions surnageaient dans le maelström de son cerveau : 1) Louise Hoornaert et les enfants étaient-ils à la villa de Damme quand Wilfried Traen s'était fait assassiner ? et 2) qu'est-ce qui avait bien pu pousser le ministre Vandevijvere à lui faire toutes ces confidences ? Van In tendit le bras et composa le numéro de Zlotkrychbrto.

Le médecin polonais avait manifestement une affinité particulière avec la mer, car lorsque Van In lui demanda de choisir lui-même le lieu où ils se retrouveraient, il proposa un troquet de Blankenberge.

« La brasserie Den Brasseur ? répéta Van In d'un air dubitatif. À Blankenberge ? »

Zlotkrychbrto éclata de rire.

« Tu m'as dit que je pouvais choisir, Piotr ! »

Trouver une table libre à une terrasse de Blankenberge en plein été, c'est un exploit aussi grand que d'escalader l'Everest sans oxygène et sur une seule jambe. Versavel gara la Golf rue Léopold, entre le trottoir et les bacs à fleurs, sur une bande d'asphalte réservée aux piétons, mais où un avion aurait pu se poser sans difficulté, puisque tout le monde se permet à peu près n'importe quoi dans cette petite station balnéaire dès que le soleil brille un peu.

« Tu viens ? demanda Van In à Versavel, qui faisait mine de chercher quelque chose dans la voiture.

– Seulement si tu y tiens vraiment.

– Ne fais pas l'enfant, Guido !

– Encore ! Tu trouves vraiment que je fais l'enfant ? »

Versavel ferma les paupières. Cela lui faisait mal, d'être le témoin de l'amitié de Van In et de Zlotkrychbrto. Il pensait à l'aventure qui l'avait tenu éveillé toute une nuit avec le bel Allemand. Ç'avait été une passion fulgurante. Ah ! La passion ! Un trou noir qui vous avalait tout entier sans faire de quartier.

« Je ne trouve rien du tout. »

Versavel vieillit. Je ferais peut-être mieux de le laisser tranquille, se dit Van In.

« Fais comme tu veux, Guido. »

S'il fallait dresser la liste de toutes les petites phrases bien intentionnées qui ont l'effet inverse de celui escompté, on n'en finirait pas.

« Alors je vais me balader sur la plage », dit Versavel.

Plus on vieillit, plus on attache d'importance aux choses simples. Versavel avait tout vécu : l'innocence, l'étonnement, puis il avait eu sa période *Sturm und Drang* (étrange qu'il s'en souvienne à ce moment précis), le mal-être, la résignation et, maintenant, l'espoir d'une vie meilleure. Était-ce une illusion dont se berçaient les hommes pour se consoler ?

« À bientôt », dit Van In, désemparé.

Deux sortes de gens déambulaient rue Léopold : ceux qui allaient à la plage et ceux qui en revenaient. En fait, c'était les mêmes : simplement, ils avaient des horaires différents. Désormais, voir la mer ne suffit pas à remplir une journée, il faut aussi goûter aux joies du verre en terrasse, du barbecue et des galipettes. Versavel aurait pu soulever le fait que, n'ayant pas de mobile, Van In ne pourrait pas l'appeler, mais il s'abstint. La chaleur à peine atténuée par une légère brise lui vidait la tête. Il n'était que doute et incertitude.

« Oui, à bientôt.

– À bientôt. »

Van In sentit que quelque chose n'allait pas, mais il tourna le dos à son ami et prit la direction de la terrasse du Brasseur, où l'attendait Zlotkrychbrto.

« Une petite Duvel, Piotr ? »

Frankenstein leva la main, en habitué, et une serveuse d'environ vingt-cinq ans vint prendre la commande.

« Une petite Duvel et un whisky-Coca, chérie Régine », lui dit le toubib.

Van In ne se demanda pas comment Zlotkrychbrto avait fait pour s'intégrer aussi rapidement, car il n'avait d'yeux que pour la Régine en question.

« On passe tous nos week-ends ici avec famille.

– Je ne savais pas que tu avais un appartement à Blankenberge !

– Depuis que je suis en Flandre, je vis le luxe, Piotr. »

Le Polonais rayonnait. Pourquoi les Occidentaux paraissaient-ils si stressés ? Avec ses honoraires mensuels, il pouvait s'offrir des plaisirs qui, en Pologne, il n'y avait pas si longtemps, étaient encore interdits à tous sauf aux apparatchiks.

« Je voudrais qu'on fasse le point sur l'affaire Traen, attaqua Van In.

– L'autopsie cadavéreuse ?

– Tu m'as dit hier que tu en saurais plus aujourd'hui. »

Zlotkrychbrto but une gorgée de son whisky-Coca. Certains prétendaient que c'était une légende urbaine. Il était pourtant un fait que la plupart des anatomo-pathologistes pouvaient faire honneur à un pistolet à l'américaine en ouvrant une boîte crânienne. Mais Zlotkrychbrto ne s'était pas contenté de ce fait d'arme sur les quatre membres de la famille Traen. Il avait aussi ouvert leurs cadavres, isolé leurs poumons et leur foie et avait examiné tous ces organes, toujours en dégustant ledit pistolet à l'américaine.

« Je veux connaître l'heure exacte de leur mort », dit Van In.

La médecine légale avait considérablement progressé depuis quelques années, mais il restait singulièrement difficile de déterminer l'heure où un être humain avait cessé de respirer, surtout par temps de forte chaleur et quand le corps n'était plus de première fraîcheur. Stef Bonheure avait déclaré qu'il avait envoyé ad patres tout ce joli petit monde le dimanche soir, et les corps avaient mariné dans leur jus trois jours durant.

« Je n'ai aucune certitude, Piotr.

– Et si tu devais deviner, tu dirais quoi ? »

Des médecins occidentaux auraient sans doute jeté un regard compatissant à Van In et refusé de lui répondre. Mais, en plus d'avoir une formation scientifique très poussée, Zlotkrychbrto était un homme qui avait beaucoup vécu. Il avait suffisamment de bouteille pour se fier à son intuition.

« Écoute... Je pense que la femme et les enfants sont morts après lui. »

Il aurait pu faire un exposé sur la littérature spécialisée qu'il avait lue à ce sujet et sur tous les arguments qui étayaient sa thèse, mais il s'en abstint.

« Je ne peux rien prouver, Piotr.

– Mais tu crois que Wilfried Traen est mort avant sa femme et ses enfants.

– C'est ma conviction intimiste, oui. »

Zlotkrychbrto but une gorgée de whisky-Coca. Il était marié depuis plus de vingt ans, mais il ne put s'empêcher de laisser son regard errer en direction du bar, où Régine essuyait des verres avec un torchon. Elle évoquait pour lui la Vénus de Botticelli debout dans un coquillage et qui semble naître toute innocente des vagues écumantes. Étonnant, peut-être, de penser à Botticelli à Blankenberge, mais on a les références culturelles qu'on mérite.

Van In s'enfonça contre le dossier de sa chaise en rotin.

« L'examen du bol alimentaire de Louise Hoornaert et des enfants indique qu'ils ont tous les trois mangé un hamburger et des frites quelques heures avant leur décès, reprit le légiste. Pas Wilfried Traen.

– On pourrait très bien envisager qu'ils n'étaient pas à la villa quand Traen a été assassiné, avança Van In.

– Cela expliquerait qu'ils avaient encore leurs vêtements ! dit Zlotkrychbrto, qui tenait à cet argument.

– Imagine... La mère et les enfants sortent pour aller manger un petit truc au fast-food. Quand ils rentrent chez eux, ils surprennent le meurtrier et se font liquider.

– Vraiment pas de chance ! »

Les empreintes digitales prélevées ne laissaient par contre aucun doute. Stefaan Bonheure avait touché le pistolet avec lequel Louise Hoornaert avait été tuée, et il avait été présent dans la villa à un moment ou à un autre. Mais se pouvait-il qu'il soit innocent et qu'il protégeait quelqu'un ? Et pourquoi une telle diversité dans les façons de tuer ? Balle, coups de marteau et pendaison… ?

« J'ai de plus en plus l'impression que le meurtrier de Traen a mis en scène un suicide pour nous envoyer sur une voie de garage, reprit Van In. Je suis maintenant pratiquement certain qu'il n'avait pas l'intention de tuer le reste de la famille.

– Et les empreintes sur le pistolet ? » demanda Zlotkrychbrto en levant la main pour attirer l'attention de Régine.

« Toute cette histoire est incroyable…

– Et si nous avions affaire à deux meurtriers ? proposa le légiste.

– Impossible !

– Et qu'est-ce que tu fais du marteau, alors ?

– Je ne sais pas, Zlot. »

Van In ne portait pas la presse dans son cœur, mais il se dit qu'un appel à témoins serait peut-être la seule solution pour obtenir une réponse à cette question qui l'obsédait depuis plusieurs jours : Louise et les enfants étaient-ils présents lorsque Traen s'était fait dégommer ?

« Je peux t'emprunter ton téléphone ? »

Zlotkrychbrto sourit. Il n'y a pas plus fervents partisans de la société de consommation et du capitalisme que les ressortissants des anciens pays communistes. Il avait acheté son premier portable dans un magasin hors-taxes de l'aéroport de Zaventem, cinq minutes après avoir foulé le sol belge. Lorsqu'il avait reçu sa première paie, il en avait aussitôt acheté trois autres : un pour sa femme et un pour chacun de ses enfants. Il ne comprenait pas comment le commissaire pouvait s'en passer.

« S'te plaît », dit-il avec un parfait accent flamand.

Van In composa le numéro de la télévision régionale.

« Bonjour, mademoiselle. Pourriez-vous me mettre en communication avec Bernard Vanneuville, s'il vous plaît ?

– Un moment. »

La musique d'attente était un air d'opéra connu. Le chœur des esclaves chantait à pleins poumons.

« Allô, ici Bernard.

– Bonjour ! Van In à l'appareil ! »

Si Van In se méfiait des journalistes, c'était moins à cause des hommes eux-mêmes, car il s'entendait bien avec la plupart d'entre eux, qu'à cause de l'arrogance de l'institution.

« Je peux te demander une faveur ?

– Bien sûr ! »

Bernard était l'éminence grise et le journaliste vedette de la chaîne régionale. Les deux hommes avaient fait connaissance lors d'une réception. Depuis, il leur arrivait d'aller boire une bière ensemble de temps en temps.

« C'est au sujet du drame familial à Damme. Je ne sais pas si c'est encore possible pour le journal de ce soir, mais si tu... »

La plupart des reportages qui seraient diffusés le soir étaient déjà bouclés, et Bernard Vanneuville ne pouvait pas prendre de décision sans consulter le rédacteur en chef, mais il s'engagea à évoquer le sujet à l'antenne.

« Tu marches dans des sables mouvants, dit Zlotkrychbrto lorsque Van In eut coupé la communication.

– Ce n'est pas l'expression correcte, répondit Van In en lui rendant son portable. On dit : "déraper sur des moules glissantes". »

Zlotkrychbrto lui lança un regard interloqué.

« Tu es sûr ?

– Est-ce que je suis du genre à te jeter de la foudre aux yeux ? »

Frankenstein but une gorgée de whisky-Coca. Le néerlandais était décidément une langue bien compliquée.

« Mais qu'est-ce que les moules viennent faire dans cette histoire ?

– Demande à Régine ! » répondit Van In en souriant.

Carine Neels passait totalement inaperçue parmi le flot de touristes qui déambulaient rue des Pierres, mais elle avait du mal à ne pas perdre de vue le suspect. Dès qu'il avait été relâché, Stefaan Bonheure avait pris la direction du centre. Il n'avait manifestement pas l'intention de rentrer chez lui tout de suite. En pistant son homme, Carine repensait à la scène que la juge d'instruction venait de faire au commissariat. Elle calculait ses chances. En deux ans, elle avait eu deux relations, qui avaient duré ce qu'elles avaient duré, et cinq ou six flirts. Une fois qu'ils avaient eu ce qu'ils désiraient, ces hommes d'un soir s'étaient endormis comme une masse, ou alors ils s'étaient mis à déblatérer sur le dos de leur femme, dont Carine avait très vite compris qu'ils ne se sépareraient jamais. Ils la laissaient seule avec des draps sales et de la cendre de cigarette dans le lit. Cela ne pouvait pas continuer comme ça. Son horloge biologique tournait. Elle allait sur ses trente et un ans. Ses chances de trouver le mari idéal diminuaient chaque jour. Elle était désormais obnubilée par une seule chose : avoir un enfant, un enfant d'un homme qu'elle aimait. Était-ce trop demander de la vie ?

Stefaan Bonheure s'installa à une terrasse de la grand-place. Carine choisit une table en retrait. Elle repensa malgré elle à Van In. Elle fit des calculs savants pour déterminer ses jours de fécondité. Si la juge d'instruction était aussi têtue qu'on le laissait entendre dans certains cercles, elle ne rentrerait pas chez elle ce soir-là. *C'est la chance de ma vie !*

9

À dix-sept heures, Van In prit congé de Zlotkrychbrto sur la terrasse du Brasseur. Le médecin polonais s'était envoyé quatre whisky-Coca derrière la cravate, et le commissaire autant de Duvel. Le soleil avait entrepris sa descente vers l'ouest, et des bancs de brouillard se formaient au-dessus des polders. Le ciel, encore d'un bleu azur un quart d'heure auparavant, était gris plombé, ce qui ne plaît jamais aux adorateurs du soleil venus faire de la bronzette. Le sauve-qui-peut vers l'arrière-pays ne tarderait pas. Van In n'était pas du genre à dire du mal des Limbourgeois, mais il savait qu'ils étaient toujours les premiers à s'en aller : c'est qu'ils avaient la moitié du pays à parcourir. Pour éviter les bouchons, il fallait partir tôt. Van In observa les touristes qui se levaient les uns après les autres dans un beau charivari, les hommes en short un peu trop juste, suivis par des mères de famille rouge écrevisse et leur marmaille braillarde.

Il alluma une cigarette. Simple habitude, car il faisait beaucoup trop chaud pour fumer. Il avait appelé Versavel dix minutes auparavant depuis une cabine téléphonique. *Mais qu'est-ce qu'il fiche, bon sang ?*

Lorsque Hannelore appela Verhulst, ce fut sa secrétaire qui répondit, une sorcière fagotée n'importe comment qui arborait généralement un rouge à lèvres cramoisi.

« Maître Verhulst est en congrès à Stockholm. Il ne rentre qu'après-demain. Vous voulez que je prenne un message ? »

Hannelore se maudissait. Elle avait agi sur un coup de tête, et voilà que cette connasse se moquait d'elle. Bien sûr, elle savait que son patron avait envie de coucher avec Hannelore. La machine à ragots était lancée, plus rien ne l'arrêterait. Si elle avait eu une vingtaine d'années en plus, Hannelore aurait pu prétendre que ses hormones lui jouaient un tour : elle aurait eu une bouffée de désir comme en ont les femmes qui voient se profiler le spectre de la ménopause... Ha ha ha... Cela n'avait rien à voir. Le problème était bien plus profond. Van In avait fait une remarque débile à propos de ses jambes, et elle, elle n'avait pas pu relativiser, prendre de la distance. Elle le savait, pourtant, que c'était un motif de dispute dérisoire. Elle pouvait se l'avouer à elle-même. Mais plutôt mourir que de l'admettre face à Van In ou même de rentrer à la maison comme s'il ne s'était rien passé. Elle appela la nounou pour lui demander de garder les enfants pour la nuit. Puis elle s'acheta un paquet de cigarettes et, d'un pas décidé, prit la direction de L'Estaminet.

Johan, le patron, avait vu beaucoup de choses étranges dans sa déjà longue carrière, mais lorsque Hannelore commanda une Duvel, il ne put s'empêcher de hausser les sourcils.

À contre-jour, Versavel ressemblait à un Dieu grec : épaules larges, mâchoires anguleuses, torse musclé... La seule chose qui faisait ombre au tableau, c'était ce petit sac plastique qu'il balançait au bout de son poing gauche.

« Tu t'es bien amusé ? »

Un homme qui traverse Blankenberge avec un sachet de coquillages, même les autochtones trouvent ça un peu bizarre.

« Il fallait bien que je m'occupe, non ? »

Van In observa que Versavel avait apparemment ramassé une majorité de vénus, mais il s'abstint de tout commentaire.

« Tu aurais pu rester avec moi.

– Comme la troisième roue du carrosse ?

– La cinquième, Guido. »

Van In se fit la réflexion que la jalousie mettait les femmes et les homos sur un pied d'égalité : ils boudaient.

« N'essaie pas de me jeter de la poudre aux yeux, Pieter. »

En temps normal, Van In se serait précipité sur l'occasion pour analyser cette nouvelle coïncidence, mais cela les aurait menés trop loin. Il se contenta d'affirmer :

« Notre amitié n'est pas bâtie sur du sable. »

Cela sonnait un peu grandiloquent, et peut-être hors de propos, mais Versavel rit comme s'il était soulagé. L'incident était clos.

« On y va ? »

Versavel ouvrit la portière de la Golf, lança son sachet de coquillages sur la banquette arrière et prit place au volant. Sa promenade sur la plage lui avait fait du bien. La mer engloutit les problèmes, à croire que Dieu l'a créée dans ce but.

Ils rejoignirent le flot de Limbourgeois qui étaient en train de créer un embouteillage monstre, provoquant justement ce qu'ils cherchaient à éviter par-dessus tout. Le trajet de Blankenberge à Bruges dura plus de trois quarts d'heure, trois fois plus qu'à l'accoutumée. Van In fuma cigarette sur cigarette, le visage perdu dans la contemplation des nuages sombres qui arrivaient de l'ouest. Le vent s'était levé, comme l'indiquaient les herbes couchées, mais cela n'était pas perceptible dans la voiture.

« Au commissariat ou à la maison ? demanda Versavel alors qu'il abordait le pont qui reliait l'autoroute de la côte aux abords de Bruges.

– Tu es pressé ?

– Pourquoi serais-je pressé ?

– Alors, allons donc papoter un peu avec Hoornaert », proposa Van In.

Il n'aimait pas que les pièces à conviction lui tombent toutes cuites dans la main, mais il ne pouvait pas non plus ignorer la lettre que Vandevijvere lui avait confiée.

Versavel hocha la tête. Il prit à gauche à la porte des Baudets. Cela faisait des années qu'ils n'étaient pas restés si longtemps sans échanger un mot.

« Tu penses toujours à ton Allemand ? »

Les articulations de Versavel blanchirent. Il n'avait pas pu songer à autre chose depuis quarante-huit heures.

« Ce n'est pas ce que tu imagines, Pieter.

– Je veux bien te croire. »

Deux hommes ensemble, Van In n'imaginait cela que dans ses pires cauchemars.

« Tu as peur d'avoir chopé quelque chose ? »

Versavel tourna la tête et regarda Van In avec intensité. Si quelqu'un d'autre avait osé lui poser cette question, il aurait sans doute piqué une colère homérique. Mais Van In était son meilleur ami, et la sollicitude qu'il lui témoignait était bien réelle.

« J'espère que non.

– Tu sais comment il s'appelle ?

– Je connais seulement son prénom.

– Tu as dit qu'il était à l'hôtel.

– Il est parti hier.

– Tu sais où ?

– Quelque part en Scandinavie.

– En train ou en avion ?

– En avion.

– Alors, ce sera facile, dit Van In en souriant.

– Qu'est-ce que tu veux dire ?

– Écoute-moi bien, Guido. »

Van In alluma une cigarette et changea de position. Ce serait un jeu d'enfant de retrouver l'identité de cet homme. Il suffisait de vérifier les fiches de l'hôtel. Après, ce serait sans doute plus difficile de retrouver sa trace, mais ce n'était pas impossible. Du moins si Europol leur prêtait main-forte.

« Tu es devenu fou ? !

– Non, répondit Van In. Le gars qui dirige Europol est un ami. Et il me doit un renvoi d'ascenseur. »

Van In se contrefichait de savoir combien sa requête allait coûter au contribuable européen. La santé et la sérénité de Versavel lui étaient beaucoup trop précieuses.

« Je te l'interdis !

– Mon cher Guido, tu ne peux rien m'interdire du tout. Jusqu'à nouvel ordre, je suis ton supérieur hiérarchique. »

Van In prit le micro de la radio de bord et donna

instruction à l'officier de garde de dépêcher une patrouille à l'hôtel où avait logé le bel Allemand.

« Cela a ses avantages, de travailler chez les flics », dit-il en souriant à Versavel qui fulminait.

À leur arrivée, Hoornaert était assis au jardin. Il était vêtu d'un short beige et d'un t-shirt kaki. Pour un homme de son âge, il avait des bras costauds. *Étrange,* se dit Van In, *que je n'y aie jamais prêté attention avant.*

« Bonsoir, monsieur Hoornaert », dit-il en lui serrant la main.

Van In avait du mal à imaginer ce brave homme en train d'égorger à la machette une jolie femme aux yeux bandés, mais il savait que les apparences peuvent être trompeuses. Sur Internet, on trouve des dizaines de photos de tueurs en série à qui on donnerait le bon Dieu sans confession. En Belgique, il y en avait d'ailleurs un en prison, qui recevait tous les jours du courrier de ses fans, alors qu'il avait été établi qu'il avait massacré quatre jeunes filles.

« Vous avez découvert quelque chose ? »

Hoornaert les invita à s'asseoir sur le banc en teck et leur proposa à boire. La brise qui s'était levée durant le retour des deux flics à Bruges prenait de la vigueur et rafraîchissait l'air. Le ciel était gris plomb. La pluie menaçait de tomber d'un moment à l'autre.

« Il y a plusieurs éléments au sujet desquels j'aimerais vous entendre, dit Van In.

– Au sujet de ma fille.

– Non… au sujet de Kitty Jouy. »

Les meurtriers se divisent en deux catégories : ceux qui, lorsqu'ils sont confrontés à leur forfait, ne peuvent empêcher leur corps de les trahir, et ceux qui demeurent absolument imperturbables.

« Une Pils et un Perrier ? »

Hoornaert fit demi-tour et rentra dans la véranda.

« Tu as l'intention de lui montrer les lettres ?

– Pas tout de suite », répondit Van In.

Il éprouvait une certaine compassion pour le vieil homme. S'il n'y avait pas eu la lettre, il ne l'aurait pas dérangé. Kitty Jouy portait sans doute une responsabilité indirecte dans le drame familial de Damme, et qui pouvait jeter la pierre à un père et grand-père qui avait voulu venger la mort de sa fille et de ses petits-enfants ? Mais les choses prenaient un autre tour si la lettre disait vrai et si Hoornaert n'en était pas à son coup d'essai.

« Tu as vraiment l'intention de mettre Europol sur le coup ? » demanda Versavel tout à trac.

C'était une nouvelle question rhétorique, et à celle-là aussi, Van In crut bon de répondre :

« Après toutes ces années, tu devrais commencer à me connaître, Guido. »

Versavel se tritura la moustache d'un air soucieux.

« Hannelore a de la veine d'être avec quelqu'un comme toi, dit-il sur un ton un peu mélodramatique.

– Espérons-le, Guido. Espérons-le. »

Les magistrats boivent en général en cercle fermé. Ils n'aiment pas se donner en spectacle quand ils sont ronds comme deux queues de pelle. Hannelore avait bu trois Duvel en moins d'une heure, ce qui était dangereux, même pour quelqu'un qui a de l'entraînement. La rue Jozef-Stuvée lui paraissait avoir pas mal rétréci et s'était transformée en gymkhana parsemé d'embûches. Toutes ces voitures, tous ces vélos, tous ces gens… Difficile de ne pas s'en prendre un de temps en temps. Elle observa son reflet dans une vitrine. Elle se trouvait énorme. Un passant qui habitait rue Wallonne et qui sortait son chien à heures régulières l'aborda :

« Vous ne seriez pas le juge d'instruction Martens, par hasard ? »

Hannelore se tourna vers lui. Le monde se mit à danser.

« Parce que j'ai l'air d'un juge d'instruction ? »

L'homme l'examina des pieds à la tête.

« Non, mais je sais que c'est vous. Je vous reconnais : j'ai vu votre photo dans le journal.

– Lequel ?

– *Het Laatste Nieuws* [1]. »

Hannelore sourit.

« Le mois prochain, vous me verrez dans *Playboy* ! »

Elle salua d'un geste de la main et reprit son petit bonhomme de chemin.

« Je voudrais juste savoir où vous étiez hier soir, dit Van In lorsque Hoornaert revint et entreprit de servir les boissons.

– Hier soir ?

– Oui, hier soir. »

Hoornaert but une large rasade du verre de vin qu'il avait apporté pour lui.

« Je suis allé faire des courses. Comme toutes les semaines.

– Au supermarché ? »

Hoornaert fit oui de la tête.

« Vous voulez voir le ticket de caisse ?

1. Important quotidien flamand, au tirage de 300 000 exemplaires.

– Non », répondit Van In.

Un coup de tonnerre éclata au loin. Le ciel s'éclaira une fraction de seconde. En l'espace de dix minutes, la température avait baissé d'au moins huit degrés. Pas besoin d'être Monsieur Météo pour prédire que l'orage s'annonçait.

« Vous voulez savoir ce que j'ai fait ensuite ?

– Si ce n'est pas trop vous demander.

– Je suis allé sur la côte.

– À Blankenberge ?

– Comment avez-vous deviné ?

– Une intuition. »

Hoornaert se pencha en avant et chuchota :

« Je vous ai dit que ma femme venait d'être opérée, commissaire. Ce n'est pas gravissime. Mais ce que vous ignorez, c'est qu'elle ne quitte plus le lit depuis une vingtaine d'années, quand elle a attrapé la malaria au Congo. Je m'occupe d'elle. En contrepartie, je m'octroie de temps en temps de menus plaisirs. Je me paie un pot quelque part, si vous voyez ce que je veux dire.

– Sur une terrasse de Blankenberge.

– Au Brasseur, précisa Hoornaert.

– J'y étais pas plus tard que cet après-midi.

– Quelle coïncidence ! »

Van In hocha la tête. Il ne serait pas facile de vérifier les dires d'Hoornaert car, l'été, la clientèle du Brasseur était essentiellement constituée de gens de passage.

« Vous savez qu'elle a été tuée ?

– Je lis le journal, commissaire.

– Bien sûr. »

Lorsque Van In but une gorgée de Duvel, un éclair zébra le ciel. Quelques secondes plus tard, un coup de tonnerre effroyable fit trembler les polders. Les feuilles des arbres frémirent. Un merle rasa la pelouse. C'était le deuxième orage en quelques jours. De grosses gouttes d'eau commencèrent à tomber, mais il faisait si chaud que la plupart s'évaporaient avant de toucher le sol.

« Nous ferions mieux de rentrer », dit Hoornaert.

Il n'avait pas fini sa phrase que le déluge éclatait au-dessus de la petite compagnie. Van In fut le premier à la véranda. Il ouvrit la porte et se précipita à l'intérieur. Il était trempé.

« Ça me rappelle le Congo ! » cria Hoornaert par-dessus le fracas.

Ses yeux brillaient d'une lueur inquiétante. Il entendait les vrombissements des tam-tams, les glaçons qui s'entrechoquaient dans les verres et les cris des boyesses qui… Il tendit une serviette veloutée à Van In avant de regarder, à travers le toit de verre de la véranda, les nuages éclater au-dessus de leur tête.

Versavel prit place en silence dans une chaise en rotin, sous l'auvent en bois qui reliait la maison à la véranda. Chaque orage lui rappelait des souvenirs terribles. Il n'en avait jamais parlé à personne, pas même à Van In. Il devait avoir huit ans à l'époque. Pour le punir d'une bêtise, son père l'avait enfermé au jardin pendant un orage. L'enfer avait duré plus d'une heure. Il était resté assis dans un coin, terrorisé et priant pour que cette horreur prenne fin. Mais au lieu de s'atténuer, cela avait été de plus en plus effrayant, jusqu'au moment où la foudre était tombée à ses pieds. Il avait lancé un caillou dans la fenêtre de la cuisine et s'était mis à hurler comme un possédé.

« Je me suis laissé dire que vous y étiez quelqu'un d'important, dit Van In.

– Un homme libre, commissaire ! »

Hoornaert était radieux. Les gens qui ont un passé de colon ou de missionnaire ont tous une nostalgie de l'Afrique, où « le maître » avait un pouvoir bien plus grand qu'un simple patron en Occident. *Le maître n'a pas d'ordre à donner, il est servi au doigt et à l'œil*, se souvenait Hoornaert. *Le maître ne souffre pas, on souffre pour lui. Le maître n'a pas besoin de rêver : il peut concrétiser immédiatement ses moindres fantasmes. Le maître a droit de vie et de mort sur ses boys et leur famille. Ah ! C'était le bon temps !* Depuis trente ans, Hilaire Hoornaert tentait de se comporter en homme civilisé. Pourtant, chaque fois qu'il repensait à cette soirée où il avait égorgé une petite négresse aux yeux bandés à coups de machette, il bandait. Il savait que ce n'était pas bien, ce qu'il avait fait là-bas, il n'en était pas fier, mais il ne voulait pas nier qu'il ne s'était pas passé un seul jour depuis lors sans qu'il y repense. Quand on a exercé un pouvoir sans limites sur un autre être, on ne l'oublie jamais. La petite négresse avait fauté en refusant d'obéir à un ordre. En soi, l'affront n'était pas si grave. Il y avait au moins une dizaine d'autres filles à la fête qui se seraient senties honorées de servir les maîtres comme ils le demandaient. Mais là n'était pas la question. Un maître ne pouvait pas se permettre de perdre la face. C'était aussi simple que ça.

« Les choses changent », laissa tomber Van In.

Hoornaert allongea les jambes et but une nouvelle gorgée de vin. *J'ai presque septante-cinq ans. Mon médecin m'a annoncé que j'avais un cancer de la prostate. Je ne constitue pas un danger pour la société. Quel juge aurait le cran de me mettre en détention préventive ? Et il y a de fortes chances que je ne sois plus de ce monde avant le début du procès aux assises.*

Van In n'eut pas à montrer la lettre que lui avait

confiée le ministre Vandevijvere. Hoornaert fit des aveux spontanés. Kitty Jouy était une prostituée qui avait dévoyé son gendre. Le drame familial l'avait profondément choqué. N'importe quel jury populaire se montrerait compréhensif à son égard, et n'importe quel avocat, même un pro Deo, obtiendrait sans nul doute son acquittement pour pulsion irrépressible.

Trouver le coupable d'un meurtre en quarante-huit heures, c'était bien, mais Van In n'était pas satisfait. Il continuait à se poser un nombre incalculable de questions. Pourquoi Vandevijvere l'avait-il entraîné dans un bordel de luxe ? Il aurait tout aussi bien lui donner autrement la lettre qui portait le discrédit sur Hoornaert. Pourquoi Wilfried Traen et sa famille avaient-ils été assassinés ? Pourquoi Kitty Jouy avait-elle jugé bon de porter plainte auprès d'Hannelore pour une dette non honorée ?

« Mon gendre était quelqu'un de bien, dit Hoornaert. Je ne lui arrivais pas à la cheville, il représentait tout ce que j'aurais voulu être. Vous comprenez, commissaire ?

– Servez-moi une autre Duvel, si vous voulez bien, monsieur Hoornaert. »

Van In avait déjà vu passer beaucoup de meurtriers. Il n'avait pas été rare qu'il comprenne, du moins jusqu'à un certain point, les mobiles, les angoisses, les frustrations qui les avaient menés à commettre l'irréparable. La mort de quelqu'un était un point de non-retour. Il était impossible de dédommager les survivants : rien n'y faisait, ni une compensation matérielle, ni une peine de prison pour le coupable. Les policiers qui menaient l'enquête étaient souvent les seuls à entrer en contact avec les coupables et à les entendre énoncer des regrets, chacun à leur manière. Mais des monstres capables de martyriser délibérément leur prochain avant de le tuer, Van In en rencontrait heureusement très peu.

« Qu'est-ce que vous allez faire, maintenant ?

– Je vais prendre note de votre déposition, dit Van In. C'est le parquet qui décidera de votre sort. »

L'homme hocha la tête, soulagé. C'était fini.

Quelque part en Grande-Bretagne, dans un complexe hautement sécurisé, un jeune homme aux cheveux blonds et aux grands yeux bleus glissa une disquette dans son ordinateur et consulta les données qui apparurent sur l'écran. Son amie, une Argentine affolante aux hanches voluptueuses et à l'appétit sexuel phénoménal, était convaincue qu'il travaillait pour une grande compagnie d'assurances, mais elle se trompait. Ben Winslet était analyste pour une entreprise qui ne portait officiellement aucun nom et dont récemment encore personne ne soupçonnait l'existence. Échelon était une agence de renseignement américano-britannique parrainée par la CIA et le MI6 qui interceptait les communications passant par le téléphone, le fax et les ondes radio. Elle fonctionnait par mots clés. Imaginons que, lors d'une conversation anodine entre deux amis, l'un fasse une blague à propos de Ben Laden. Aussitôt le système tend l'oreille, et la machine est lancée. La communication est retranscrite, et il y a de fortes chances qu'elle aboutisse sur le bureau d'un haut responsable d'Échelon. Les communications relatives à des cibles moins pressantes sont traitées par des analystes du niveau hiérarchique de Ben Winslet. La veille, il avait introduit le nom de Van In dans le système, et vingt-quatre heures plus tard : bingo ! Ledit Van In venait de s'entretenir avec le directeur d'Europol en Belgique. Il était apparemment question d'un Allemand en voyage en Scandinavie, mais en soi cela était peu pertinent. Le fait que Van In entre en contact avec le directeur d'Europol était suffisamment important pour que Winslet rédige une note, qu'il envoya illico à David Starr.

« Entre ! dit Veerle.
– Je ne dérange pas ?
– Bien sûr que non ! »

Veerle Daveloose occupait un appartement sous les combles à hauteur de la porte des Maréchaux. Elle déboursait chaque mois un loyer de sept cents euros, mais elle pouvait se le permettre depuis sa nomination au poste de greffière.

« Ce n'est pas tous les jours que je reçois la visite de ma cheffe ! »

Dans une vie antérieure, Veerle avait été secrétaire de direction au sein d'une entreprise de Flandre occidentale très florissante, où son ex-mari était cadre supérieur. Après son divorce, le grand patron – les hommes prennent toujours le parti des hommes – l'avait gentiment licenciée. Il lui avait promis une agréable indemnité. Lors de sa fête d'adieu, il lui avait soufflé : « Laisse-moi glisser tes sous dans ton soutif ! » Il est vrai qu'il en était à sa cinquième coupe de champagne, mais cela ne faisait que confirmer sa goujaterie. Elle lui avait arraché l'enveloppe des mains et ne s'était pas retenue de lui dire ses quatre vérités. Cet argent lui avait permis de louer son appart. Lors de son entretien d'embauche auprès de la magistrature de Bruges, le récit de cette soirée mémorable avait décidé la personne qui l'interrogeait sur son parcours, car c'était une femme et elle avait les machos en horreur.

« Tu es un amour, dit Hannelore.

– Et toi tu es complètement beurrée ! »

Elles rirent.

Hannelore plissa les yeux. La lumière du salon la faisait tituber. La tête lui tournait.

« Tu veux que j'appelle Van In ? »

Hannelore se laissa tomber sur le canapé, ôta ses chaussures et poussa un gros soupir.

« Ma chérie, dit-elle. Si ça ne t'embête pas, je préférerais rester célibataire ce soir.

– C'est si grave que ça ? »

Hannelore souleva sa jupe.

« Il a dit que je devais aller me raser les jambes.

– Le salopard ! »

Veerle s'assit à côté d'Hannelore. Elle secoua la tête pour exprimer sa désapprobation et, comme pour jouer, caressa furtivement la cuisse d'Hannelore. C'était un geste innocent, bien sûr, mais Hannelore en fut toute troublée. Les Duvel lui donnaient de drôles d'idées.

« Je ne veux pas qu'il me voie dans cet état », dit-elle.

Elle était en nage. Si elle était allée chez elle, elle aurait filé prendre une douche et elle se serait changée.

« Tu as mangé ?

– Ne te mets pas en frais pour moi.

– N'importe quoi ! »

Veerle saisit son téléphone et commanda deux pizzas.

« Quand une femme a trop bu, il faut la nourrir ! C'est un acte de charité ! dit Veerle en riant. En attendant, va vite prendre une douche. Rien de tel que de l'eau et des hydrates de carbone pour chasser une petite biture. »

Veerle ne se laissa pas fléchir. Elle aida Hannelore à s'extirper du canapé et l'entraîna dans la salle de bains.

« Tu ne veux quand même pas que je te déshabille moi-même ? » dit-elle en voyant Hannelore rester plantée comme un piquet devant le lavabo.

Cela faisait plus de vingt ans qu'Hannelore ne s'était pas dénudée devant une femme. Malgré tous ses efforts, elle n'avait jamais réussi à oublier cette soirée. Annemie avait de longs cheveux blonds, des mains comme des oiseaux fragiles, des doigts effilés… Elles avaient pris une douche ensemble, s'étaient allongées sur un lit, nues, et avaient fumé une cigarette en silence. Et puis…

« Je vais me débrouiller ! dit-elle brusquement.

– Sûre et certaine ? »

Hannelore fit oui de la tête. Elle ouvrit la fermeture Éclair et fit glisser sa robe de ses épaules. Le miroir lui renvoyait l'image d'une jeune fille de treize ans aux seins naissants, au pubis qui commençait seulement à se couvrir de poils et au nez surmonté d'une paire de lunettes très moches. Elle avait pu se défaire du troisième élément dès son seizième anniversaire. Quant aux deux premiers, les choses s'étaient arrangées mieux qu'elle n'aurait pu l'imaginer. Elle attendit que Veerle quitte la salle de bains pour ôter ses sous-vêtements. Elle plaça une brosse à dents sous son sein gauche. C'était un test on ne peut plus simple. Si elle tombait, tout allait bien. Sinon…

« Il y a un problème ? »

Hannelore sursauta. Veerle venait d'ouvrir la porte. La juge cacha instinctivement sa toison pubienne.

« Non, dit-elle. C'est la brosse à dents qui est tombée.

– La brosse à dents ? »

Veerle jeta un regard complice à Hannelore. Oui, le test du crayon…

Certes, Dieu a créé l'homme nu. Il n'empêche qu'Hannelore se sentait mal à l'aise. Elle n'avait aucun problème avec le fait que Guido, le bras droit de son homme, soit homo. Mais la greffière... qu'elle-même avait engagée et prise à son service... était lesbienne, et cela ne pouvait être un hasard. C'est en tout cas ce que diraient les mauvaises langues si les choses venaient à se savoir.

« Tu veux bien me laisser, Veerle ? »

Cette petite phrase qu'elle avait voulue innocente fit à l'autre l'effet d'une gifle.

« Comme vous voulez, cheffe. »

Veerle fit demi-tour et retourna au salon sans demander son reste. Son ex-mari avait révélé ses manières de rustre. Avec lui, elle avait davantage souffert qu'été aimée. Mais personne ne l'avait jamais autant blessée qu'Hannelore Martens à l'instant même.

Les célibataires sont habitués à passer des soirées en solitaire, mais Van In ne tint pas plus d'un quart d'heure. Il appela Hannelore sur son portable. « Hannelore Martens ne peut pas répondre à votre appel pour le moment. Veuillez laisser un message après le bip. » Et merde ! Bob, le berger allemand, lança un regard compatissant à son maître et battit de la queue d'un air las. L'orage qui avait éclaté sur la Flandre entière une heure plus tôt s'était apaisé. Le soleil couchant crevait çà et là les nuages et répandait une lumière orange sur la ville. Il régnait de nouveau une chaleur torride. Van In enleva ses chaussures et son pantalon, ouvrit la porte du jardin et alluma une cigarette. Il devait avoir l'air ridicule, en slip et en chaussettes. Bob détourna la tête, ce qui était comme une confirmation. *Mais où est-elle ?!?!* Van In alla prendre une Duvel dans le frigo et fit quelque chose qu'il ne faisait jamais : il but au goulot. Comme l'herbe était encore mouillée, il retourna au salon et alluma la télévision. Bernard Vanneuville avait tenu parole. Un avis de recherche était diffusé juste avant le journal. Le texte était lu par une blonde ravissante et accompagné d'une photo de Louise Hoornaert. Il disait que toute personne l'ayant vue le dimanche avant vingt et une heures trente était prié de prendre contact de toute urgence avec la police. Van In posa les pieds sur la table de salon et but une nouvelle gorgée de Duvel. Il se dégoûta lui-même, aussi se leva-t-il pour aller chercher un verre dans la cuisine. Une manne de linge propre était posée sur le plan de travail. Son pyjama trônait au sommet de la pile. *Pourquoi pas ?* Il retira son slip et enfila le vêtement tout frais. *Mmmm ! C'est bon !*

David Starr gara sa voiture, une petite Jaguar olive, dans la rue Poitevin, juste sous le panneau d'interdiction de stationner. Il avait reçu un mail de Winslet un quart d'heure plus tôt. « *Call me !* » Il actionna le verrouillage automatique des portes et avança d'un pas nonchalant vers sa maison, une demeure du dix-septième siècle qu'il avait fait rénover de fond en comble aux frais du contribuable américain dix ans auparavant. David Starr était peu à peu tombé amoureux de Bruges. C'était une relation passionnelle qu'il n'aurait voulu abandonner pour rien ni personne. L'incident de la villa de Damme était une gaffe considérable, mais c'était la première de toute sa carrière. Qui aurait jamais pu penser qu'un gamin essaierait de contrecarrer ses plans ? Il avait toujours un hématome dans le dos, à l'endroit où le marteau que l'enfant avait lancé dans sa direction l'avait touché. Il tourna la clé dans la serrure de la porte en chêne et la poussa du genou. Le petit couloir était éclairé par une lumière d'ambiance et meublé avec goût. Un visiteur de passage n'aurait jamais pu imaginer que l'endroit était habité par un Américain.

Dans les années soixante, personne ne fronçait les sourcils quand les auteurs de romans d'espionnage décrivaient leur héros se retirant dans une pièce secrète ou dans un bunker souterrain pour communiquer avec son quartier général. Ces livres commençaient à dater, et, pourtant, rien n'avait vraiment changé dans la réalité. David Starr avait bel et bien une pièce secrète. La seule différence avec les romans de Flemming, c'était que les espions modernes disposaient désormais d'appareils de communication au fonctionnement sans faille et qui émettaient des signaux quasi indétectables. David Starr était équipé du nec plus ultra dans ce domaine : un téléphone satellite, un logiciel de transformation vocale et un compresseur de signaux. Une conversation de dix minutes ne laissait qu'une trace d'une milliseconde dans l'atmosphère.

Bob était allongé sur le flanc, face à l'âtre, occupé à observer des flammes imaginaires. Van In cherchait à se rafraîchir en compagnie d'une deuxième Duvel. *Où est-elle ?!?!* Il avait appelé son mobile une dizaine de fois en une heure et laissé toute une panoplie de messages, de « Excuse-moi, ma chérie. Je t'adore » à « Tu peux me la couper si tu veux, mais bordel dis-moi où tu es ! ». En tout cas, il se promettait de ne plus jamais faire la moindre plaisanterie à propos de ses jambes.

« Qu'est-ce qu'il y a ? »

Bob avait levé la tête. Il dressait les oreilles. Il ne faisait cela que quand il sentait le parfum d'Hannelore. Van In bondit du canapé et courut à la porte d'entrée.

« Bonsoir, Pieter. »

Carine portait une jupe qui, repliée, aurait pu tenir dans un porte-monnaie. Elle avait tiré ses cheveux en arrière et sentait le musc.

« Tu m'avais demandé de te tenir au courant de l'avancement de l'enquête, non ? » dit-elle en jetant un œil par-dessus son épaule.

Son instinct lui confirmait qu'Hannelore était absente. *Bien joué, ma fille !*

« J'ai dit ça, moi ?

– Je peux entrer ? »

Il était seul et en pyjama. Jamais les dieux n'avaient été autant de son côté.

« Tu veux boire quelque chose ?

– Avec plaisir. »

Elle s'assit sagement sur le canapé. Van In n'était pas né de la dernière pluie ; elle avait intérêt à la jouer discrète au début. Mais elle avait trois atouts dans sa manche : elle disposait de beaucoup de temps, il aimait boire et elle savait qu'il était sensible à son sex-appeal. C'était dans la poche.

« Hannelore n'est pas là ?

– Non, mais je crois qu'elle va arriver d'un moment à l'autre. »

Menteur ! pensa-t-elle.

« Tu n'as pas envie de savoir ?

– De savoir quoi ?

– Ce que j'ai à te dire de la filature d'aujourd'hui. »

Elle lui adressa un grand sourire et croisa les jambes. *Cette fois-ci, tu ne m'échapperas pas, Van In.* On lisait à livre ouvert sur son visage.

« Tu as du neuf à propos de Stefaan Bonheure ? » dit-il en se dirigeant vers la cuisine.

Bob se mit à grogner tout doucement.

« Oui et non. »

Elle n'avait pas grand-chose à dire sur le sujet. Bonheure avait bu plusieurs bières sur la grand-place avant de rentrer chez lui. Cinq minutes plus tard, lui et sa femme étaient partis en voiture, mais comme elle était à pied, elle avait dû renoncer à les suivre.

« Ils sont restés partis tout l'après-midi.

– Voilà qui est bizarre. »

Van In servit à boire et s'assit délibérément dans un fauteuil.

« Ils sont rentrés vers cinq heures, reprit Carine. J'ai surveillé leur baraque tout le temps.

– Je vois. »

Van In regardait ostensiblement les cuisses de la jeune femme.

« Comment ça ?

– Tu as pris des couleurs… »

Quand le désir monte, on n'a pas forcément des dialogues transcendants. La conversation a surtout pour but de combler les silences pendant que chacun se demande comment il va s'y prendre, jusqu'à ce que l'un des deux prenne l'initiative. Carine savait qu'il avait envie d'elle. Tôt ou tard, il viendrait s'asseoir à côté d'elle. C'est à ce moment-là qu'elle lui porterait le coup fatal.

« Tu n'es pas mal non plus.

– Ah bon ?

– Pour un homme de ton âge, en tout cas », dit-elle en riant.

Elle prit son verre sur la table du salon.

« Je peux fumer ? »

Van In était stupéfait.

« Je ne savais pas que tu aimais ça !

– Il y a beaucoup de choses que j'aime et dont tu ne sais rien, Pieter.

– Je brûle de curiosité. »

Van In se rendait compte qu'il jouait avec le feu, mais il ne pouvait s'empêcher de flirter gentiment avec elle.

« Qu'est-ce que tu aimerais savoir ?

– Ce que tu as envie de me dire. »

Elle le regarda.

« Tout dépend de ce que toi tu as envie de me dire. »

Si on continue comme ça, se dit Van In, *on va passer à ce qu'on a envie de faire.* La tentation, c'est comme une démangeaison. L'ignorer ne fait que l'exacerber. S'il faut se gratter, à moins d'être un moine bouddhiste capable de dominer son corps et son esprit, il faut se gratter. Van In n'était pas un moine bouddhiste, et la seule manière d'apaiser une tentation qui le démangeait, à sa connaissance, c'était de l'admettre et d'y céder, ce qui n'était pas en soi une mauvaise méthode. Mais on en conservait une culpabilité dormante qui se réveillait à chaque nouvelle tentation. Van In n'avait trompé Hannelore qu'une seule fois, il y avait de cela six ans, avec une pute polonaise à la Villa Italiana, un bar louche du centre de Bruges qui avait été fermé depuis. Carine Neels possédait toutes les qualités nécessaires pour mener un homme au septième ciel. Des seins et des fesses qui et que, oui, mais aussi un bon cœur et une tête bien faite.

« Je croyais que c'était toi qui avais envie de me dire quelque chose. J'ai perdu le fil.

– Ah ! minauda-t-elle. Et moi j'ai déjà perdu ma fleur !

– Je sais que tu n'es pas Vierge, dit Van In en riant. Ton anniversaire est en novembre.

– Ça me fait plaisir que tu t'en souviennes. »

Van In but une gorgée de Duvel. S'il fallait en croire les astrologues, les Vierge étaient attachées à leur famille et rationnelles, mais aussi pas toujours très sûres d'elles-mêmes. Les Scorpion, en revanche…

« Le quatorze novembre », précisa-t-il.

Carine dut lutter contre elle-même pour ne pas lui sauter au cou et l'embrasser. Elle ne se le serait jamais pardonné, d'avoir violé le père de son futur enfant.

« Cela fait longtemps que j'ai vu le loup », ajouta-t-elle.

Elle changea de position. Shéhérazade avait eu mille et une nuits et autant d'histoires pour séduire le sultan. Elle n'avait devant elle qu'une seule soirée.

« Si tu viens t'asseoir à côté de moi, je vais te dire tout ce que tu veux savoir sur moi sans avoir jamais osé le demander », dit-elle.

Dans les bandes dessinées, c'est le moment où le personnage principal voit en pensée un diable et un ange s'affronter. Van In laissa errer son regard en direction de la fenêtre et y discerna quatre petits hommes pourvus de cornes et de sabots. Ils chantaient en chœur : « Mais prends-la ! Mais prends-la donc ! »

Il but une gorgée de Duvel, alluma une cigarette et s'assit à côté d'elle sur le canapé.

« Comme tu es beau ! lui chuchota-t-elle à l'oreille.

– N'exagère pas, Carine.

– Je suis sincère. Tu n'es peut-être pas le plus bel homme de l'hémisphère Nord, mais j'ai envie de toi. »

Une déclaration pareille, ce n'est pas tous les jours…

« Ma petite Carine ! »

Van In aurait pu se lever, mais il préféra poser son

bras autour des épaules de la jeune femme. *Si ça m'était arrivé il y a sept ans, je me serais senti honoré et je t'aurais tout de suite...*

Van In n'eut pas le temps de penser jusqu'au bout. Il y eut du bruit à la porte d'entrée. Avant qu'il n'ait eu le temps de dire ouf, Hannelore se tenait devant eux.

10

« Ce n'est pas ce que tu crois, Hanne. »

Hannelore se tenait jambes écartées devant eux. Elle avait un petit quelque chose qui rappelait Méduse, sauf que son regard ne pétrifia personne, en tout cas pas au sens propre.

« Pieter a raison, dit Carine. Ce n'est pas ce que vous croyez. »

Elle se souvenait d'une comédie romantique où Walter Matthau tenait le rôle principal. La scène où l'épouse crédule rentrait chez elle et trouvait son mari au lit avec sa maîtresse était à se tordre de rire. L'homme bondissait sur ses pieds, tandis que sa maîtresse s'habillait en un clin d'œil et filait sans demander son reste. L'homme retendait les draps pendant que sa femme fulminait. Lorsque tous les indices de l'adultère avaient disparu, il prétendait qu'il ne s'était absolument rien passé, et il faisait preuve d'une telle constance et d'une assurance si imperturbable qu'elle se mettait à douter. Van In et Carine possédaient sans doute l'avantage spécieux de n'avoir pas été découverts au plumard, mais Hannelore était un chouïa plus intelligente que la ménagère américaine moyenne.

« J'ai dit quelque chose ?

– Non, bien sûr », répondit Van In en se demandant comment elle pouvait garder ce calme olympien.

Un père restait-il impassible quand il se trouvait face à l'homme qui avait violé sa fille ? Hannelore l'avait surpris dans les bras d'une jolie femme, et en pyjama, en plus !

« Je suppose que mademoiselle Neels est venue te voir pour le travail, reprit Hannelore.

– Je l'ai chargée d'enquêter sur l'affaire Bonheure. »

Carine faisait de son mieux pour gommer son sex-appeal. Elle tira sur sa jupe et rit de l'air le plus bête possible. Van In fit une tentative de conciliation.

« Ces dames veulent-elles boire quelque chose ?

– Quelle heure est-il ?

– Sept heures moins dix, madame la juge. »

Carine regarda Van In. Son plan était tombé à l'eau, mais si elle avait perdu une bataille, elle n'avait pas perdu la guerre.

« Je ne dirais pas non à un verre de porto », lâcha Hannelore.

Vu les circonstances, elle ne pouvait pas en vouloir à Van In d'avoir failli tomber dans les rets de la fliquette. Après tout, elle l'avait quitté. Si elle l'engueulait, il y avait de fortes chances qu'il s'envole avec Carine.

« Il n'y a plus de porto, répondit Van In.

– Vous voulez que je prépare du café ? proposa Carine.

– Non merci ! répondirent en chœur Van In et Hannelore.

– Et si on allait à L'Estaminet ? proposa le commissaire, que l'idée de boire entre deux femmes excitait, et pas qu'un peu.

– Dans ce cas, je vais me changer », dit Hannelore.

Elle s'engouffra dans l'escalier. Elle n'était pas encore arrivée en haut que le téléphone sonnait.

« Une dame de Torhout qui a entendu l'appel à témoins vient de se manifester, annonçait Versavel au commissaire. Elle prétend que Louise Hoornaert était en visite chez elle avec ses enfants le fameux dimanche soir. »

Kaat Deruwe n'avait pas pu réagir plus tôt car voilà qu'elle rentrait d'un court séjour à l'étranger.

« Cela tombe à point nommé, dit Van In.

– Tu as des problèmes ?

– Non, Guido. Le léger souci est monté se changer.

– Tu veux que je passe vous chercher ?

– Ce n'est pas de refus.

– À tout de suite ! »

Van In raccrocha. *Sauvé in extremis,* songea-t-il.

Kaat Deruwe avait étudié l'architecture d'intérieur. Elle aurait eu du mal à le cacher. Le salon était un modèle de minimalisme : deux buffets sévères, un parquet laminé immaculé, et un canapé qui avait certainement été jeté en bas de la chaîne de montage sibérienne pour inconfort. Elle était maigre, le bassin osseux – s'y heurter devait occasionner des blessures – et plate comme la Pampa, mais elle rayonnait d'une chaleur humaine qui la rendait en réalité très sympathique.

Van In se fit l'effet d'un pacha en prenant place sur le canapé entre Hannelore et Carine.

« Louise et moi, on était amies depuis très longtemps, commença Kaat Deruwe, la gorge nouée. Ça n'allait plus très fort entre elle et Wilfried depuis un moment, mais qui aurait pu penser qu'il irait jusqu'à les tuer tous les trois, elle et les enfants ? »

Van In ne crut pas devoir lui dire que la progression de l'enquête l'incitait à privilégier une autre thèse. Il trouvait très intéressant d'apprendre qu'il y avait de l'eau dans le gaz entre Wilfried et Louise, contrairement à ce qu'avait toujours prétendu Hilaire Hoornaert.

« Ils se disputaient souvent ?

– Tout le monde se dispute.

– C'est vrai. »

Van In n'osait pas regarder Hannelore.

« Je crois qu'ils en avaient un peu marre tous les deux, reprit Kaat Deruwe.

– Votre amie faisait une dépression ?

– Je ne crois pas.

– Et son mari ?

– Non.

– Il lui arrivait d'être violent ?

– Pas que je sache. »

Kaat Deruwe avait lu quelque part que la violence déchirait en général les familles apparemment sans histoires. Quand un des deux partenaires pétait un câble, c'était à cause d'un facteur extérieur, comme des problèmes financiers, ou parce qu'il n'en pouvait plus. Un conjoint jaloux qui voyait le bonheur conjugal menacer d'exploser, un jeune père qui secouait son bébé pour obtenir le silence et ne pas rater son feuilleton préféré, une femme qui vidait le contenu de la friteuse sur la tête de son mari pour attirer son attention. Les cas de meurtre par perversité pure étaient rares.

« Ils s'entendaient bien ?

– Qu'est-ce que ça veut dire, commissaire ? »

Van In fronça les sourcils. Il n'avait pas le choix. Il fallait maintenant qu'il demande au témoin si elle pensait que les tensions au sein du couple avaient un rapport avec l'existence de Kitty Jouy. À sa grande surprise, Kaat Deruwe répondit par la négative :

« Louise avait quelqu'un, elle aussi. »

Les scénaristes qui se cassent la tête à longueur de journée pour inventer constamment de nouvelles histoires savent que certains rebondissements font merveille pour relancer l'intérêt de l'histoire. Des phrases comme « Je suis enceinte » ou « Je suis amoureuse » sont d'une efficacité redoutable. En général, la tension dramatique du moment est rehaussée par une musique adéquate. Van In dut se passer de bande-son.

« Et vous pouvez me dire qui est l'heureux élu ? »

Il aurait pu essayer de formuler sa phrase plus adroitement. Hannelore lui donna un coup de genou. Carine le poussa du coude.

« Je regrette, commissaire. Elle ne me l'a jamais dit.

– Puis-je attirer votre attention sur le fait qu'il s'agit d'une affaire très sérieuse, mademoiselle Deruwe ? intervint Hannelore à brûle-pourpoint.

– Madame, si vous voulez bien », dit Kaat Deruwe avant de se cacher le visage entre les mains. Dirk, son mari, était mort quatre ans auparavant dans un accident d'avion. Sa photo, ornée d'un crêpe noir, était posée sur la cheminée.

« Excusez-moi », dit Hannelore.

Van In demeura silencieux. Une fois de plus, il se faisait la réflexion qu'il valait mieux ne plus dire « mademoiselle » aux femmes.

« Je voulais seulement attirer votre attention sur le fait que le ministère public n'apprécie pas la rétention d'informations. Vous ne me ferez pas croire que madame

Hoornaert, votre meilleure amie, ne vous a pas confié le nom de son amant. »

Kaat Deruwe laissa retomber ses mains. Son visage osseux ressemblait à un masque mortuaire.

« Croyez-vous que j'aurais réagi à l'appel à témoins si j'avais eu quelque chose à cacher ? »

Van In se trouvait dans une position délicate. Donner raison à Kaat Deruwe, c'était déclarer la guerre à Hannelore. Qu'aurait fait le roi Salomon face à ce dilemme ? Menacer de couper un enfant en deux, c'était de la gnognotte à côté de ce que lui devait faire ici.

« Vous serez entendue officiellement plus tard, madame Deruwe. Ce qui m'intéresse maintenant, c'est de savoir à quelle heure Louise Hoornaert est partie de chez vous.

« Vers dix heures.

– Vous en êtes certaine ?

– Bien sûr que j'en suis certaine.

– Dans ce cas, elle était ici quand elle a appelé le jardinier ?

– C'est important ?

– S'il vous plaît ! Répondez à la question ! dit Hannelore.

– Je crois, oui.

– Vous croyez ? Ça ne suffit pas, madame Deruwe.

– Bien ! Si vous voulez le savoir, elle a appelé le jardinier d'ici, vers neuf heures et demie. Elle voulait qu'il aille tondre chez elle, je crois. Vous êtes satisfaite, comme ça ?

– S'il vous plaît, mesdames ! S'il vous plaît ! »

Van In se gratta derrière l'oreille. Sa tentative de pacification ne s'était pas révélée très efficace. Les bras croisés et la mâchoire serrée, Hannelore lui jetait des regards furibonds.

« Elle est partie à cause des enfants ? demanda-t-il, complètement perdu.

– Que voulez-vous dire ? »

Van In prit une profonde inspiration. La chaleur qui émanait de ses deux voisines le perturbait. Le monde dansait sur sa tête.

« Je veux dire… Est-ce que votre amie venait chercher refuge régulièrement chez vous, pour les enfants… »

Il était subitement en nage.

« Était-ce l'heure habituelle à laquelle elle rentrait, ou… ? »

Kaat Deruwe sourit, à la grande surprise de Van In.

« Non, en général elle dormait ici.

– Mais pas cette fois-ci ?

– Pas cette fois-ci, non. »

Kaat Deruwe expliqua à contrecœur que Wilfried Traen avait appelé Louise un peu avant dix heures.

« Il se sentait menacé et il se faisait du souci pour les enfants. Il lui a dit qu'il avait l'intention de partir se planquer quelque temps avec eux.

– Et elle est partie à ce moment-là ?

– J'aurais dû le lui déconseiller, mais oui, je l'ai laissée partir. Malgré tout, elle l'aimait toujours beaucoup. »

Van In resongea malgré lui au poème *Le Jardinier et la Mort*. Wilfried Traen avait voulu protéger sa femme et ses enfants, et, sans le savoir, il les avait attirés dans un piège mortel. La question était de savoir pourquoi il l'avait fait. La déposition de Kaat Deruwe compliquait les choses encore davantage, mais au moins savait-il maintenant que Louise Hoornaert n'avait pas appelé le jardinier depuis sa villa. Et que si son mari ne lui avait pas passé ce coup de fil, elle aurait passé la nuit chez son amie Kaat. Dans d'autres circonstances, il aurait remercié Kaat Deruwe chaleureusement pour ces précieuses informations, mais, étant donné l'humeur d'Hannelore, il se contenta d'un clin d'œil discret.

« Sale macho ! » fulmina Hannelore quand ils montèrent dans la voiture.

Carine mit le moteur de la Golf en marche et passa la première. Sa main toucha au passage la cuisse gauche de Van In, mais c'était peut-être dû au hasard.

« J'ai fait quelque chose de mal ? »

Van In boucla sa ceinture de sécurité. Il était suffisamment âgé pour savoir que, quand on est désiré par deux jolies femmes, cela ne peut que provoquer des étincelles.

« Tu la trouves si attirante ? »

Carine passa la deuxième. Elle lâcha le changement de vitesse et posa sa main sur le genou de Van In une fraction de seconde. Il faisait noir, et Hannelore était assise sur la banquette arrière.

« Qu'est-ce que tu veux que je réponde à ça ? »

Hannelore poussa une exclamation.

« Tu savais que Don Juan avait un petit zizi ? Et que toutes ces histoires de conquête ne sont que des fables ?! »

Je ne suis pas Don Juan, eut envie de répondre Van In, mais il tint sa langue.

« Qu'est-ce que tu veux ? Que je sois attiré par Versavel ?

– Il fallait vraiment que tu fasses un clin d'œil à ce squelette ambulant ?! »

Il est difficile de pousser un soupir de soulagement dans l'espace confiné d'une voiture sans que les autres occupants le remarquent. Et pourtant, Van In et Carine réussirent à le faire d'une manière qui passa inaperçue.

« C'était un simple réflexe ! » répondit Van In.

Carine repensa au film avec Walter Matthau. *Ne pas admettre les faits, Van In. Cela ne peut que compliquer les choses.*

« Abruti !

– Et si on allait prendre un petit pousse-café ?

– C'est ça ! Allons nous bourrer la gueule à défaut d'autre chose ! »

À ce moment-là, Van In comprit que l'orage ne passerait pas. Qu'est-ce qui arrivait à Hannelore ? Et il craignait que, comme les chiens finissent par ressembler à leur maître, elle ne commence à prendre ses défauts. Au début qu'il la connaissait, elle fumait et buvait à peine. Et maintenant…

« Rentrons plutôt à la maison.

– Tu ne crois quand même pas que je vais dormir avec toi cette nuit, mon gaillard ? »

Hannelore se pencha vers le siège du conducteur :

« Vous pouvez l'avoir, inspecteur Neels ! Je vous le laisse ! Vous êtes contente ?

– Je ne comprends pas de quoi vous parlez, madame la juge d'instruction.

– Ce sera bientôt très clair. »

Hannelore demanda à être déposée devant l'hôtel Les Cygnes, qui avait la réputation d'être le plus romantique de Flandre. Van In la suivit, mais lorsqu'il la vit sortir sa carte de crédit et qu'elle demanda au réceptionniste de lui monter une bouteille de champagne, il se résigna. Impossible de ramener une furie à la raison. Une petite nuit à l'hôtel lui ferait du bien. Ils n'allaient quand même pas se quitter parce qu'il avait fait une blague à propos de ses jambes et qu'elle l'avait trouvé au salon en compagnie d'une collègue ?

« À demain ! » dit-il.

Les hommes aiment en général beaucoup leur femme, mais il y a des moments où ils préfèrent jeter l'éponge.

Carine sourit en le voyant remonter dans la Golf.

« Qu'est-ce qu'on fait, maintenant ?

– Ce que tu veux ! » répondit Van In.

La nuit avait jeté son emprise sur la ville. Le muret du Dyver baignait dans la lumière irréelle d'une batterie de lampes à halogène qui n'étaient là que pour donner aux touristes pressés une bouffée de romantisme, voire un moment d'extase. Bruges by night rendrait heureux jusqu'au diable en enfer à cause de son charme de ville morte, pétrifiée. Carine gara la Golf devant l'Estaminet. Plus que quelques verres, et Van In lui appartiendrait.

« Téléphone pour toi ! dit Versavel. Le ministre Vandevijvere. »

Van In s'étira. Une tasse de café tiède était posée sur son bureau. Le cendrier débordait. Il avait échoué Dieu sait comment au commissariat vers six heures et demie du matin. La seule chose dont il se souvenait, c'était qu'il avait préparé du café.

« Un moment. »

Il se leva, tangua jusqu'à la cuisine et se passa la tête sous le robinet d'eau froide. Cela lui fit du bien. En s'essuyant la tête, il réprima un sourire. Faire patienter un ministre, quel fonctionnaire pouvait se permettre ce plaisir indescriptible ? C'était comme un sportif qui pulvérise un record du monde, un enfant qui revoit sa mère après trente ans d'absence, un clochard qui a l'occasion de coucher avec Madonna, un auteur de polars qui se voit décerner un prix littéraire, un athée qui rencontre Dieu… Oui, finalement, il est possible de décrire même l'indescriptible.

« Allô. Van In à l'appareil.

– Bonjour, commissaire ! »

Le ministre avait l'air enjoué. Les photos que son chauffeur avait prises au Mora Mora étaient étalées sur son bureau. Deux d'entre elles montraient Van In avec la jeune femme aux yeux bleus. Si la police interrogeait la patronne, elle déclarerait que Van In était entré seul et qu'il avait payé en liquide.

« Que puis-je pour vous, monsieur le Ministre ?

– J'ai quelque chose à te montrer, Pieter. On pourrait déjeuner[1] ensemble quelque part. Mon chauffeur peut venir te chercher dans un quart d'heure. »

Van In avait beau avoir une solide dose de méfiance chevillée au corps, il trouvait la proposition de Vandevijvere tentante. Et puis, ça l'occuperait.

« Je peux emmener mon assistante ?

– Bien sûr. »

Van In sourit. Il imaginait un déjeuner sur l'herbe avec Carine et Vandevijvere. Le démon de midi descendait tout droit du Ciel.

« Il faut que je m'absente, dit-il à Versavel.

– J'ai entendu.

– Ce n'est pas un problème pour toi que Carine m'accompagne ? »

Comme si j'allais être jaloux d'une bonne femme ! songea Versavel.

« Tu fais comme tu veux, dit-il.

– Bien. »

Van In prit ses cigarettes sur son bureau, les fourra

1. En Belgique, le déjeuner est le premier repas de la journée.

dans sa poche de poitrine et passa rapidement une main dans ses cheveux. Les enfants se ravisent rarement après avoir pris une décision impulsive ; pour les adultes, il en va autrement. Lorsque Van In vit la silhouette de Carine se découper dans l'embrasure de la porte, il regretta d'avoir pris la décision de l'emmener. Elle le regardait fixement. Ils étaient restés jusqu'à une heure et demie du matin à L'Estaminet. Il n'était arrivé au commissariat que cinq heures plus tard. Comment avaient-ils passé le reste de la nuit ? En général, quand on perd provisoirement la mémoire, c'est simplement qu'on a trop bu. Dans certains cas, c'est parce qu'on a fait des choses qu'on préfère refouler... Van In n'avait pas bu davantage qu'à l'accoutumée – en tout cas, c'était ce qu'il pensait. Il ne voulait pas avoir à imaginer qu'il essayait d'oublier quoi que ce soit. Et si lui et Carine... Mais qu'est-ce qui était pire : qu'ils l'aient fait, ou qu'il ne s'en souvienne plus ? Quand bien même un collège de psychiatres déclarerait qu'il avait été irresponsable de ses actes, Hannelore ne leur accorderait jamais foi et l'estimerait coupable. *Et merde !* Il se retourna et revint vers son bureau dans le plus pur style Columbo qu'il aimait prendre parfois.

« Tu veux bien faire quelque chose pour moi, Guido ? »

Versavel lui lança un regard acéré. Il commençait à en avoir gros sur la patate.

« Il faut garder un œil sur Bonheure. J'apprécierais si toi et Bruynooghe vous pouviez vous en charger aujourd'hui. »

Il eut envie d'ajouter que l'opération avait un peu foiré la veille et que le professionnalisme de Versavel lui semblait bien nécessaire, mais Versavel comprit.

« *À la guerre comme à la guerre.** »

Van In ne perçut pas la protestation tacite de son ami.

« Ça ira, Guido. »

Demander à Versavel et à Bruynooghe de faire la planque ensemble toute une journée, c'était aussi risqué que, pour un journaliste, d'interviewer deux écrivains en même temps.

Mademoiselle Boostra s'étira de tout son long devant son miroir. David était un amant exceptionnel qui savait donner du plaisir à une femme. Le soleil perçait à travers les rideaux, déversant dans la pièce une lumière diffuse qui donnait une aura couleur sépia à son corps nu. Dans les années soixante-dix, David Hamilton avait fait fortune avec ses portraits éthérés de jeunes filles frêles vêtues de tenues vaporeuses. Boonstra trouvait qu'elle offrait une vue comparable. Elle n'avait plus seize ans depuis longtemps, mais elle profitait du fait que la chambre baignait dans une semi-pénombre et qu'elle avait pris une pose qui prêtait à ses seins une fermeté qu'ils avaient perdue. Elle n'avait pourtant pas à se plaindre, pour une femme de trente-deux ans. Elle avait le ventre plat et pas une once de graisse sur les hanches. Une bouteille de champagne glissée tête en bas dans son seau à glace était posée sur la table de nuit. Boonstra se rendit dans la salle de bains et ouvrit le robinet de la douche. Les femmes n'ont heureusement plus besoin d'être amoureuses, désormais, pour s'envoyer en l'air. Un préservatif et de bons préliminaires, il ne lui en fallait pas davantage. Boonstra avait eu les deux, et davantage : David Starr lui avait raconté deux ou trois choses qui donnaient un éclairage entièrement neuf à toute l'histoire. Pendant que l'eau chaude coulait sur son corps, elle repensa à Wilfried Traen.

C'était ennuyeux qu'il soit mort, bien sûr, mais elle n'était pas triste. Les choses auraient été différentes s'il s'était montré un peu plus malin et s'il n'avait pas dévoilé sa véritable identité à Kitty Jouy. C'était logique qu'elle ait essayé de le faire chanter.

« Hello, beauty. »

David Starr venait d'ouvrir le rideau de la douche. À travers l'eau dégoulinante, Boonstra vit immédiatement dans quel état avantageux il se trouvait.

« Viens ! dit-elle. Une pipe ou par-derrière ?

– Une pipe. »

« Faut vraiment qu'on poireaute ici toute la journée ? » demanda Bruynooghe après une petite heure.

Versavel replia son journal en quatre. Quand les animaux parlaient encore, les fonctionnaires n'avaient besoin que d'un seul journal pour occuper leur journée. Maintenant, il leur fallait toute une panoplie de magazines et de revues pour tuer le temps.

« Il va forcément sortir de chez lui », dit-il.

Versavel et Bruynooghe étaient comme l'eau et le feu. Le second était un flic de la vieille école. Il avait commencé à travailler à quatorze ans, croyait dur comme fer à la nécessité absolue du droit et de l'ordre, ne lisait jamais – il considérait la lecture comme une occupation de pédale –, sympathisait avec le Vlaams Blok[1] – mais se fâchait tout rouge quand on le traitait de raciste –, détestait les intellectuels pour leurs propos vides de sens, triait les femmes en fonction de leur tour de poitrine et de leurs fesses et hurlait au scandale si les patates n'étaient pas cuites comme elles devaient l'être.

1. Parti d'extrême droite flamand.

Versavel était un être fin et délicat – et, accessoirement, homo.

« On aurait mieux fait de prendre une thermos de café », rouspéta Bruynooghe.

Il avait une petite bouteille d'eau-de-vie dans la poche intérieure de sa veste. Il n'aurait pas craché sur une tasse de café amélioré, sans blague.

« Tu as ton mobile ? demanda Versavel.

– Mon quoi ?

– Ton GSM !

– Oui, évidemment ! » dit le flic de base en arborant la chose avec fierté.

« Alors je te propose d'aller attendre dans un café, pas loin. Je t'appellerai.

– Sérieux ?

– Et comment ! »

Bruynooghe n'en crut pas ses oreilles. Tout compte fait, il y avait pédé et pédé. Les étrangers, les banquiers, les tantouzes, les politiciens, les Témoins de Jéhovah, les voleurs à la tire, les curés, les pédophiles... Tous ces gens méritent la peine de mort. Et puis parfois, quand on en rencontre un en vrai, on change d'avis. Bruynooghe sourit et tapa sur l'épaule de Versavel.

« C'est pas grave alors si je...

– Non ! Vas-y ! »

Versavel rouvrit son journal. À la page de la Bourse. Après ça, il lui restait encore le cahier sportif.

« Vous savez choisir vos assistantes », dit le ministre Vandevijvere lorsque Van In et Carine prirent place à sa table.

C'est tout juste s'il ne se léchait pas les babines.

« Je ne suis pas seulement son assistante », eut envie de dire Carine, mais elle se ravisa. Lorsqu'ils avaient redémarré, devant l'hôtel Les Cygnes – un moment de triomphe dont elle se souviendrait longtemps –, ils s'étaient rendus à L'Estaminet, où ils avaient pas mal bu. Elle avait invité Van In à passer la nuit chez elle. « Sur le canapé ! » avait-elle ajouté en riant quand il lui avait jeté un regard effaré. Il avait dit oui, et elle avait crié victoire intérieurement. La seule question qu'elle s'était posée était celle-ci : allait-elle l'entreprendre dans la voiture, ou attendrait-elle qu'ils soient arrivés chez elle ? Elle avait opté pour la deuxième solution et s'en mordrait les doigts jusqu'à la fin des temps.

« J'ignorais que les ministres avaient tellement de temps libre », dit Van In, à la limite de la provocation.

Il ne supportait pas les gens qui prétendaient travailler cent heures par semaine et dont il s'avérait, quand on grattait un peu, qu'en fait ils se levaient à sept heures et qu'ils se couchaient à vingt-trois heures trente.

« Ah ça ! On n'en rencontre pas souvent, des flics avec le sens de l'humour ! » s'exclama Vandevijvere.

Van In sentit le genou de Carine heurter le sien. En soi, c'était un geste innocent, sauf que ce genou resta là.

« Oui, c'est bon de pouvoir rire avec un homme politique, répondit Van In du tac au tac. Je crains que ce ne soit plus possible bien longtemps. »

Sous son apparence paisible, il était assailli d'une foule de pensées contradictoires. Il y avait la question de Carine, la dispute stupide avec Hannelore, cette invitation du ministre, et ces cinq meurtres, évidemment.

Un garçon au corps souple – dommage que Versavel ne soit pas là – leur servit le café et des mignardises.

« Je peux parler librement, je suppose », commença Vandevijvere.

Il jeta un regard en direction de Carine, laissa tomber un sucre dans son café, y tourna sa cuiller puis la lécha pensivement.

Le fait que Van In avait amené son assistante jouait à son avantage. Cette femme était amoureuse, ça se voyait comme le nez au milieu de la figure.

« C'est votre droit le plus strict, monsieur le Ministre. Nous sommes en démocratie ! »

Dire ce que l'on pense peut être dangereux pour la santé. Vandevijvere fit oui de la tête, but une gorgée de café et avança la bouche en cul-de-poule. En attirant Van In au Mora Mora, il avait réussi à se protéger d'un éventuel scandale qui n'aurait pas manqué de l'éclabousser si la justice comprenait qu'il avait partie liée avec Kitty Jouy. Le commissaire bénéficiait d'une réputation de fiabilité, et on disait de lui qu'il ne mettait jamais ses informateurs dans l'embarras. Si la deuxième partie du plan marchait, Vandevijvere pourrait bientôt recommencer à dormir sur ses deux oreilles.

« Échelon, ça vous dit quelque chose ? »

Van In se sentit dans la peau de James Bond. Après une scène d'ouverture spectaculaire qui n'a en principe rien à voir avec le film, le célèbre agent secret rencontre son supérieur hiérarchique, qui lui pose une question. La réponse de James Bond (qui sait toujours de quoi il retourne) éclaire l'affaire dont il va être question dans le film.

« C'est un département des services de renseignements américains qui travaille en étroite collaboration avec les services secrets britanniques. Il récolte des informations sur les activités d'entreprises d'intérêt stratégique en interceptant communications téléphoniques, fax et courriels. »

La réponse du commissaire Van In, contrairement à

celles de James Bond, manquait de précision et d'exhaustivité, mais ce n'était pas une si mauvaise description d'Échelon. Il était avéré que les Américains mouraient de trouille à l'idée que les Européens arrivent à les dépasser sur le plan technologique. Les pontes du Pentagone voyaient dans ce risque une menace pour la sécurité intérieure des États-Unis. Mais, plus prosaïquement, les autorités américaines espionnaient les citoyens à grande échelle, et depuis belle lurette, ce qu'on peut à tout le moins qualifier de pénible.

« Je n'aurais pas pu mieux l'expliquer, dit Vandevijvere.

– Mais quel rapport avec Wilfried Traen ? demanda Carine, stupéfaite.

– C'est précisément ce que je m'apprêtais à vous expliquer », dit le ministre, un peu agacé.

Avant de téléphoner à Van In, il avait eu une discussion avec le Premier ministre et les membres du cabinet restreint. Ses collègues l'avaient appelé à la plus grande prudence, et ils étaient tous tombés d'accord sur un point : il s'agissait d'une affaire éminemment complexe qui exigeait d'être traitée avec une discrétion absolue. David Starr était un pion que l'on pouvait sacrifier.

11

« Je n'y comprends rien ! » dit Carine alors qu'ils remontaient dans la Golf.

Van In alluma une cigarette et poussa un profond soupir. Carine était un beau brin de fille et elle n'était certainement pas stupide, mais cette histoire volait un peu trop haut pour elle. Il se maudissait de cette brouille ridicule avec Hannelore. Avec elle à ses côtés, il se serait senti plus en confiance. À vrai dire, lui non plus ne comprenait pas grand-chose. À en croire le ministre Vandevijvere, Wilfried Traen travaillait pour Échelon. Il fallait donc chercher son meurtrier dans ce cercle. À la question de savoir pourquoi Louise Hoornaert et leurs enfants avaient eux aussi été assassinés, Vandevijvere n'avait pas répondu. Il tenait ses informations de Kitty Jouy, qui lui avait tout expliqué sous le sceau du secret. Il y avait une quantité de zones d'ombre. *Depuis quand les call-girls de luxe s'intéressent-elles aux histoires de leurs clients ? Et puis même, admettons… Pourquoi en aurait-elle parlé à un ministre, qui était aussi un client ? Quel rôle jouait, dans cet imbroglio, Stef Bonheure, alcoolique, ex-collaborateur de NOWASTE, l'entreprise que diri-*

geait soi-disant Wilfried Traen ? Les preuves matérielles qui le désignaient comme coupable étaient énormes. Et Hilaire Hoornaert, ce vieil homme si sympathique qui avait tué deux jolies femmes ? Et puis, non, c'est incroyable, cette histoire ! Wilfried Traen, un espion ? Qui aurait poussé des pontes de l'industrie dans les bras de la pulpeuse Kitty Jouy pour leur dérober des secrets industriels ? !

« On va où ? demanda Carine.

– Au tribunal. »

Carine mit le contact et regarda droit devant elle.

Je suis peut-être alcoolo, mais je ne suis pas con, se dit Stefaan Bonheure en surveillant la rue. *Ça fait deux heures que ce type est dans sa voiture, par ce soleil !* Il s'empara de la paire de jumelles qu'il avait achetée quelques mois plus tôt au supermarché. Il régla les lentilles. La silhouette assise au volant lui rappelait quelqu'un, mais pas moyen de mettre un nom dessus.

« Il faut que je sorte ! » dit-il à Marijke une demi-heure plus tard en constatant que la voiture était toujours là.

Marijke portait un peignoir défraîchi fermé à la hâte. Elle était loin, la jeune fille aux seins pointus et aux hanches faites pour le plaisir ! Heureusement, cela faisait longtemps qu'elle ne se tracassait plus pour si peu. Son seul souhait, désormais, c'était de vieillir aux côtés de Stef. Après les événements récents, elle voyait s'amenuiser les chances que ce projet se réalise. La police pouvait le réarrêter à tout moment. Combien de temps le garderait-on en prison ? Non, ce chemin de croix n'était plus supportable. Sa vie était finie, elle avait mis toutes ses forces dans la bataille. Seule la mort pourrait la délivrer de ses souffrances. Elle remonta le temps en pensée et revit une des plus belles périodes de sa vie :

leur voyage à Paris. La chambre d'hôtel poussiéreuse, les heures (ou les jours) à faire l'amour, le café amer et les croissants mous, les promenades nocturnes le long de la Seine (ils s'étaient aimés sous un pont), l'euphorie de ces premiers temps de l'amour, la douceur de ses caresses... Tout cela était en elle, personne ne pourrait le lui arracher. Pendant une longue semaine, elle avait été épouse et amante, vierge et putain, déesse et diablesse. Si la Mort avait ne fût-ce qu'une once de pitié, elle la laisserait s'endormir en pensant à ce temps béni.

« Je t'attends », répondit-elle.

Il restait une demi-bouteille de mauvaise vodka dans le frigo, et son feuilleton allait bientôt commencer sur la chaîne commerciale.

Stef Bonheure alluma une cigarette. Il pouvait passer par les jardins, le flic n'y verrait que du feu. Il caressa les seins avachis de Marijke, l'embrassa sur la bouche et sortit. Il n'avait pas beaucoup de temps pour régler ses petites affaires. La police ne le lâcherait pas. Il se sentait comme un oiseau guetté par le chat.

« Ne m'attends pas, dit Van In en sortant de la Golf. Je t'appelle si j'ai besoin d'un taxi. »

Un taxi ! pensa Carine amèrement.

Lorsque Van In s'était endormi dans son canapé, elle avait été tentée de déboutonner son pantalon et de lui sortir le sexe. Dans son ivresse, elle avait imaginé le sucer. Évidemment, il y avait de fortes chances que cela le réveille, mais même ainsi... il choisirait peut-être de faire semblant de rien. Si ça marchait, elle pouvait courir à la salle de bains et, hum, s'arranger pour « transvaser » la précieuse semence de l'homme qu'elle aimait. De quoi faire d'une pierre deux coups. Personne ne connaîtrait l'identité du père de l'enfant, et lui pourrait toujours se bercer de l'illusion qu'il avait fait un rêve érotique. Pendant plus de deux heures elle était restée assise à côté de lui à fantasmer ainsi. Finalement, elle avait tenté sa chance. Mais quand elle avait posé la main sur la cuisse de Pieter, il s'était tourné sur le côté. Elle n'eut pas de seconde chance, car, un quart d'heure plus tard, il se levait, soi-disant pour aller « pisser un coup ». Il l'avait à peine regardée, s'était excusé pour le dérangement et lui avait dit au revoir en lui serrant la main.

« À bientôt, dit-elle.

– À bientôt, Carine. »

Van In pénétra dans le tribunal par l'entrée principale, assailli de pensées contradictoires.

Le troisième étage était particulièrement calme. Les magistrats aiment le silence, et personne ne songerait à le leur reprocher. Juger des gens, et les condamner à telle ou telle peine, voilà un métier particulièrement stressant. Avant de frapper à la porte, Van In admira avec fierté la plaque de cuivre accrochée au mur. « Hannelore Martens, juge d'instruction ».

« Entrez ! »

Veerle, la greffière, le salua d'un geste sec du menton. Van In eut une mauvaise pensée.

« Hannelore est là ? »

La greffière ne prit pas la peine de dissimuler sa satisfaction. Comment diable était-il possible qu'une femme aussi brillante qu'Hannelore soit amoureuse d'un fainéant pareil ? !

« Elle n'a pas dit quand elle revenait ?

– Les juges d'instruction n'ont pas de comptes à rendre à leurs collaborateurs », répondit Veerle avec une feinte innocence.

Il s'était torturé les méninges toute la nuit en se demandant ce qu'il avait fait de mal.

Van In aurait pu dire à la greffière qu'Hannelore ne s'absentait jamais sans dire où elle allait, mais il se ravisa. Il y a une première fois à tout.

« Quand elle arrivera, vous voulez bien lui demander de m'appeler ?

– Bien sûr, commissaire. »

Veerle détourna la tête et se plongea à nouveau dans son travail.

Van In referma précautionneusement la porte derrière lui et repartit la tête basse. Avait-il négligé Hannelore ces derniers mois ? Non. Il rentrait tard à la maison moins souvent qu'avant, certes il lui arrivait de boire une ou deux Duvel, sans plus, leur vie sexuelle restait follement épanouie, et il n'arrêtait pas de lui faire des compliments. Alors ? Est-ce qu'une seule malheureuse petite remarque pouvait effacer tout ça ? Ou était-ce autre chose, autre chose qu'il ne voyait pas ? Quelque chose qui la blessait ou qui la rendait malheureuse ? À moins qu'elle n'en ait marre de leur relation ? Ce n'est jamais facile de résoudre des affaires de meurtre, mais comprendre les états d'âme d'une femme, cela confine à l'impossible. Depuis quand n'étaient-ils plus partis en vacances ? Van In avait envie d'entrer dans une agence de voyages, d'ouvrir une brochure au hasard et de réserver un séjour dans le premier hôtel qu'il pointerait du doigt. Il sortit du tribunal. *Non*, pensa-t-il. Il y a des gens qui s'enfoncent dans le travail quand ils ont des problèmes privés, mais lui n'avait jamais mesuré ses efforts au boulot. Le meurtre de Wilfried Traen et de sa famille était loin d'être résolu, et les efforts du ministre Vandevijvere lui donnaient même à entendre qu'il fallait chercher autre chose que l'acte de vengeance d'un collaborateur licencié. La prochaine étape, pour Van In, serait de prendre contact avec le colonel Sanders, directeur d'Europol Belgique, pour lui demander davantage d'informations sur Échelon. Le problème, c'était que, si Sanders acceptait de le recevoir le jour même, Van In devrait appeler Carine pour lui demander de le conduire à Bruxelles. Après ce qui s'était passé la veille entre eux, il n'était pas certain que ce soit une bonne idée. À vrai dire, il avait même des doutes.

Cachée derrière ses rideaux, Kathy Strybosch regarda dans la rue. Elle avait posé son appareil photo numérique sur la table basse, à portée de main. Elle était bien décidée à chopper le voisin d'en face, cette fois-ci. Si la police ne voulait pas verbaliser ce m'as-tu-vu, elle allait l'y contraindre. Un ami journaliste avec qui elle était allée boire un pot la veille lui avait promis de publier sa photo si elle réussissait à prendre sur le même cliché la voiture garée en infraction et le panneau d'interdiction de stationner. Elle s'empara de son appareil, choisit le meilleur angle de vue et fit plusieurs clichés.

« Mais tu es complètement fou ! »

David Starr n'en crut pas ses yeux lorsqu'il ouvrit sa porte. Stef Bonheure !

« Il faut que je vous parle de toute urgence, monsieur Starr. Si vous ne me laissez pas entrer, je vais tout dire aux flics. »

L'Américain tira Bonheure dans le couloir.

« Mais tu es fou ! Pourquoi tu crois qu'ils t'ont laissé partir ?!

– Ne vous en faites pas ! Personne ne m'a suivi ! »

Lorsqu'il eut expliqué comment il avait semé la police, l'Américain sembla se calmer un peu.

« Bon, d'accord. Qu'est-ce que tu veux ?

– Du fric. L'argent que vous m'avez promis pour que je la ferme. »

Van In prit la direction de L'Estaminet. Plus il approchait du centre, plus il avait du mal à avancer, tellement il y avait foule. Juste avant le pont des Moulins, il se retrouva bloqué dans un agglomérat de touristes. Il eut toutes les peines du monde à les contourner et prit son mal en patience jusqu'au moment où il put s'engouffrer dans la rue des Dominicains, où il régnait un peu plus de calme. Les oiseaux migrateurs parcourent chaque année de longues distances pour répondre aux forces de la nature, les touristes font la même chose pour tuer le temps et lui, eh bien, lui, il se déplaçait là où l'attirait la robe ambrée de la Duvel. Il accéléra le pas, malgré la chaleur accablante : la terrasse de L'Estaminet lui tendait les bras. Se saouler délibérément, cela lui arrivait rarement, voire jamais.

« Bonjour ! »

Johan salua Van In d'un geste de la main, mais lorsqu'il le vit s'installer en terrasse, il fut stupéfait : Hannelore était assise à l'intérieur. Il s'empressa auprès du commissaire.

« Je croyais que vous vous étiez donné rendez-vous ici !

– Tu es sûr que c'est Hannelore ? demanda Van In, incrédule.

– J'ai l'air à côté de mes pompes ? »

Van In se précipita à l'intérieur. Hannelore occupait la table préférée de Van In, celle près du miroir et du bar. Un verre d'un breuvage qui ressemblait à du Coca était posé devant elle.

« Salut ! »

Elle leva les yeux.

« Monsieur le commissaire ! dit-elle, la bouche pâteuse. C'est un privilège de vous rencontrer ici ! »

Johan prit la commande : une Duvel et un whisky-Coca. Pour lui, c'était sa première ; pour elle, son quatrième. *Le monde marche sur la tête,* pensa Van In. *Un commissaire qui carbure à la Duvel, passe encore. Mais une juge d'instruction beurrée comme un petit Lu, c'est le début de la fin.*

« Je te cherche partout depuis ce matin », dit-il.

Elle avait l'air vraiment mal en point. Ses beaux yeux gris étaient recouverts d'un voile terne et soulignés de cernes. Que devait-il faire ? La prendre dans ses bras et lui dire qu'il regrettait ? Pouvait-il lui demander pourquoi elle se sentait si malheureuse ? Carine lui avait-elle téléphoné ? Des femmes qui se disputent un homme sont prêtes à tout…

« Qui cherche trouve, dit-elle en souriant. Et… » Elle leva un index docte. «… Je me suis rasé les jambes ! »

Van In poussa un gros soupir et lui adressa son plus beau sourire.

« Excuse-moi », dit-il.

Il se sentait profondément soulagé. Il se leva pour s'asseoir à côté d'elle et la serrer contre lui.

« On est tous les deux épuisés, Hanne. Il est temps qu'on mette la pédale douce. »

Hannelore but une grande lampée de whisky-Coca.

« Je veux aller à Bali », dit-elle.

Un couple distingué qui sirotait un café à l'autre bout de la salle observait le tableau déplorable qu'offraient le commissaire et la juge.

« Quand on voit ça, on a envie de voter pour le Vlaams Blok ! dit le vieil homme.

– Je n'ai jamais su si on devait faire l'accord : Vlaams Blok ou Vlaamse Blok ? demanda sa femme.

– Un juge d'instruction qui se saoule éhontément au vu de tous, c'est un scandale ! Je ne sais pas ce qui me retient de porter plainte auprès des autorités compétentes ! »

L'homme avait travaillé plus de trente-cinq ans aux services d'un notaire. Un pouvoir fort, une monarchie qui faisait l'unanimité autour d'elle et des travailleurs zélés : ainsi devait fonctionner la société !

« Alors, nous irons à Bali, mon amour », répondit Van In avec un léger temps de retard, en se demandant pourquoi cette destination était si prisée dans la magistrature et au sein du barreau. Il leva jovialement sa Duvel dans la direction du vieux couple.

« Johan ! Offre un verre à monsieur et à madame sur mon compte ! »

Ils n'atteignirent pas l'agence de voyages la plus proche, et encore moins Bali. Sur la grand-place, ils prirent un taxi en direction de l'impasse du Poisson-Gras. Le trajet ne durait que trois minutes, mais Hannelore trouva le temps de raconter une blague pas piquée des vers au chauffeur. Deux Blacks font un concours dans un café. L'enjeu est de savoir qui a la plus grande. Chacun dépose sa bistouquette sur la table et trace un trait à la craie. Arrive un représentant du Vlaams Blok. Il voit les traits de craie sur la table et veut comprendre. « C'est un concours », dit le patron, avant de lui expliquer toute l'histoire. L'homme toise les deux Blacks et éclate de rire. « Vous allez voir ce que vous allez voir ! » fanfaronne-t-il. Il se déboutonne. Et trace un trait de craie entre les deux premiers traits.

« Mais les Blacks se trouvaient de l'autre côté de la table ! » hurla Hannelore en s'esclaffant.

Van In donna un gros pourboire au chauffeur et aida Hannelore à descendre du taxi.

« Je me sens mal-a-a-a-ade ! » gémit-elle tandis que Van In lui ôtait ses chaussures et l'aidait à poser ses jambes sur le canapé.

C'était la première fois qu'il la voyait dans cet état.

« Ma petite Hanne chérie, murmura-t-il. Je ne t'en veux pas, tu sais. »

Cela faisait plusieurs mois qu'elle travaillait sous forte pression. Le procureur Beekman la négligeait un peu et cela n'était pas sans rapport, disaient les mauvaises langues, avec la nomination récente d'une nouvelle juge d'instruction. Mais, bien sûr, c'était peut-être un hasard si, depuis lors, elle ne recevait à traiter que les dossiers les plus délicats et les plus difficiles. Personne ne pouvait en tout cas nier que Beekman et la nouvelle juge s'entendaient comme larrons en foire, et cela faisait mal à Hannelore. Depuis plusieurs années, elle était la coqueluche du parquet. Même si elle n'avait jamais voulu admettre qu'elle trouvait cela plutôt agréable, Van In savait qu'elle était secrètement fière de son statut et que les compliments de ses collègues ne la laissaient pas indifférente. Ils n'en avaient jamais parlé, sans doute parce qu'elle voulait éviter que lui-même n'éprouve une certaine jalousie de voir tous ces hommes empressés autour d'elle. Van In comprenait que, vu sous cet angle, la remarque qu'il avait faite sur ses jambes sans penser à mal avait pu la blesser profondément. C'était peut-être la goutte métaphorique qui avait fait déborder le vase. Van In se pencha en avant et murmura à l'oreille de sa compagne :

« Les femmes fortes sont aussi des êtres humains, tout simplement. »

Elle le regarda en souriant.

« Tu veux que je t'apporte un seau au cas où… ? »

Elle fit oui de la tête. C'est précieux, d'avoir auprès de soi un homme qui vous aime sans condition, même si la vie avec lui n'est pas rose tous les jours. Van In avait ses lubies, il ne changeait pas de caleçon chaque matin, il ronflait un peu trop fort à son goût, il rentrait rarement à l'heure, et quand il avait bu, il partait en vrille, mais il l'aimait, ça oui, comme il l'aimait ! Les yeux d'Hannelore se fermèrent.

Ils marchaient main dans la main à travers un bois riant et verdoyant. La lumière du soleil filtrait à travers les frondaisons. Elle se sentait plus légère à chaque pas, jusqu'au moment où elle se mit à tourbillonner. « On arrive bientôt à Utopia », lui chuchota Van In. Ils portaient tous les deux des voiles jaune safran. Elle avait des fleurs dans les cheveux. Van In était mince et musclé, il avait les épaules larges… Ils arrivèrent sur la rive d'un lac d'un bleu profond. Il se déshabilla et…

« Je crois que tu as de la fièvre », dit Van In en posant une main sur son front.

Elle cligna des yeux.

« Tu veux une aspirine ?

– Non, c'est bon, laisse. »

Elle referma les yeux et essaya de retrouver le fil de son rêve. Van In posa le seau en plastique à côté du canapé et alluma une cigarette. Bob, le berger allemand, s'installa devant Hannelore, bâilla et posa la gueule sur ses pattes avant. Van In savait que désormais, personne d'autre que lui ne pourrait approcher de sa compagne à moins d'un mètre, et pourtant, il hésitait à la laisser seule. Il appela Versavel et lui demanda d'aller chercher les jumeaux chez la nounou. Puis, il s'offrit une Duvel bien méritée, mais le téléphone sonna avant qu'il ait pu en boire la première gorgée. Il bondit de sa chaise et courut à la cuisine en espérant que cette sonnerie obstinée ne réveillerait pas Hannelore. Il se cogna le coude à l'encadrement de la porte, mais il sentit à peine la douleur.

« Allô ? »

C'était un collaborateur de Sanders, le directeur d'Europol Belgique, qui appelait pour lui dire qu'Helmut Grünewald avait été intercepté à Stockholm une petite heure auparavant et qu'il avait fait une courte déposition. Le collaborateur la lut à Van In.

Lorsque le commissaire raccrocha, il était livide. Deux secondes lui avaient suffi pour être trempé de sueur. Il retourna au salon, hagard, et vida sa Duvel d'un trait. L'Allemand avait le sida. Il était possible qu'il ait infecté Versavel.

« Me voici ! » dit Versavel avec un sourire fatigué, lorsque Van In lui ouvrit la porte un quart d'heure plus tard.

Il portait les enfants contre sa poitrine, un dans chaque bras. Il trouva relativement invraisemblable l'histoire que Van In lui raconta à propos d'Hannelore – une grippe subite –, mais il garda ses réserves pour lui.

« Je les mets au lit ?

– Ils ont mangé ?

– Oui. Et ils ont été changés. »

Simon poussa un petit cri lorsque Van In le prit à Versavel. Sarah occupa immédiatement l'espace libéré et se pelotonna contre la poitrine de Versavel. Les deux hommes montèrent l'escalier prudemment, chacun avec sa précieuse charge. Avant de mettre les enfants au lit, Van In leur fit un gros câlin. Sarah le regarda un instant avant de pousser un profond bâillement et de se rendormir illico. Van In avait chaud et froid. *Qu'est-ce qui m'arrive ? Je suis en train de devenir un grand sentimental, moi !* se dit-il en descendant l'escalier.

« Tu restes boire un verre ? » demanda-t-il en implorant Versavel du regard.

Il avait deux enfants pétants de santé, une compagne adorable au bord de la dépression et un ami au seuil de la mort. Il y avait là suffisamment d'ingrédients pour écrire un drame en trois actes.

« Il te reste du Perrier ?

– Tout ce que tu veux, Guido. »

Cette réplique sonnerait différemment dans une tragédie et dans une comédie. Dès que les spectateurs s'identifient au sort des personnages, des mots aussi simples que « oui » et « non » peuvent éveiller en eux de terribles émotions.

« Alors, va pour un Perrier. »

Van In prit donc une eau pétillante et une nouvelle Duvel dans le frigo. Il avait voulu se saouler la gueule l'après-midi parce qu'il se faisait du souci au sujet d'Hannelore. Et là, il voulait boire pour se donner du courage.

« Comment s'est passée ta journée, au fait ? »

Versavel haussa les épaules.

« Ils ne sont pas sortis de chez eux.

– Tu n'as pas dû attendre ton remplaçant ?

– Bruynooghe a pris la relève.

– Eh bien… Pas de nouvelles, bonnes nouvelles, non ? »

Van In s'assit à la table de la cuisine. Versavel resta debout, appuyé contre le plan de travail.

« Assieds-toi !

– Je n'ai pas l'intention de rester longtemps. Frank et moi, on... »

Van In sursauta. Il avait complètement oublié Frank.

« Vous n'avez pas prévu une soirée en amoureux, j'espère ? demanda-t-il, presque paniqué.

– Ce ne sont pas vraiment tes oignons, Pieter.

– Oui, c'est vrai. »

Laisser partir Versavel sans lui avoir dit la vérité équivaudrait à un meurtre.

« Vous devez vous retrouver à quelle heure ? » demanda Van In en jetant un regard désespéré à l'horloge murale.

Il n'était que sept heures dix. Il avait sans doute encore tout son temps.

« Il reste une bouteille de vieil armagnac à la cave, reprit-il sans attendre la réponse de Versavel. Ça te dit ? »

Versavel buvait rarement, mais il avait un faible pour le vieil armagnac.

« Allez ! Pour me faire plaisir !

– Bon, d'accord. »

Au moment où Van In se levait, on sonna à la porte.

« Commissaire Van In ? »

Une femme d'environ vingt-cinq ans, pas désagréable à regarder, se tenait devant lui. Mince, cheveux blonds et courts, et avec ça un petit cul adorable. Il ne lui manquait qu'une seule chose : le sourire.

« Exact. En quoi puis-je vous être utile ? »

Je vais t'apprendre à sourire, moi, ma belle ! pensa-t-il en étirant les lèvres.

« Je viens au sujet d'une lourde infraction au code de la route », dit-elle, l'air grave.

Kathy Strybosch avait montré ses photos à son ami journaliste, mais il s'était débiné. Elle était furax.

« Pour ce genre de problème, vous devez vous adresser au commissariat, madame. Voulez-vous que je vous donne le numéro ? »

Ce n'était pas la première fois que des Brugeois en colère déboulaient chez Van In sans crier gare. Il les comprenait, car à Bruges les choses ne vont pas aussi droit qu'il le faudrait. Les plaintes du citoyen de base, les hommes politiques s'en contrefichent, sauf si cela peut ternir leur image. Ah ! Les belles paroles ! Les vagues promesses ! Tout cela n'était qu'emplâtre sur une jambe de bois : les gens voulaient qu'on résolve leurs problèmes, et le plus vite possible.

La petite blonde se redressa et pointa les seins en avant.

« Vous allez m'écouter, commissaire ! Si vous ne me laissez pas parler, je communiquerai le dossier à la presse ! J'espère que c'est clair ! »

Elle était rouge de colère. Face à un petit fonctionnaire ou à un instituteur à la retraite, Van In s'arrangeait pour faire comprendre en quelques mots à son interlocuteur qu'il ne voulait pas à être dérangé à domicile pour ce genre de choses. Mais cette jeune femme (madame ou mademoiselle ?) était attendrissante, aussi lui proposa-t-il d'entrer, en faisant taire sa petite voix intérieure qui l'accusait de discrimination positive.

« C'est au sujet d'une infraction au code de la route que personne de chez vous ne veut prendre au sérieux, réexpliqua Kathy Strybosch en sortant cinq photos de son sac à main et en les jetant sur la table de la cuisine. Regardez, si vous ne me croyez pas ! »

Ses mains tremblaient.

Van In examina les photos.

« Et merde ! »

La jeune femme hocha la tête d'un air approbateur. Enfin, quelqu'un la prenait au sérieux !

« Et il fait ça tous les jours ! ajouta-t-elle, triomphante, alors que Van In tendait les photos à Versavel, qui jura à son tour.

– Quand avez-vous pris ces clichés, madame ?

– Cet après-midi. »

Van In regarda Versavel.

« Je n'y comprends rien, Pieter. »

Il était resté en planque toute la journée devant la maison de Stef Bonheure. Personne n'était entré, personne n'était sorti.

« Il faut faire quelque chose, Guido.

– Tout de suite ! »

Kathy Strybosch rayonnait. *Enfin !* se répéta-t-elle.

Les dramaturges classiques ne se privaient pas de recourir aux dieux, au destin ou à un deus ex machina bien commode. Van In n'imaginait pas une seconde qu'on puisse qualifier Eschyle d'amateur. Le drame, ce qu'on appelle le drame, n'est jamais qu'une accumulation de conflits entre des hommes et des femmes ; l'histoire n'est qu'un moyen, un véhicule pour mettre en lumière les dilemmes auxquels les personnages sont confrontés. Lorsque Versavel lui proposa d'appeler Carine pour qu'elle veille sur Hannelore et les enfants pendant qu'ils se rendraient chez David Starr, Van In ferma les yeux. Il était impossible de dire que, tout compte fait, ils pouvaient attendre le lendemain matin. Mais si Carine venait au chevet d'Hannelore, les conséquences pouvaient être gravissimes. Van In n'imaginait pas davantage laisser sa compagne seule. Le héros grec ne faillit point. Il fait son devoir.

Van In retourna dans le salon. La vaste pièce baignait dans une lumière tamisée. Le commissaire avait l'impression de pénétrer dans un autre monde. Hannelore était couchée sur le côté. Hormis le seau en plastique posé devant le canapé, rien n'indiquait qu'elle était malade. Elle semblait dormir du sommeil du juste.

« Elle peut venir, mais il faut qu'elle reste dans la cuisine ! ordonna Van In en regardant Versavel composer le numéro de Carine.

– Je dois vraiment lui dire ça ?

– Mais non ! »

Kathy Strybosch n'en croyait pas ses oreilles. Le couillon de journaliste qui lui avait donné les coordonnées de Van In lui avait dit que c'était à sa connaissance le seul flic qui prendrait sa plainte au sérieux. Il était déjà épatant de voir qu'il passait à l'action sans attendre, mais il l'était encore davantage de voir qu'il faisait venir quelqu'un pour se tenir au chevet de sa femme malade en son absence.

« Vous êtes bien le commissaire Van In ? demanda-t-elle.

– Non, madame. Je suis un descendant de Landru. J'enferme les jolies femmes chez moi, je les tue, puis je les découpe en morceaux, je mange les meilleures parties et je brûle le reste dans un incinérateur. »

Kathy Strybosch regarda autour d'elle d'un air inquiet, comme si elle s'attendait à voir des diables sortir de leur cachette.

« Si ça ne vous embête pas, je vais rentrer, dit-elle. On m'attend. »

Van In se fendit d'un large sourire.

« Il n'y a pas un endroit au monde où vous vous sentirez encore en sécurité, madame Strybosch ! Les démons que vous avez réveillés vous poursuivront jusqu'aux portes de l'enfer ! »

Elle blêmit. Elle échangea un rapide regard avec Versavel, mais il demeura silencieux. Elle courut comme une possédée jusqu'à la porte.

« C'était vraiment nécessaire ?

– Non, répondit Van In. Mais ça fait du bien. »

David Starr replia le journal qu'il venait d'ouvrir et alla ouvrir. Il était vêtu d'une robe de chambre à carreaux et avait autour du cou un foulard en soie au nœud compliqué.

« Monsieur Starr ?

– Oui.

– Commissaire Van In, de la cellule de recherche spéciale. On peut entrer ?

– Qu'est-ce qui se passe ? »

Starr réfléchissait à cent à l'heure. Aux États-Unis, il aurait demandé aux flics de lui montrer leur carte et leur mandat de perquisition. Mais il n'était pas aux États-Unis. Les usages ne sont pas les mêmes en Europe. Les lois non plus – heureusement, d'ailleurs. Il était pourtant certain qu'un commissaire ne se déplace pas après ses heures de service pour une voiture garée en infraction.

« C'est au sujet de Stefaan Bonheure », dit Van In en tendant une des photos faites l'après-midi même par la voisine d'en face. On y voyait clairement Bonheure sonner chez Starr.

« Bonheure ?

– Vous le connaissez, non ?

– Oui, bien sûr. »

David Starr fit un pas en arrière et un geste de bienvenue.

« Je vous en prie ! Entrez, messieurs !

– C'est joli chez vous », dit Van In une fois arrivé dans le salon.

Les Brugeois ont un faible pour les vieilles maisons et les antiquités, mais ils n'ont pas ce flair typiquement italien qui permet de marier avec goût l'ancien et le contemporain. Starr, tout Américain qu'il était, avait manifestement ce don. Il méritait de recevoir le prix de la meilleure décoration intérieure.

« Asseyez-vous ! »

Le canapé était tendu d'un cuir bleu foncé, et la pièce baignait dans une harmonie de couleurs absolument parfaite.

« Bonheure est bon pour l'hôpital psychiatrique, dit Starr.

– Vous avez fait des études de médecine ?

– Il est fou, ça se voit comme le nez au milieu de la figure, commissaire. »

Starr observa que le flic avait le ventre des buveurs de bière et les paumes des mains jaunâtres, signe d'un dysfonctionnement hépatique. Il marcha en direction de son bar, mais se ravisa en voyant Van In admirer sa collection de boîtes de caviar vides.

« Je serais le dernier à vous contredire. »

Van In s'installa confortablement sur le canapé. Versavel se triturait la moustache.

« Eh bien ! Nous sommes déjà d'accord sur un point ! » dit Starr en souriant.

Il alla dans la cuisine et en revint avec une bouteille de champagne.

« Je suis consultant en économies d'énergie dans le secteur privé », dit-il.

Le bouchon fit un bruit doux à l'oreille en sautant.

« NOWASTE figurait parmi votre clientèle ?

– Oui. Bonheure était une de mes personnes de contact. Un très chouette type, en fait, mais il s'est mis à déconner il y a deux ans. »

Starr remplit les coupes et en tendit une à Van In. Versavel refusa poliment, mais ne reçut rien d'autre.

« Wilfried Traen a surpris Bonheure en train de voler, alors il l'a licencié. Moi, je l'aimais bien. Quand il est venu me voir six mois plus tard, je lui ai prêté un peu d'argent. Pas beaucoup, mais quand même. »

David Starr but une gorgée de champagne. Jusque-là, il n'avait rien dit qui ne fût vrai. Le mensonge est tout un art, et un art qui s'apprend. Il faut savoir combiner des demi-vérités et leur donner une certaine logique. Quand on y arrive, c'est dans la poche. Les amateurs qui échafaudent des histoires inventées de bout en bout finissent toujours par se perdre en chemin et par se contredire. Un menteur professionnel agit comme un ver à soie : petit à petit, il entortille sa victime dans un cocon tout doux.

« Il y a trois mois, Bonheure est revenu me voir. Il disait être victime d'un complot diabolique. Il prétendait que Wilfried Traen avait l'intention de le tuer. »

Starr se lança dans un long monologue. Bonheure disait avoir découvert des dysfonctionnements qui auraient pu jeter le discrédit sur NOWASTE si la presse avait été mise au courant : argent noir, autorisations obtenues dans des conditions louches, dessous-de-table à plusieurs ministres, parties fines à la villa de Damme pour les gros clients...

« Vous devez savoir que Bonheure a commencé à boire beaucoup trop à partir du moment où il a été congédié. Je crois qu'il est devenu totalement parano.

Quand il est venu me trouver tout à l'heure, je lui ai fourgué un billet de cent euros. Qu'est-ce que je pouvais faire d'autre ? »

Van In était sensible au charme que dégageait David Starr, mais une question lui brûlait les lèvres.

« Selon l'agenda de Wilfried Traen, il aurait dû y avoir des hôtes importants vendredi soir. Est-ce que par hasard vous sauriez… »

Starr ne le laissa pas terminer sa phrase.

« Le ministre Vandevijvere et moi-même, commissaire. Le rendez-vous n'a bien sûr pas eu lieu, je n'ai pas besoin de vous expliquer pourquoi.

– Vous connaissez Vandevijvere ?

– Pas vraiment. Wilfried avait l'habitude de mettre en relation des gens de milieux différents. La seule chose que je sais, c'est qu'il y avait du caviar au menu.

– Et vous êtes amateur, apparemment ?

– En effet, commissaire. Encore une coupe de champagne ?

– Une toute petite, alors. »

Versavel réprima un bâillement. L'interrogatoire était terminé, les bacchanales pouvaient commencer. Il espérait que la boisson ne jouerait pas de tours à Van In, comme ça lui arrivait de plus en plus souvent.

12

Hannelore était étendue sur le canapé, en sous-vêtements. Carine Neels était assise dans un fauteuil, les genoux repliés contre elle. Elle avait ôté sa minijupe. Les deux femmes dormaient toujours, malgré le grand soleil qui filtrait à travers les rideaux. En haut, dans la chambre, Van In et Versavel avaient fraternellement partagé le lit conjugal. Ils étaient rentrés vers trois heures du matin de chez David Starr et n'avaient pas osé réveiller la juge et l'inspecteur. C'était une situation absurde. Van In avait proposé à Versavel de rester dormir, d'une part parce qu'il ne savait comment lui annoncer la mauvaise nouvelle, d'autre part parce qu'il avait peur de se retrouver seul face à Hannelore et Carine le lendemain matin.

Heureusement, il y avait les enfants. Leurs conciliabules matinaux servirent de réveil à tous. Lorsque Van In sortit du lit et qu'il vit son slip posé sur le tapis, il comprit que, la veille, il s'était mis à poil, par la force de l'habitude, avant de s'allonger. Il navigua à vue jusqu'à la salle de bains, attrapa une serviette et se la noua tant bien que mal autour des reins avant d'entrer dans la chambre des enfants. Simon dansait sur le matelas ; Sarah accueillit son père avec un sourire triomphant, très fière d'avoir réussi à détacher sa couche.

« Caca, caca ! » dit-elle avant que Van In ne sente où était le problème.

Les mères font face à ce genre de situation en un tournemain, mais Van In demeura comme pétrifié. Il avait la gorge enrouée d'avoir trop fumé et l'impression que du sable crissait sous ses paupières. *Qui a dit qu'on n'a pas la gueule de bois avec du champagne ? Une fable de plus !* songea-t-il. En trente secondes, il avait pris sa décision : il devait faire appel à l'équipe. Il descendit l'escalier en trombe, décidé à réveiller Hannelore. Entre la cuisine et le salon, la serviette glissa de ses hanches. Il se pencha, mais trop tard. Carine, qui venait du salon, se heurta à lui.

« Bonjour, Pieter », dit-elle en lui lançant un regard amusé.

Le choc fut tellement grand pour lui qu'il ne se rendit même pas compte qu'elle se baladait en slip sous son nez.

« Dis-moi que je rêve, ânonna-t-il.

– On fait le même, alors ? »

Elle lui tendit la serviette et entra dans la cuisine. Score : un à un, et elle trouvait ça pas plus mal.

« Qu'est-ce qu'on fait avec Bonheure ? » demanda Versavel une demi-heure plus tard alors qu'ils étaient tous attablés à la table du petit-déjeuner.

Carine avait préparé du café et des pistolets beurrés. Personne ne toucha à l'un, tout le monde se rua sur les autres.

« Je pense qu'il faut aller l'arrêter », dit Carine.

Elle fit un clin d'œil à Hannelore. Van In alluma une cigarette en se demandant anxieusement ce que les femmes avaient pu manigancer pendant la nuit.

« C'est à toi de prendre la décision, Hanne. »

En toute autre occasion, Hannelore aurait rejeté la proposition de Carine, ne fût-ce que pour bien montrer qu'un juge est indépendant et impartial. Au grand étonnement de Van In, elle répondit :

« L'inspecteur Neels a raison. Je pense que vous devez l'arrêter.

– Dans ce cas, c'est ce que nous allons faire, madame la juge.

– Bien, commissaire. »

Hannelore se leva pour prendre une bouteille de Perrier dans le frigo.

« Quelqu'un d'autre a envie d'un verre d'eau ? »

Elle avait toujours pensé deux choses de Carine Neels : que son café était abominable, et qu'elles ne seraient jamais amies. Depuis quelques heures, Hannelore avait changé d'avis. Sur le deuxième point.

Lorsque Van In et Versavel sonnèrent chez Bonheure, il était huit heures et demie, heure à laquelle les gens qui vivent des prestations sociales sont encore au lit pour la plupart. C'est en tout cas la réflexion que se fit Van In en l'absence de réaction. Il commença à trouver la situation inquiétante après que trois nouveaux coups de sonnette eurent résonné dans le vide. Il regarda à la fenêtre. Rien.

« Ils ont dû décamper, dit Versavel.

– Je ne crois pas. »

Le sac à main de Marijke Bonheure était accroché au dossier d'une chaise dans le salon.

« J'appelle des renforts ?

– Des renforts ?

– Je suppose que tu as l'intention d'entrer ? »

Quelques années auparavant, Van In avait essayé d'enfoncer lui-même une porte. Il en avait longtemps gardé un souvenir douloureux. Il y a des choses qu'il est bon de laisser aux spécialistes.

« Pas besoin de renforts pour ça, Guido ! »

Van In retourna à la Golf, ouvrit le coffre et revint avec le cric.

« Tu n'as quand même pas l'intention de… »

Versavel n'eut pas le temps de terminer sa phrase. Un fracas assourdissant retentit dans toute la rue. Van In venait de faire exploser la grande fenêtre ; un éclat de verre s'était fiché dans le gras de son pouce, et il commençait à pisser le sang.

« J'appelle une ambulance ?

– Tu es fou ?! »

Van In courut une deuxième fois à la Golf, empoigna un paquet de mouchoirs en papier sur le tableau de bord et emmaillota précipitamment cette partie du pouce qu'on appelle aussi le mont de Vénus. L'incision était profonde et nécessitait d'urgence une intervention, mais Van In s'en contrefichait. Une main comprimant l'autre, il entra dans la maison par la fenêtre fracturée. *Klaas Vermeulen sera content*, songea Versavel en suivant les gouttes de sang laissées par le commissaire. Le chef du labo technique allait encore pester et dire qu'on lui avait salopé ses indices.

À première vue, tout semblait normal dans la maison du couple Bonheure. Un examen plus attentif révéla que les meubles dataient de Mathusalem, qu'il y avait des trous dans le canapé, que les rideaux puaient la nicotine et que la cuisine était envahie de bouteilles vides. Le tableau était pire à l'étage. Quand il pénétra dans la chambre, Van In faillit se sentir mal, submergé par la puanteur de draps sales et de reliefs de repas en putréfaction. Il laissa tomber son mouchoir en papier saturé de sang, en sortit deux autres du paquet et les comprima contre la blessure. Sur la table de nuit, une photo encadrée du Padre Pio et trois petites bougies à chauffe-plat éteintes. Et une enveloppe.

Marijke Bonheure était dans son bain. Elle portait un bikini. Elle avait disposé tout autour d'elle, sur le rebord de la baignoire, une bonne vingtaine de petites bougies semblables à celles de la chambre. L'eau était rouge. Van In recula d'un pas. Si une goutte de son sang tombait dans la baignoire, Vermeulen aurait une bonne raison de l'engueuler. Versavel frappa l'épaule du commissaire. Il était allé chercher la boîte de secours dans la Golf.

« Je crois que le plus urgent, c'est que je m'occupe de ta blessure.

– Bon, d'accord. »

Versavel trouva un flacon de désinfectant, un rouleau de gaze, une paire de petits ciseaux et des sparadraps.

« Allons dans le couloir, je crois que c'est préférable », dit-il.

Certains ont un talisman, d'autres, un ange gardien. Celui de Van In se montrait singulièrement vigilant. Versavel se blessa avec les petits ciseaux en découpant un morceau de gaze, mais aucune goutte de son sang ne tomba sur la plaie béante du commissaire.

« Un problème ? demanda Versavel en voyant Van In retirer violemment sa main.

– Ça fait mal, Guido !

– Alors, soigne-toi toi-même.

– Oui, ça vaut mieux. »

Eh ben ! Je l'ai échappé belle ! pensa Van In. *Aucune envie de baiser avec une capote pendant six mois !* Il savait que c'était un réflexe égoïste, mais ainsi sont les hommes. De toute sa vie, il n'avait utilisé un préservatif qu'une seule fois, et cela n'avait pas été très glorieux car il l'avait perdu en cours de route… Depuis, il était totalement monogame. Sortir couvert, ce n'était pas pour lui.

« Ce n'est pas très beau, dit Versavel.

– Ne commence pas à me dire qu'il va falloir recoudre, ou je tombe dans les pommes !

– Je ne parle pas de toi.

– En plus ! »

Van In utilisa tout le rouleau de gaze et le fixa à l'aide de cinq sparadraps. La blessure brûlait comme si on y avait versé une rasade d'ammoniaque. Il sentait son cœur battre dans sa main.

« Je crois que c'est Vermeulen qui arrive », dit Versavel.

Le chef du labo technique se déplaçait à bord d'une vieille Audi qui affichait trois cent cinquante mille kilomètres au compteur. Elle s'entendait de loin.

« Tu as des gants ? »

Versavel hocha la tête. Depuis qu'un juge lui avait fait la leçon parce qu'il avait touché une pièce à conviction à main nue, ce qui avait conduit à la libération du suspect, il en gardait toujours une paire en poche. Ils retournèrent dans la chambre. Versavel enfila ses gants, accepta le coupe-papier que lui tendait Van In et ouvrit délicatement l'enveloppe qui se trouvait sur la table de nuit. Elle contenait une feuille de papier quadrillé pliée en deux.

Je suis désolée, mon Stef adoré, mais je n'en peux plus. J'espère que je parviendrai à m'endormir en pensant à notre amour. Tu te souviens, Paris… ? Bien sûr, que tu t'en souviens ! Je penserai toujours à toi. Je te dis tout mon amour et à bientôt peut-être.

Marijke

Il y avait trois petites croix sous la signature, pour figurer des bisous. En relisant la lettre d'adieu que Versavel tenait toujours, Van In eut une boule dans la gorge. Toute une vie était réunie là en quelques lignes. Que resterait-il de la sienne ? Un faire-part de décès dans la presse :

Pieter VAN IN

Né à Bruges le 11 avril 1960

Commissaire de police, officier de la police judiciaire, chevalier de l'ordre de Léopold

Remerciements aux médecins et au personnel soignant de l'hôpital universitaire Saint-Jean

… quelques articles dans les journaux, une veuve éplorée, deux enfants adorables et peut-être une couronne de Moortgat, le propriétaire des brasseries Duvel. Marijke Bonheure était morte en se cramponnant à l'idée d'un amour éternel, et c'était peut-être la meilleure chose qui pouvait lui arriver.

« Tu peux vérifier que c'est bien son écriture ? »

La lettre d'adieu manuscrite est en général la preuve qu'il y a bien eu suicide et non meurtre. Il ne serait sans doute pas difficile de trouver dans la maison un document écrit de la main de la défunte. Restait à savoir où se cachait Stef Bonheure. Van In ordonna à deux agents de passer la maison au peigne fin. Il n'était pas exclu que l'alcoolo ait lui aussi attenté à ses jours. Six morts en moins d'une semaine : bientôt, les gens penseraient à Bruges comme à la cité du crime…

Lorsque Versavel fut sorti de la pièce, Van In se posta devant la fenêtre et alluma une cigarette. Les devins romains lisaient l'avenir dans les entrailles de poules et de chèvres ; il se contentait de suivre les volutes bleues qui s'élevaient vers le plafond. La veille, David Starr avait réussi à le persuader de son innocence. Ce qu'il avait raconté de Stef Bonheure, de sa relation professionnelle avec Traen, et même les bons contacts qu'il entretenait avec le ministre Vandevijvere, tout cela tenait la route. À moins que…

« Pieter ! »

Versavel se tenait dans l'embrasure de la porte. Il avait à la main une liasse de lettres. Il ne fallait pas être graphologue pour reconnaître l'écriture de Marijke Bonheure.

« Et la perquisition ?

– J'ai demandé quatre hommes supplémentaires. »

La maison des Bonheure se trouvait au cœur d'une cité sociale. Van In avait ce genre de biotope en horreur. Des maisons construites à l'identique, des jardinets proprets, un canari dans la véranda, et chaque dimanche midi, le même rôti de bœuf et les mêmes petits pois-carottes : ce n'était pas le paradis, mais c'était toujours mieux que rien. Et puis, il y avait des avantages : tout le monde connaissait tout le monde. Si l'enquête de voisinage ne donnait rien, Van In était prêt à proposer en public à dix vieilles femmes de coucher avec lui. Une voix claire qu'il ne connaissait que trop bien interrompit ses divagations.

« Tu ne vas quand même pas me dire que c'est toi qui as fracassé cette fenêtre ! dit Hannelore en découvrant le bandage de fortune de Van In.

– Ça ne fait pas mal, Hanne.
– C'est vrai ? »

Elle lui prit la main et la serra. Il en eut les larmes aux yeux.

« Abruti !

– Je crois qu'il faut le recoudre de toute urgence, dit Versavel.

– Je vais faire les points de luxure », dit Zlotkrychbrto.

Le légiste venait de constater officiellement la mort de la victime. Il était formel : Marijke Bonheure s'était suicidée. Elle s'était ouvert les veines. D'après lui, elle était passée dans l'autre monde depuis au moins douze heures.

« Ça, c'est mon rayon », répondit Hannelore, pince-sans-rire.

Zlotkrychbrto haussa les sourcils. Il ne comprenait pas.

« À moi la luxure, à vous la suture, docteur. »

Elle prit Van In par la main et l'emmena à la cuisine. Zlotkrychbrto empoigna sa trousse et les suivit en faisant non de la tête.

Malgré l'anesthésie locale, Van In était blanc comme un linge quand il vit Frankenstein enfoncer son énorme aiguille dans son mont de Vénus. L'homme de l'art fit le premier nœud en grimaçant sous l'effet de la concentration. Soixante ans auparavant, son père avait été amputé au moyen d'un couteau de cuisine, d'une scie à métaux et d'une bouteille de vodka. Il trouvait que les Occidentaux faisaient bien trop de chichis.

« C'est presque fini ! » dit-il.

Il coupa le fil. Un médecin normal aurait conseillé à son patient de ne pas boire avant un certain laps de temps, mais Zlotkrychbrto n'était pas un médecin normal. Il sortit un flacon de sa trousse et le tendit à Van In.

À quinze heures trente, un fax en provenance de la cellule de recherche spéciale de la police de Bruges parvint au bureau du colonel Sanders, le chef d'Europol Belgique. C'était une demande d'information au sujet de David Starr. L'homme se gratta l'oreille, se leva et glissa la télécopie dans le destructeur de documents. Ensuite, il appela le directeur de la Sûreté de l'État.

Lorsqu'on est en quête d'un endroit où prendre le frais à Bruges, par un jour d'été, on atterrit forcément à la terrasse du Vlissinghe. Van In avait chaud, mais il avait aussi très soif. Le docteur Zlotkrychbrto avait eu ce mot qui n'était pas tombé dans l'oreille d'un sourd :

« Les gens ont souvent le gosier sec après une anesthésie locale. »

Hannelore avait répondu que Van In n'avait pas besoin de ça.

Le Vlissinghe était dissimulé dans une petite rue tranquille délaissée par les touristes. Van In choisit de s'installer à une table ombragée, au jardin. Il étendit les jambes et alluma une cigarette. Zlotkrychbrto avait fait du bon travail : après lui avoir recousu le pouce, il l'avait soigneusement emballé. C'était pas mal, pour un médecin dont la plupart des patients étaient des macchabées.

« Une petite Duvel ? »

Grietje portait comme à son habitude un chemisier au décolleté généreux et un pantalon de lin blanc. Si Van In avait été seul, elle l'aurait gratifié d'une bonne bise, mais elle se contenta de lui adresser un sourire.

« Deux Duvel, un vin blanc et un Perrier.

– Ça marche ! »

Grietje s'éloigna en se déhanchant, et Van In détourna les yeux. Il ne faut pas réveiller le loup qui dort.

« D'après l'épicier du coin, les Bonheure dépensaient la moitié de leurs revenus en alcool », dit Versavel.

Les enquêteurs avaient appris que les Bonheure vivaient en reclus et qu'ils ne voyaient personne. Deux voisins avaient également déclaré sous serment que Stef Bonheure découchait souvent et qu'il était régulièrement ramené par une jeune femme. L'un d'eux avait laissé entendre qu'il s'agissait sans doute d'une Hollandaise, à entendre son accent épouvantable.

« Mademoiselle Boonstra ? !

– Pourquoi pas ? »

Le signalement pouvait en tout cas correspondre.

« J'ai du mal à le croire ! »

Stef Bonheure et mademoiselle Boonstra entretenant une relation, cela paraissait aussi invraisemblable que des sardines amoureuses de leur boîte de conserve. En s'écoutant penser, Van In se dit que soit il était saoul, soit l'enquête était à un tournant décisif. La deuxième hypothèse était la plus probable. Sinon, pourquoi aurait-il envoyé ce fax au colonel Sanders ? Cela pouvait sembler ridicule, mais plus il y réfléchissait, plus toute cette histoire lui faisait penser à un bouquin d'espionnage. Le mot avait été évoqué récemment lorsqu'une entreprise flamande de technologie vocale avait fait faillite à la suite d'un scandale apparemment orchestré par la presse américaine. Certains avaient prétendu que les Américains ne permettraient jamais aux Européens de les dépasser sur le plan technologique – et le nom d'Échelon, déjà, avait été prononcé.

« On ne peut pas rester à boire ici toute la journée », dit Hannelore.

On prétend que les femmes ont besoin de sécurité

et de constance et que c'est la seule raison qui pousse certaines d'entre elles à rechercher la compagnie d'un homme. Depuis plusieurs semaines, la confiance en soi d'Hannelore avait du plomb dans l'aile. Elle avait honte d'avoir quitté Van In pour une remarque maladroite, et plus encore de s'être délibérément saoulée et d'avoir raconté une blague salace à un chauffeur de taxi. Souffrait-elle d'un problème hormonal ou frôlait-elle la dépression ? Cinq ans plus tôt, cette idée l'aurait fait éclater de rire, mais depuis la scène dans laquelle elle s'était illustrée chez Veerle, elle se sentait comme un bateau à la dérive. Que devait-elle faire ? Demander conseil au pilote ? Van In pouvait faire mauvaise impression, au débotté, mais c'était quelqu'un de solide malgré son mode de vie. Elle passa un bras autour de ses épaules et se serra doucement contre lui. Ce n'était pas une concession. Le geste gentil et le sourire adorable qu'elle reçut en échange balayèrent toutes les ombres. Un tel calme irradiait de lui qu'elle en fut parcourue de frissons.

« En parlant de boire..., dit-il. On en reprend une ? »

On dit que les hommes ne pensent qu'au sexe (ce qui en soi n'est pas un péché) et qu'ils fonctionnent mieux quand il règne autour d'eux une certaine tension sexuelle. Éprouver du désir parce que la femme avec qui vous vivez depuis sept ans passe son bras autour de vos épaules, cela n'a en fait rien à voir avec le sexe, mais avec l'amour, car le corps et le cœur sont des vases communicants. Partager une certaine intimité à une terrasse, au vu et au su de tout le monde, c'est un peu comme partir en voyage sans sortir de chez soi. Van In se sentait subitement incroyablement heureux, et quand il la regarda, il sut qu'Hannelore l'était autant que lui.

« C'est moi qui régale ! clama-t-elle en levant la main en direction de Grietje. Au succès de l'enquête ! »

Le colonel Sanders se servit un double whisky, but une gorgée et alla regarder par la fenêtre de son bureau, qui donnait sur la rue Royale. Le directeur de la Sûreté de l'État lui avait fermement déconseillé de mettre Van In dans la confidence. Le ministre compétent – il venait de l'avoir en ligne – avait adopté un point de vue plus nuancé. Il avait même laissé entendre qu'il était peut-être préférable d'éventer l'affaire. Les politiciens et la transparence, pour Sanders, c'était un peu comme les fanatiques et la raison. En tout cas, il était certain d'une chose : David Starr était brûlé. Ce n'était plus qu'une question de temps avant que la vérité n'éclate au grand jour. La presse monterait l'affaire en épingle, l'intelligentsia murmurerait et la plèbe tournerait le tout en dérision, mais le calme reviendrait vite, pour la simple et bonne raison qu'une nouvelle sensationnelle en a toujours chassé une autre. Les scandales qui avaient mis le pays à feu et à sang un jour étaient oubliés dès le lendemain. Le colonel Sanders avait un côté Machiavel – c'était d'ailleurs pour cela qu'il était parvenu où il était. Pieter Van In était un gaillard sympathique avec qui il prenait plaisir à boire un verre, mais si le complot devait éclater au grand jour, il préférait, lui, Sanders, rester en dehors de tout ça. Il valait mieux que le directeur de la Sûreté de l'État, le ministre et lui-même demeurent à une distance de sécurité. Qui sait ? Cela vaudrait peut-être une décoration au commissaire ?

« Je propose qu'on reprenne tout de zéro, dit Van In.

– Est-ce que la banque va aimer ça ? » demanda Zlotkrychbrto.

Il appréciait de plus en plus la décadence occidentale.

Il avait encore dit tout récemment que les Polonaises étaient les plus belles femmes du monde, mais après quatre Duvel, il était incapable de détacher les yeux d'Hannelore. Un jour, sur la table de dissection, il avait ouvert une jeune fille qui… Zlotkrychbrto baissa les paupières. Au seul souvenir qu'il avait envisagé de lui caresser les seins, il se sentait tout honteux.

« Nous allons réinterroger toutes les personnes liées de près ou de loin à cette affaire, dit Van In. D'Hulster, Hoornaert, le ministre Vandevijvere, Starr et mademoiselle Boonstra.

– D'Hulster ? demanda Hannelore. Qui est-ce ? »

Elle se rendit compte qu'elle était saoule, mais, cette fois, elle s'en contrefichait. Elle ne noyait pas son chagrin dans l'alcool, elle buvait avec l'homme qu'elle aimait ! Nuance ! Van In avait toujours dit que l'alcool rend lucide, et cette fois elle était tentée de ne pas lui donner tort. Le chêne se brise dans la tempête, le roseau ploie et ne rompt point. Les intellectuels mettaient parfois trente ans avant de comprendre que la vie est plus simple que ne le prétendent la plupart des philosophes et que le bonheur n'est pas aussi difficile à attraper que des perles au fond de l'océan. Un après-midi à une terrasse ensoleillée, c'était peut-être un bonheur banal, mais un bonheur qui valait son pesant d'or. Hannelore sentit un poids glisser de ses épaules.

« Le journaliste qui a publié un article sur Traen », répondit Versavel, qui n'avait encore rien dit.

Il observait Hannelore depuis un bon moment. Elle rayonnait comme une femme enceinte de trois mois.

« Hoornaert ?

– Il a un cancer, expliqua Van In. Ça ne m'étonnerait pas plus que ça que le parquet le laisse en liberté provisoire. Il y a peu de chances qu'il tienne jusqu'au début du procès.

– Stefaan Bonheure ?

– Un mandat d'arrêt international a été délivré contre lui. On va le chopper, c'est juste une question de temps. Il a prélevé soixante euros sur son compte ce matin. Il n'ira pas bien loin avec ça. La seule chose qu'on puisse faire pour le moment, c'est de mettre les suspects sur écoute téléphonique, mais pour cela nous avons besoin de la collaboration d'un magistrat.

– Ne dis pas n'importe quoi, Pieter.

– C'est l'alcool », dit Van In en riant.

Voir progressivement clair dans cette affaire tout en continuant à boire des pintes, il y avait scénario plus désagréable. Il s'empara de son verre, souffla sur la mousse et but une gorgée.

Vers dix-huit heures trente, David Starr reçut un mail codé en provenance d'Angleterre lui apprenant que son nom avait été prononcé une dizaine de fois dans des conversations entre le directeur d'Europol Belgique, le directeur de la Sûreté de l'État belge et le ministre belge des Affaires intérieures. Ils étaient sur sa trace. Il se posta devant son miroir et s'examina. David Starr, né le 17 novembre 1945. Scorpion et jouisseur. À seize ans, il était parti de chez lui et avait fait divers petits boulots avant d'atterrir dans la marine. Lors d'un bref séjour dans le golfe d'Akaba, il avait appris l'arabe, comme par jeu, et cela n'avait pas échappé à ses supérieurs. Trois mois plus tard, il recevait la visite d'un officier de recrutement de la CIA qui lui proposait de mettre ses talents linguistiques exceptionnels au service de l'Oncle Sam. Dans les années soixante et soixante-dix, il avait opté pour la France. Puis on l'avait envoyé en Israël. Il avait fini par aboutir en Flandre. Un Américain qui peut se faire passer pour un Français est extrêmement précieux. Un Américain qui apprend le dialecte brugeois en deux ans est un génie. Même si le mot « espion » semblait sorti du vocabulaire, telle était la profession de David Starr. Espion. Il avait passé sa vie à récolter des renseignements sur les uns et les autres pour les transmettre à ses supérieurs. S'il avait choisi la Belgique dans les années quatre-vingt-dix, c'était dans le cadre de l'unification européenne, un phénomène que les Américains avaient commencé par observer d'un air goguenard, mais qu'ils suivaient avec une vigilance extrême depuis la création de l'euro. Depuis la Seconde Guerre mondiale, l'Europe renaissait tel le Phénix de ses cendres. À en croire les rapports de certains analystes, elle éclipserait bientôt les États-Unis. Les experts macroéconomiques prédisaient que, si ce développement se poursuivait, l'influence du Vieux Continent dans le monde continuerait à croître, avec toutes les conséquences que cela pourrait avoir. *Because money makes the world go round.* Contrairement à ce que croyaient la plupart des gens, la guerre était rarement provoquée par des différends idéologiques ou religieux. Pearl Harbor… Les tours jumelles du World Trade Center… Si l'Amérique voulait vivre en autarcie par rapport au reste du monde, chaque Américain devait manger cinq hamburgers par jour au lieu de deux et aller voir chaque film américain trois fois, et il fallait que chaque famille se dote de trois voitures – américaines, bien sûr. Impossible.

Les États-Unis avaient besoin du monde parce que, tout simplement, il fallait bien qu'ils écoulent leurs produits quelque part. Quand on exerce un pouvoir sur un client potentiel, on vend davantage que quelqu'un qui se contente de proposer ses produits à la vente. C'est un peu comme les médecins… Ils ont un intérêt économique à ce que leurs patients ne guérissent pas, mais ils gagnent encore plus d'argent quand ils leur sauvent la vie de justesse. Les Américains dominaient la planète, la Banque mondiale faisait marcher au pas les pays pauvres et accordait des emprunts à des présidents corrompus à condition que ces derniers ne mettent pas de bâtons dans les roues à Coca-Cola et à McDonald. La culture était différente en Europe, et cela ne plaisait pas aux Américains. Dix ans auparavant, David Starr avait reçu pour mission d'infiltrer le milieu des affaires. Les pontes du Pentagone étaient persuadés de l'inéluctabilité d'une guerre si l'Europe venait à dominer le monde. Les Airbus étaient techniquement supérieurs aux Boeing, la fusée Ariane était plus fiable qu'Apollo, le TGV plus rapide et plus sûr que les trains américains… sans oublier que la nourriture était meilleure en Europe et les femmes plus jolies. Les hommes veulent obtenir ce qu'ils n'ont pas encore. Si les réserves de pétrole étaient menacées, les Américains n'hésiteraient pas à envahir le Moyen-Orient, c'était aussi simple que ça. Leur stratégie était différente en Europe, où ce qu'il y avait à vendre, c'était des cerveaux. Au cours de ces dix années, David Starr en était arrivé à la conclusion que le Vieux Continent était en train de recouvrer sa gloire d'antan. Et quels que fussent les développements de cette histoire, c'était là qu'il voulait vivre, même si, pour y parvenir, il devait déclencher une guerre privée.

« Un petit dernier ! » dit Zlotkrychbrto alors que les rayons du soleil couchant commençaient à dorer le muret du jardin intérieur.

Van In regardait Hannelore. Ses yeux semblaient dire qu'il ne serait plus question de travail ce jour-là. Versavel rêvassait.

« À quoi tu penses ? »

Les Duvel, le néerlandais hilarant de Zlotkrychbrto, la fraîcheur venue avec la tombée du jour, tout cela était bien beau, mais en posant les yeux sur son ami, Van In fut rattrapé par la dure réalité. Il ne pouvait pas le laisser rentrer chez lui sans lui avoir parlé.

13

« Et voilà », dit Van In.

Bob, le dogue allemand, remua la queue maladroitement comme s'il avait compris lui aussi. Van In se leva, rentra dans la cuisine par la porte-fenêtre ouverte et prit une Duvel dans le frigo. Il ne se sentait absolument pas saoul, mais sa main tremblait lorsqu'il remplit son verre. La nouvelle que Versavel était peut-être infecté par le virus HIV avait fait l'effet d'une bombe. Hannelore prit un mouchoir et se moucha.

« Il faut combien de temps pour savoir ?

– Six mois. »

Van In s'assit, ôta ses pantoufles et étendit les orteils dans l'herbe fraîche. Versavel restait silencieux, assis au bord de sa chaise, les bras croisés, et légèrement penché en avant. Son père lui avait un jour dit, bien avant l'apparition du sida, que son vice ne resterait pas impuni. Il avait eu raison dans la tombe.

« Tu es certain que cet Allemand dit la vérité ?

– Pourquoi mentirait-il ?

– Il y a des gens comme ça... », tenta Hannelore.

Les juges d'instruction entendent des histoires abracadabrantes à longueur de journée. Un enseignant à la retraite avait récemment affirmé que l'ancien Premier ministre Jean-Luc Dehaene avait demandé à un tueur à gages de liquider un membre de son cabinet, un type superintelligent qui enseignait désormais aux États-Unis.

« Tu attends encore quelqu'un ?

– Non. »

Van In se levait déjà, mais Hannelore lui fit signe de rester assis.

« C'est peut-être urgent », dit-il quand on sonna pour la deuxième fois.

Elle hocha la tête. Malgré la gravité de ce qu'ils venaient d'apprendre, la vie continuait. Combien de parents n'apprendraient-ils pas cette nuit que leur ado était impliqué dans un accident de la route ? Et combien d'autres gens qu'ils souffraient d'une maladie incurable ? Sans parler des milliers d'enfants qui mouraient de faim en Afrique…

Van In rechaussa ses pantoufles et se dirigea vers la porte d'entrée. *Pourvu que ça ne soit pas Carine !*

« Colonel Sanders. »

Le directeur d'Europol tendit la main à Van In et se fendit d'un large sourire.

« Je ne dérange pas, j'espère ?

– Nous sommes au jardin, dit Van In en éludant la question. Entrez !

– Oui, c'est vrai… Par cette chaleur… »

Sanders avait beau être un ancien gendarme, il avait un réel flair pour tout ce qui touchait à la nature humaine. Il comprit immédiatement que l'atmosphère n'était pas à la rigolade.

« Je peux vous proposer quelque chose à boire ? demanda Van In.

– Je peux choisir ? »

Van In fit non de la tête et indiqua son propre verre. Sanders avait son chauffeur. Rien ne justifiait qu'il refuse une Duvel.

« Asseyez-vous.

– Vous vous demandez peut-être pourquoi je viens vous déranger si tard ?

– Vous ne nous dérangez absolument pas. »

Sanders jeta un coup d'œil rapide à Versavel. Pour une garden-party, c'était singulier, comme ambiance.

« Je ne serai pas long, dit-il à Van In quand celui-ci lui tendit une Duvel au col parfait.

– Je vous écoute. »

Sanders hésita.

« Entre quat'z'yeux, si c'est possible. »

L'été, Hannelore portait rarement une chemise de nuit, mais ce soir-là, ce fut le cas, malgré la chaleur. Van In comprit ce que cela signifiait et garda son slip.

« Drôle d'histoire, tu ne trouves pas ? »

Il ouvrit le drap et se laissa tomber sur le lit. Hannelore vint s'étendre à côté de lui en laissant un écart entre leurs deux corps.

« Je ne comprends pas ce que Sanders fait dans cette histoire à dormir debout.

– Moi non plus. »

Van In jeta un regard à la pleine lune.

« Enfin, c'est bien imaginé.

– Le contre-espionnage est vieux comme le monde !

– Et je ne t'ai pas encore tout dit ! »

Van In glissa imperceptiblement vers le milieu du lit. La douleur à sa main redevenait lancinante.

« Qui aurait cru que Traen travaillait pour la Sûreté

de l'État et qu'il ne transmettait que des informations filtrées à Starr ? »

En mettant Van In dans la confidence et en lui expliquant que le traité de Maastricht contenait un protocole secret qui prévoyait la création d'un service européen de contre-espionnage, Sanders avait pris des risques énormes. Mais Van In avait déjà prouvé à plusieurs reprises qu'il était du genre à savoir tenir sa langue.

« Il nous place vraiment devant un dilemme.

– Je sais. »

Van In tendit le bras et posa sa main non blessée sur l'oreiller d'Hannelore.

« Nous devons penser à l'intérêt du pays, Hanne. »

Il lui peigna les cheveux avec les doigts. Si les gens accusent trop souvent les politiciens de ne pas penser plus loin que le bout de leur nez, c'est sans doute qu'ils n'apprennent que ce qu'on veut bien qu'ils apprennent. Beaucoup de choses se trament en coulisses et demeurent secrètes. David Starr vivait à Bruges depuis dix ans. Sous le couvert de diriger une entreprise de conseil en économies d'énergie (version qu'il avait servie à Van In et à Versavel), il travaillait dans le renseignement industriel pour les Américains. Sanders aurait pu le faire arrêter immédiatement et l'extrader, mais les Américains se seraient contentés de leur envoyer quelqu'un d'autre. Il était plus facile et surtout beaucoup plus intéressant de le contrôler. Il s'était donc arrangé, par des voies détournées, pour qu'il entre en contact avec Wilfried Traen.

« Les idéaux altermondialistes de Traen ont rendu l'histoire crédible. Pour l'attirer, Starr avait eu recours à une ruse utilisée au temps de la guerre froide pour retourner les espions : il l'avait persuadé qu'il servirait mieux son pays et l'Europe en informant les Américains, car cela permettrait, en supprimant les positions dominantes, de rééquilibrer les forces entre les deux continents.

– Une opération sous fausse bannière, c'est ça ?

– Oui. »

Van In progressa légèrement vers le milieu du lit. Il sentait enfin la chaleur du corps de sa compagne et son bras avait davantage de place.

« D'après Sanders, Starr a fini par comprendre que Traen travaillait pour la Sûreté de l'État.

– C'est pour ça qu'il aurait été tué ?

– Possible.

– On va pouvoir le prouver ?

– Pas pour le moment, ma chérie. »

Il dessinait des ronds sur le mamelon gauche d'Hannelore.

« Quand est-ce qu'on l'a fait pour la dernière fois avec un préservatif ? »

Elle ôta sa main et se tourna vers lui.

« On ne l'a jamais fait avec un préservatif, Pieter. »

Ah ! C'est dommage ! eut-il envie de dire. Mais ils avaient eu une dure journée tous les deux. Après les derniers événements, une bonne nuit ne leur ferait pas de mal.

David Starr appela Stefaan Bonheure sur son portable. Pas de réponse. Il laissa un message. Il composa ensuite le numéro de mademoiselle Boonstra. Elle était chez elle.

« Tu peux passer ?

– *Business or pleasure ?*

– Les deux », répondit Starr.

En attendant sa venue, il se servit un verre et se laissa tomber sur son canapé. Les espions d'aujourd'hui ne tuent que quand ils ont épuisé toutes les autres possibilités. Il avait travaillé pendant des années avec Wilfried Traen. Ce type avait beau être un naïf et un idéaliste, il avait un charme naturel qui séduisait en société. Les contacts qu'il entretenait avec les P-DG du secteur des technologies de l'information avaient fait de lui un informateur rêvé. C'était Traen qui avait eu l'idée de mettre Kitty Jouy dans le coup. Quand ils auront goûté à ses charmes une fois, ils ne pourront plus s'en passer, avait-il prédit. Et il avait vu juste.

Il commençait par inviter les industriels à un petit repas informel, en prenant soin d'éviter tout sujet de conversation professionnel. Après le café, il leur proposait de prendre un dernier verre dans un bistro de Bruges. C'était un jeu d'enfant, car Kitty Jouy connaissait son affaire. Elle regardait l'invité dans les yeux, le touchait par inadvertance en allant soi-disant aux toilettes, et si ça ne suffisait pas, elle entamait une danse sensuelle. Traen disait qu'il la connaissait depuis longtemps et laissait entendre qu'il était assez facile de l'emballer. Cette tactique marchait à tous les coups, sauf si l'hôte en question était homo. Traen n'avait plus ensuite qu'à attendre que le gars reprenne contact avec lui, ce qui ne demandait pas plus de quelques jours, c'était dire l'efficacité de Kitty Jouy. Il s'ensuivait que Traen recevait des boss de l'informatique deux fois par semaine, car tel était le deal : s'ils voulaient un rencard avec Kitty Jouy, il fallait d'abord qu'ils déjeunent avec lui. Quelques mois plus tard, les informations commençaient à affluer. C'était une affaire qui roulait, jusqu'à ce que Kitty Jouy décide qu'elle avait amassé assez de pognon et que l'heure était venue pour elle de se ranger. Il y eut une violente dispute, et la call-girl avait menacé de divulguer les noms de ses clients. Quelques jours plus tard, Traen était allé chez elle, mais les choses s'étaient encore envenimées. Il avait perdu son sang-froid et lui avait filé plusieurs gifles magistrales. Pour se venger, elle avait écrit à Hilaire Hoornaert que son gendre fréquentait les prostituées et qu'il ne payait pas ses dettes, car elle savait le vieux entiché de son beau-fils. Elle était aussi entrée en contact avec la juge d'instruction Martens, comme Van In l'avait dit à Starr à la fin de leur soirée un peu trop arrosée au champagne.

Lorsque Traen l'avait informé des dégâts que Kitty Jouy était en train d'occasionner autour de lui (son beau-père avait été à deux doigts de l'infarctus et sa femme voulait le quitter), David Starr lui avait proposé de la liquider. Au lieu d'accepter la voie de la sagesse, Traen s'était retourné contre Starr : s'il y avait mort d'homme, c'était lui, Traen, qui allait tout dévoiler. Ainsi mis en porte-à-faux, Starr avait immédiatement préparé un plan d'urgence.

La sonnette retentit alors que Starr se servait son deuxième verre. Mademoiselle Boonstra portait une robe élégante sans manches. Elle l'embrassa furtivement sur les lèvres avant de se faufiler dans le couloir.

« Désolée d'être en retard. J'avais quelque chose à terminer. »

Elle s'assit et croisa les jambes. Dans deux semaines, elle partait en vacances. *Plus que quelques efforts, et tout est fini*, pensa-t-elle. Certains hommes lui disaient qu'elle était une beauté froide, un peu distante, voire arrogante, et incroyablement désirable. À l'âge de seize ans, elle avait été violée brutalement par trois hommes, et c'est ce qu'ils avaient dit au juge quand il leur avait demandé leur mobile : il se dégageait de cette jeune fille une sensualité animale à laquelle ils n'avaient pas su résister. Le juge avait apparemment été convaincu malgré lui, parce qu'il n'avait prononcé que des peines relativement légères. Mademoiselle Boonstra en avait énormément souffert. Depuis, elle ne pouvait avoir de relations sexuelles qu'avec des hommes qui n'y allaient pas par quatre chemins. David Starr s'agenouilla devant elle, lui écarta les jambes et plongea la tête entre ses cuisses. Elle ferma les yeux et commença à gémir. L'avantage, avec les hommes comme Starr, c'était que ça allait toujours très vite. En un quart d'heure, maximum une demi-heure, l'affaire était faite et elle pouvait se concentrer sur son vrai travail.

Van In referma la porte derrière lui, alluma une cigarette et remonta l'impasse du Poisson-Gras. Un avion passa haut dans le ciel bleu, laissant derrière lui un trait blanc. Il fallait être fou pour s'envoler pour des destinations ensoleillées. Il avait fait dans les vingt-cinq degrés toute la nuit dans la chambre. Van In n'avait quasi pas fermé l'œil de la nuit, mais ce n'était pas à cause de la chaleur. La menace qui pesait comme une épée de Damoclès au-dessus de la tête de Versavel pesait aussi sur la sienne. Déjà qu'il n'était jamais en superforme au lever, ses ruminations n'avaient rien arrangé. Hannelore ne s'était pas montrée mieux disposée. Elle ne l'avait pas embrassé pour lui dire bonjour et c'était tout juste s'ils avaient échangé trois mots au petit-déjeuner. Pour couronner le coup, Versavel s'était fait porter pâle.

Van In lança sa cigarette à moitié consumée dans le caniveau et en alluma aussitôt une deuxième. Il avait mal à la gorge et les larmes aux yeux. *Saleté de fumée !* Il prit par la rue Saint-Jacques. Au Marché-aux-Œufs, il tourna à gauche et s'arrêta à l'abribus de la bibliothèque communale. Ce n'était pas la première fois qu'il opérait dans des contextes difficiles, et il s'en était toujours sorti. Mais ici, c'était différent.

« Bonjour, Pieter. «

Carine n'osait pas le regarder dans les yeux.

« Versavel est malade. Tu veux bien préparer du café ?

– Sûr ?

– Sinon, je ne te le demanderais pas. »

La jeune femme s'éloigna rapidement en direction de la cuisine. *Il a dû se passer quelque chose de terrible,* se dit-elle. *Peut-être qu'Hannelore l'a quitté.* Elle versa le café dans le filtre et ajouta une mesure supplémentaire. Un sentiment de bonheur diffus l'envahit et la fit sourire malgré elle. Elle regarda par la fenêtre en attendant que le café passe. Elle s'imaginait déjà se promener dans le parc avec les jumeaux et Van In.

« *Wonderful, Counsellor, the mighty God, The everlasting Father, the Prince of Peace*[1] ! »

Bruynooghe qui chantait, c'était aussi incongru qu'un eunuque au bordel.

« Qu'est-ce qui t'arrive, à chanter *Le Messie* ?

– On aurait dit que tu voyais une apparition.

– Occupe-toi de tes affaires, Robert. »

Bruynooghe lui donna une petite claque sur les fesses. Il n'avait pas pu s'en s'empêcher.

« Robert !

– Oui, commissaire ?

1. Conseiller merveilleux, Dieu puissant, Père éternel, Prince de la Paix.

– Tu peux venir une minute dans mon bureau ?

– J'espère qu'il va te mettre à la circulation toute la journée ! »

Si ça ne tenait qu'à moi, je demanderais que tu sois détaché au service technique, continua Carine en pensée. *Ou aux objets perdus.*

« On a du neuf à propos de Bonheure ?

– Non, commissaire. »

La veille, Hannelore avait comme convenu lancé un mandat d'arrêt international et appelé à la vigilance les polices maritime et aérienne au cas où l'homme tenterait de sortir du pays. On allait forcément lui mettre la main au collet ; la question était : quand ?

Van In alluma une nouvelle cigarette et pianota sur le bureau. Il n'avait pas très envie de réentendre les témoins. Que faire ? Attendre jusqu'à ce qu'on lui signale un nouveau cadavre ?

« Encore quelque chose pour votre service, commissaire ?

– Qu'est-ce que tu dis ?

– Encore quelque chose pour votre service, commissaire ?

– Non, Robert. »

Van In comprima sa blessure. Cette douleur lancinante commençait à lui taper sur les nerfs.

« Robert ?

– Oui, commissaire ? »

Bruynooghe s'était retourné.

« Tu veux bien appeler Europol pour moi ? »

Carine entra dans le bureau de Van In. Elle portait un plateau sur lequel elle avait posé la cafetière, une tasse et un morceau de tarte à la frangipane qu'elle avait trouvé dans le frigo. Van In la remercia, étonné de tant de prévenances. Elle rayonnait. Dix minutes plus tard, lorsqu'il lui demanda de le conduire à Bruxelles, elle flottait sur un petit nuage.

Stefaan Bonheure ouvrit le rideau de la petite fenêtre de la caravane et scruta prudemment l'extérieur. De la sueur perlait sur son front et il respirait comme un asthmatique après une crise. Il avait mal aux yeux et l'estomac en marmelade. Un fil électrique était posé sur le plan de travail. Le plancher était recouvert de flaques de vomi qui exhalaient une puanteur insupportable. Quand il avait vu le cadavre de sa Marijke adorée dans la baignoire, il s'était mis à genoux sur le carrelage de la salle de bains et l'avait martelé de ses poings. Elle s'était tuée parce qu'il ne l'avait pas écoutée. Il repensa à leurs moments de bonheur : les soirées douillettes au coin du feu, les razzias au supermarché du coin, les festins de nourriture chipée ici et là, les beuveries, et les folies au plumard qui venaient toujours après… S'il regardait dans le rétroviseur, ils ne s'en étaient pas trop mal tirés. Dans le rétroviseur… Stefaan Bonheure referma le rideau : il venait d'apercevoir une voiture faire demi-tour sur la petite route abandonnée qui longeait le canal. Son cœur bondit dans sa gorge. Il regarda le fil électrique. Il était suffisamment solide pour supporter son poids.

La voiture passa. Personne ne pouvait deviner que Bonheure se cachait là. La caravane appartenait à l'ami d'un ami qui vivait depuis plus d'un an à l'étranger et elle se trouvait sur un terrain vague. À part de rares promeneurs et une ou deux voitures, il n'y avait jamais personne. Bonheure ouvrit une cannette de bière, la dernière de son stock. De la mousse chaude gicla sur son visage. Il reposa la boîte après deux gorgées seulement : la bière tiède avait un arrière-goût bizarre. Il vida le contenu de son porte-monnaie sur la petite table pliante du coin cuisine. Trois euros et trente-quatre centimes. Juste assez pour s'acheter un paquet de cigarettes. Le village le plus proche se trouvait à dix minutes de marche ; il y avait peu de chances qu'on l'y reconnaisse. Avec un paquet de sèches, il pouvait tenir jusqu'au soir et se préparer à l'inévitable. Il fit un nœud simpliste dans le fil électrique. L'arbre aux branches basses qui se dressait une centaine de mètres plus loin ferait l'affaire. La pendaison : il y avait des morts plus douloureuses. Il sourit. Cela lui fit mal, à cause de ses lèvres gercées. Il s'allongea sur la banquette et ferma un instant les yeux, mais les images qu'il essayait de chasser depuis plusieurs jours revenaient, impitoyables : la villa de Traen, le pistolet, l'alcool, l'article dans le journal, les enfants…

« Ça dérange si j'ouvre la vitre ? »

Van In boucla sa ceinture de sécurité et alluma une cigarette. Il y avait deux choses qui le turlupinaient : le récit du colonel Sanders à propos de Traen et le rôle joué par le ministre Vandevijvere lorsqu'il lui avait confié cette lettre qui avait abouti à l'arrestation d'Hilaire Hoornaert. Pourquoi ? Vandevijvere avait toujours été un excellent avocat. Autrement dit, il connaissait son affaire ; il n'avait pas agi sans un excellent mobile.

« Même si ça me dérangeait, je ne trouverais pas ça gênant », répondit Carine.

Van In ne fit pas attention au sens de ce qu'elle lui disait réellement. Et David Starr ? Quand il était allé l'interroger chez lui, l'Américain avait essayé de le saouler, ce qui en soi était louche. D'un autre côté, il avait répondu aimablement à chacune de ses questions. Ce type était lisse, trop lisse ! C'est d'ailleurs pour cette raison que Van In avait profité d'un passage à la salle de bains pour prélever plusieurs cheveux entre les dents du peigne du bonhomme. Le labo technique mettrait plusieurs semaines avant de se prononcer sur la question de savoir si le profil ADN de Starr correspondait à un des trente-deux échantillons prélevés à la villa de Traen, dont vingt-neuf cheveux, mais cela valait tout de même la peine d'essayer.

« Ce n'est pas grave si je ne suis pas en uniforme ? »

Avant leur départ, Carine avait enfilé une minijupe et un t-shirt.

« Il y a peu de choses que je trouve graves, dit Van In.

– Ah bon ? »

Ils avaient pris l'autoroute, direction : Bruxelles. La circulation dans le sens de la côte allait au pas ; si les choses continuaient comme ça, il ne faudrait plus qu'un quart d'heure avant qu'elle soit totalement à l'arrêt.

« Ça te surprend ? »

Carine jeta un coup d'œil à Van In.

« Pourquoi tu dis ça ? »

Elle appuya sur le champignon.

« Comme ça. »

Van In alluma une deuxième cigarette. Il pensait au Décaméron. La population était en proie à une terrible maladie incurable. Une poignée de jeunes gens se retiraient sur une terre isolée pour s'y adonner aux plaisirs de la vie dans une ultime tentative de rendre agréable le temps qui leur restait à vivre. Il savait qu'il lui suffisait de prononcer un seul mot pour obtenir de Carine tout ce qu'il voulait. C'était tentant.

« Alors, tu ne m'en veux pas ? dit-elle en lui jetant un nouveau regard et en clignant des yeux.

– Pourquoi je t'en voudrais ?

– Tu devrais le savoir. »

Les pêcheurs prétendent qu'ils sentent quand la prise va être bonne. Plus la conversation avançait, plus Carine avait l'impression que Van In lui faisait prudemment des avances. Sinon, pourquoi lui aurait-il proposé ce déplacement à Bruxelles ? Bruynooghe aussi avait un permis de conduire.

« Je ne sais rien du tout.

– Menteur ! »

Le couple du commissaire et de la juge battait de l'aile. *Youhou !*

« Je ne mens que très rarement, dit Van In, qui ne pouvait pas nier que cela l'excitait de draguer ainsi Carine.

– Très rarement, qu'est-ce que ça veut dire exactement ?

– Presque jamais.

– Jamais, jamais, jamais, jamais, jamais, jamais, n'avoue jamais... », chantonna Carine.

Van In se tut. Il se sentait un peu coupable. Ce n'était pas très beau de jouer avec les sentiments de quelqu'un.

« Écoute, Carine... Tu es adorable, mais...

– Mais quoi ? »

Elle avait répondu avec brusquerie, comme si elle venait subitement de comprendre que la plupart du temps les pêcheurs se fichent le doigt dans l'œil complètement.

« Laisse tomber », dit Van In.

Carine agrippa le volant avec l'obstination de quelqu'un qui vient de s'enfoncer dans des sables mouvants et qui s'accroche à une branche morte.

« Je suis impuissant, dit Van In, le visage défait.

– Moque-toi de moi !

– Demande à Hannelore si tu ne me crois pas !

– Tu es fou ?! »

La Golf passa de cinquième en quatrième et faillit provoquer un accident.

« Attention ! » cria Van In en voyant leur voiture frôler un camion.

Carine le fusilla du regard.

« Je n'aime pas qu'on se fiche de ma fiole !

– Ce n'est pas ce que tu crois.

– Abruti ! »

Il vient un moment où la femme et la maîtresse finissent par se ressembler. Van In alluma une cigarette et ferma sa vitre. Ils arrivaient heureusement à hauteur de Ternat. Dans un quart d'heure, ils seraient à Bruxelles.

Le quartier général d'Europol était installé depuis peu rue Royale. Il était quasi impossible de trouver à garer sa voiture dans les environs. Van In put facilement convaincre Carine de le déposer pendant qu'elle cherchait une place. Il l'appellerait dès la fin de son entretien avec Sanders.

« À bientôt !

– Oui, à bientôt. »

La Golf démarra sur les chapeaux de roues. Van In sourit.

« Je t'ai dit tout ce que je savais, Pieter, conclut Sanders. Starr travaille pour Échelon, et Traen ne lui communiquait que des informations triées sur le volet. »

Van In vérifia le contenu de son paquet de cigarettes. Il lui en restait trois.

« Il y a quelque chose que je ne comprends pas. »

Il observa une pause, alluma une clope et réussit à faire du premier coup quatre ronds de fumée. Les acteurs à qui on demandait d'en faire autant sur commande gaspillaient parfois une vingtaine de cigarettes avant d'y parvenir.

« Je t'écoute, Pieter, dit Sanders sur le ton de qui n'a rien à cacher.

– Pourquoi Traen ne vous a-t-il pas informés lorsque tout menaçait de partir en eau de boudin ? »

Van In aurait pu s'éviter le déplacement à Bruxelles et poser cette question à Sanders par téléphone, mais il voulait observer sa réaction.

« Aucune idée. Un moment. Je fais venir le dossier. »

Sanders appela son assistant et lui commanda de lui apporter le dossier de Wilfried Traen. Puis il marcha jusqu'au frigo et demanda à Van In s'il souhaitait boire quelque chose. Double erreur. Van In avait comme l'impression que Sanders ne pouvait pas ne pas savoir ce que contenait le dossier Traen. Quant au verre, la proposition venait un peu tard.

« Tu n'es pas obligé de m'en parler si c'est un secret d'État, dit Van In.

– Ne dis pas n'importe quoi, Pieter », répondit-il en patois brugeois.

Ils se connaissaient depuis longtemps et ils étaient tous les deux originaires de Flandre occidentale. Un étranger aurait sans doute haussé les épaules sans comprendre si on lui avait parlé du code de l'honneur des Ouest-Flandriens. Et pourtant… Première règle : ne pas déconner. Deuxième règle : si on déconne, le faire en patois. Troisième règle : ne continuer à le faire qu'en se bourrant la gueule.

Van In prit le verre que lui tendait Sanders. Il n'avait jamais cru à cette histoire d'un Traen travaillant pour Europol ou pour la Sûreté de l'État. Ce scénario d'infiltration d'Échelon lui semblait cousu de fil blanc.

« Je ne dis pas n'importe quoi.

– Je sais, mais… »

On frappa à la porte. Un homme en manches de chemise entra, un dossier sous le bras.

« Dépose-le sur mon bureau, Éric ! » dit Sanders.

L'homme obéit et se retira discrètement.

« Tu connais le ministre Vandevijvere ? »

Van In fit oui de la tête. Sanders s'assit à son bureau et repoussa le dossier.

« Il nous a informés que… »

Il hésita. Cela pouvait lui coûter cher de divulguer ce type d'informations, mais avait-il encore le choix ? Van In aurait de toute façon compris tôt ou tard. Et puis, il le connaissait : têtu comme une mule !

« Je sais qu'il avait une liaison avec Kitty Jouy, dit Van In.

– C'était plus que ça. Il en était fou.

– Elle lui a parlé du réseau de Traen ?

– Non.

– Qu'est-ce qu'il vient faire dans cette histoire, alors ?

– Je ne peux pas te le dire, Pieter. »

Sanders aimait bien Van In, mais il n'avait pas le droit de lui dire que la lettre que Vandevijvere lui avait donnée n'avait pas été écrite par son propre père. Le document sortait des archives de la Sûreté de l'État, et il avait servi à faire pression sur Wilfried Traen : c'est parce qu'ils avaient menacé de mettre la missive sous le nez d'Hoornaert que Traen avait accepté de travailler pour eux.

« Je croyais que nous étions amis. »

Sanders réprima un soupir. Ses services travaillaient en sous-effectifs. Et c'était pareil à la Sûreté.

« Traen était ce qu'on appelle un agent bon gré mal gré, dit-il enfin.

– Vous le faisiez chanter.
– En quelque sorte.
– En quelque sorte. »
Oh ! Et puis… zut ! J'en ai ras la patate ! pensa Sanders. Il rit.
« Il y a dix ans, la Sûreté de l'État n'avait pas les moyens de mettre quelqu'un sur l'affaire à plein temps. Elle n'avait pas assez d'hommes.
– Il y a eu du changement depuis ? demanda Van In, ironique.
– Je vois que nous sommes sur la même longueur d'onde.
– Sans blague, ils ont vraiment quelqu'un sur le terrain, maintenant ?
– Oui. »
Van In alluma une cigarette. Il estimait qu'il avait le droit de déroger à l'interdiction de fumer, vu les circonstances.
« En ce qui concerne la lettre que Vandevijvere t'a montrée, je dois admettre que…
– … tu as conclu quelques arrangements avec la vérité.
– Que dire de plus ? »
Et Sanders lâcha le morceau.
« Starr l'avait donc recruté sous fausse bannière ?
– Buvons encore une Pils, répondit Sanders.
– Vandevijvere a fait cavalier seul parce qu'il craignait que sa relation avec Kitty Jouy n'éclate au grand jour ?
– Et à cause des intérêts supérieurs qu'il sert », compléta Sanders en souriant.
Il sortit deux autres bières du frigo. La Sûreté avait placé Vandevijvere devant ce dilemme : collaborer ou voir sa réputation traînée dans la boue. Van In allait

boire sa première gorgée lorsqu'on frappa à la porte. L'homme en manches de chemise passa la tête par la porte entrouverte :

« Une certaine Carine Neels veut vous parler de toute urgence. »

Van In ne réagit pas tout de suite quand Sanders lui demanda s'il s'agissait de la petite blonde de l'autre jour.

« En tout cas, dit le colonel, tu les choisis bien ! »

Même si c'était un époux fidèle et un brave père de famille, il lui arrivait parfois d'imaginer des choses auxquelles il n'aurait jamais songé auparavant.

« Excusez-moi de vous déranger, mais c'est urgent, dit Carine après avoir salué le colonel Sanders. Stefaan Bonheure vient de téléphoner à l'officier de garde. Il veut te parler, Pieter. »

14

On lit sur certains autocollants apposés à l'arrière des voitures : « Attention, je freine aussi pour les blondes. » Alors qu'ils remontaient sur l'autoroute toutes sirènes hurlantes, Van In imagina cet autre texte : « Attention, blonde au volant ! » Il coinça une main sous sa ceinture de sécurité et regarda devant lui. L'aiguille du tachymètre flirtait avec le maximum, et Carine semblait prendre son pied. Elle était tout à fait détendue, en tout cas : c'était un boulot de flic tel qu'on le montrait dans les films et dont elle avait toujours rêvé. Stefaan Bonheure avait posé un ultimatum. Il rappellerait dans une heure. Si Van In n'était pas là pour lui répondre, il se suiciderait. Il avait téléphoné à quatre heures moins dix. Carine et Van In étaient montés dans la Golf douze minutes plus tard et il leur en avait fallu neuf de plus pour sortir de la capitale. Pour rallier Bruges en trente-neuf minutes, il fallait être soit membre de la famille royale, soit flic.

« Pourquoi est-ce que l'officier de garde ne lui a pas donné ton numéro ? demanda Van In alors qu'il croyait deviner le panneau indiquant la ville de Beernem.

– Tu connais André… »

Elle sourit. André Bouten était entré dans la police à une époque où le piston régnait en maître. Répondre au téléphone, à la rigueur – mais se montrer créatif ? ! prendre des initiatives ?! Il avait acheté la bonne carte du parti trente ans auparavant, point barre. Plus que quatre ans, et il serait à la retraite. Il pourrait enfin s'adonner pleinement à sa passion.

« Il collectionne toujours les timbres ? »

Carine regarda Van In. *Bon sang ! Comme je l'aime !*

« Attention ! » dit-il.

Le chauffeur d'un vingt-tonnes avec remorque venait de faire une brusque embardée et tout son véhicule dévia dangereusement sur la deuxième file. Carine se déporta sur la gauche. Elle frôlait la glissière centrale.

« N'aie pas peur, Pieter. Ta vie est plus précieuse pour moi que celle de Bonheure.

– Merci !

– Y a pas de quoi ! »

Van In serra les mâchoires. L'horloge du tableau de bord indiquait 16 h 41. Ils venaient de passer le panneau indiquant Loppem.

« On va y arriver, dit-il.

– Bien sûr qu'on va y arriver ! »

Carine éprouvait une étrange sensation d'euphorie dans le bas-ventre. Était-ce ce qu'éprouvaient les hommes quand ils contrôlaient tout et qu'ils se croyaient les maîtres du monde ?

Ils passaient devant l'église de Sint-Michiels quand la phrase lui échappa :

« Je t'aime, Pieter. »

Elle rétrograda de quatrième en troisième et laissa sa main glisser vers la jambe de Van In. Il n'osait pas regarder Carine. Il aurait pu réagir en disant un truc du genre : « Ma petite, je pourrais être ton père ! » mais Carine était loin d'être une sotte qu'on éconduit si facilement. Il l'aimait beaucoup, et cela n'avait rien à voir avec le sexe.

« Tu es une femme adorable, Carine, mais... »

Sa voix flancha. *Si je ne connaissais pas Hannelore, on s'entendrait sans doute très bien, toi et moi*, voulut-il dire, mais il n'y arriva pas. *On ne mange pas à deux râteliers, malheureusement. Ça n'apporte que des ennuis.* Il y avait pourtant une chose qu'il regrettait : c'était de s'être tourné sur le côté quand elle...

À son grand étonnement, elle réagit d'une voix posée :

« Tais-toi ! On verra bien... »

Il était 16 h 46 lorsqu'elle entra dans la rue des Siliques. Quinze secondes plus tard, la Golf s'arrêtait en faisant crisser les pneus devant le commissariat. Van In bondit de la voiture et monta l'escalier quatre à quatre.

Bonheure était peut-être un alcoolo au fond du gouffre, mais il tint parole. Il était 16 h 50 lorsque le téléphone sonna.

« Allô.

– Commissaire Van In ?

– Bonheure ?

– Oui.

– Oui, ici Van In. »

Il y eut un silence. Sanders avait promis de faire de son mieux pour localiser l'appel. Chaque seconde valait son pesant d'or. Ce que Van In ne pouvait pas imaginer, c'était que, quelque part en Angleterre, un analyste était en train de déterminer la position exacte de Stefaan Bonheure par satellite. La veille, Starr lui avait demandé de s'intéresser à toutes les conversations où apparaîtraient les noms de Van In et de Bonheure.

« Je veux vous parler.

– C'est une sage décision, monsieur Bonheure. Je vous envoie une voiture ?

– Non.

– Comment, non ?

– Je veux vous voir seul à seul.

– C'est possible.

– Non, pas au commissariat.

– Où, alors ?

– Je vous rappelle dans une heure. »

Bonheure avait raccroché. Van In se gratta l'oreille, alluma une cigarette, s'assit à son bureau et poussa un profond soupir. Ce serait bientôt fini.

« Tu veux bien aller me chercher une Duvel, Carine ? »

« Quelle heure est-il ?

– Six heures moins cinq.

– Merde ! »

Van In écrasa sa cigarette dans un cendrier qui débordait de mégots et but une gorgée de sa deuxième Duvel.

« Il a peut-être changé d'avis », dit Carine.

Elle n'avait pas terminé sa phrase que la sonnerie du téléphone retentissait dans la pièce.

« Allô.

– Commissaire Van In ?

– Oui. »

Il y eut un silence. Carine vit Van In hocher la tête et l'entendit dire plusieurs fois « oui » sans rien ajouter d'autre. La communication ne dura pas plus de cinq minutes.

« Et alors ?

– Je lui ai donné ma parole que je ne parlerais à personne, dit Van In.

– Ce n'est pas vrai !

– Eh bien si. »

Bonheure lui avait donné l'impression d'avoir un comparse qui le tiendrait à l'œil durant les heures à venir. S'il prenait les instructions de Bonheure par-dessus la jambe, il pouvait faire une croix sur leur rendez-vous.

« Tu ne vas quand même pas y aller tout seul ?

– Je lui ai donné ma parole. »

On pouvait reprocher quantité de choses à Van In, mais pas qu'il ne respectait pas ses engagements.

« Laisse-moi au moins te suivre de loin.

– Il n'en est pas question ! Les risques seraient trop élevés ! »

Il devait d'abord aller jusqu'à Oostkamp et, là, patienter une heure dans tel café jusqu'à ce que quelqu'un reprenne contact avec lui. Il ne devait pas emporter d'arme ni de portable, ne pas se déplacer dans une voiture de la police et n'adresser la parole à personne, à part au serveur qui lui apporterait sa boisson. Il lui était même interdit d'aller aux toilettes.

« Tu as besoin d'une voiture, Pieter.

– Oui. »

Van In ne conduisait plus depuis huit bonnes années. Lors de sa dernière tentative, il avait failli emboutir une Mercedes. Il était exclu d'emprunter la voiture d'Hannelore. Elle n'accepterait jamais de le voir se lancer tête baissée dans une aussi folle équipée. Il n'y avait pas d'autre solution que…

« Je pourrais t'emprunter ta voiture ? »

La Citroën Picasso de Carine était flambant neuve. La prêter à Van In, c'était comme confier ses enfants à la garde d'un pédophile, ou laisser un kleptomane en liberté dans un supermarché sans surveillance.

« Allez, ma petite Carine... »

Il n'osa pas l'embrasser, mais la gratifia de son regard enjôleur qui ne manquait jamais de faire craquer Hannelore.

« À condition que je puisse me cacher sur la banquette arrière !

– Ils te verraient !

– Qui ?

– Je ne peux pas te le dire.

– Tu es vraiment décidé à y aller tout seul ?

– Il faut bien. »

Elle le regarda droit dans les yeux. La Citroën était bien assurée, et peut-être que...

« D'abord, je veux une démonstration.

– D'accord. »

La démonstration faillit tourner au cauchemar – rue du Maréchal, Van In manqua se prendre toute une file de voitures en stationnement. Et pourtant, Carine le laissa partir.

« Ne fume pas dans la voiture ! » cria-t-elle alors qu'il s'éloignait.

Van In sortait à peine de Bruges qu'il était déjà en nage. Il n'osait pas aller au-delà de la troisième vitesse, ni allumer une cigarette. Il repensait malgré lui à sa vieille BMW qu'il avait revendue huit ans plus tôt à Sonia, son ex. Il savait qu'elle habitait dans les environs, chez un courtier en assurances qui gagnait bien sa vie et qui rentrait tous les soirs à cinq heures et demie tapantes. La panique qui le vissait au siège l'empêchait de se concentrer sur la circulation. Il songeait aux trois femmes avec qui il avait eu une histoire : Sonia, Hannelore et Véronique. La vie pouvait être franchement difficile pour quelqu'un qui se voulait fidèle, mais qui... La suite de ses souvenirs semblait tout aussi infinie que cette petite route de banlieue.

Il y avait énormément de monde à la terrasse du Fargon, une taverne de la chaussée de Courtrai. La plupart des tables étaient occupées, de sorte que Van In dut patienter un certain temps avant de pouvoir commander. En attendant il observait les clients, essayant de mémoriser un maximum de visages. Si Bonheure avait un complice, il y avait de fortes chances qu'il soit dans les parages. Van In était pratiquement certain que personne ne l'avait suivi car il avait pris par Loppem et la route rectiligne lui avait laissé tout le loisir de jeter régulièrement un œil dans le rétroviseur. Deux voitures l'avaient dépassé ; la première était occupée par une femme et ses deux enfants, la seconde, par un vieux couple.

« Bonsoir. »

Le garçon, un chauve aux chaussures soigneusement astiquées, l'interrogeait du regard.

« Une Duvel, s'il vous plaît. »

Van In alluma une cigarette. Sans portable, il dépendait des téléphones fixes. Le seul moyen qu'avait Bonheure de prendre contact avec lui serait d'appeler la taverne.

Non content d'être un excellent polyglotte, David Starr était aussi un tireur d'élite. Un fusil de fabrication allemande était posé sur la table de la cuisine, ainsi qu'un silencieux, un viseur à infrarouge de la troisième génération et une boîte de munitions MEN. Une demi-heure plus tôt, l'analyste de Londres avait localisé l'appareil de Bonheure et avait envoyé à Starr, via une ligne sécurisée, la transcription des conversations qu'il venait d'avoir avec Van In. David Starr avait encodé la position de Bonheure sur une carte d'état-major et se préparait à lui faire une petite visite de courtoisie. Il n'avait pas le choix. Bonheure et Van In en savaient trop. Ils devaient mourir.

À sept heures et quart, Van In fut demandé au téléphone. Bonheure lui donna cette nouvelle instruction : rouler jusqu'au centre de Beernem. Il n'avait pas le droit de prendre l'autoroute. En lançant la Citroën Picasso sur l'étroite route de province, tout en priant de ne pas se prendre une ornière ou le bas-côté, Van In réfléchissait. Il était de plus en plus persuadé que Bonheure agissait seul. L'homme avait simplement vu trop de films américains. Mais Van In aimait ça. La question était de savoir la tête que ferait Hannelore quand elle saurait les risques qu'il avait pris. Sa blessure au pouce se réveillait. Il repensa à Versavel, dont le sort était bien moins enviable que le sien : et s'il avait attrapé le sida ? Van In avait lu quelque part qu'un grand nombre de prostituées africaines avaient développé une immunité, malgré des centaines de contacts avec des hommes infectés. Mais c'était peut-être une fable qu'on se raconte pour se rassurer, comme celle du fumeur à la chaîne qui vit centenaire…

Au café de Beernem, trois petits vieux sirotaient leur jus avec l'air d'attendre l'heure de se mettre au lit. Van In prit place à la fenêtre et commanda une Duvel. Après un quart d'heure d'attente, il mourait d'envie d'appeler Hannelore et de lui expliquer dans quel pétrin il s'était fourré. Tout cela n'avait aucun sens. Sans compter qu'il devait pisser de toute urgence, maintenant. Il observa les trois hommes. Le premier portait un tablier bleu foncé et un chapeau de colombophile. Le deuxième se distinguait par son nez rouge marqué par la variole et par ses pantoufles à carreaux. Le troisième tremblait comme un roseau chaque fois qu'il portait son verre à sa bouche. La rue était déserte. *Non,* pensa Van In. *Je ne peux plus tenir.* Il se leva et prit la direction des toilettes, indiquées comme dans le temps par ce mot : « COUR ». Sa grand-mère disait toujours : « Je vais là où le roi va à pied. » Il venait d'ouvrir son pantalon quand la première sonnerie du téléphone retentit.

La caravane se trouvait à une centaine de mètres du canal de Bruges à Gand. David Starr observa les lieux au moyen de ses puissantes jumelles prismatiques. Le terrain était clôturé au fil de fer barbelé et accessible seulement par une grille. Starr consulta son GPS et la carte d'état-major. La ferme la plus proche se dressait à au moins cinq cents mètres. Il n'y avait pas de doute : Bonheure se planquait dans cette caravane. Starr chercha une position de tir idéale. Son Steyer avait une portée de huit cents mètres. Il repéra une petite étable à moutons derrière la caravane, d'où on devait avoir une vue en surplomb.

L'obscurité était presque complète lorsque Van In gara la Citroën Picasso devant la grille. Il y avait de la lumière à l'intérieur de la caravane. Van In sortit de la voiture et alluma une cigarette. Un petit vent jouait dans les herbes folles. Au loin, une vache meuglait. Il avança et fit grincer la grille en l'ouvrant. Une musique d'Ennio Morricone n'aurait pas été incongrue. Les soirs d'été, il flotte parfois une sorte de menace dans l'air, comme si le monde était sur le point de tomber en poussière. Van In avançait d'un pas un rien saccadé. De loin, il ressemblait à un cow-boy mal à l'aise d'avoir quitté la selle de son cheval. Il était passé, le temps des shérifs qui pouvaient faire entendre raison aux méchants en faisant chanter les armes. Van In ne disposait que de sa force de persuasion. Il frappa à la porte de la caravane et cria le mot de passe que Bonheure lui avait soufflé lors de leur dernière conversation téléphonique. « Bolognaise ! » C'était ridicule.

Dans la caravane, la puanteur et la chaleur étaient insupportables. Stefaan Bonheure était assis devant la table pliante du coin cuisine. Il était pâle comme la mort. Des filets de sueur ruisselaient de part et d'autre de son nez.

« Vous avez apporté les cigarettes ?

– Les magasins étaient fermés », répondit Van In.

Il sortit son paquet de sa poche et le posa sur la petite table. Bonheure l'ouvrit fébrilement et prit une sèche.

« Il faut que vous me promettiez quelque chose.

– Je vous écoute, monsieur Bonheure. »

L'homme regardait constamment autour de lui comme une bête traquée. Était-ce le sevrage forcé qui le rendait parano, ou la vision de sa femme dans la baignoire ? Dès le premier coup de fil, Van In avait eu la puce à l'oreille. C'était même en réalité la seule raison pour laquelle il avait accepté de jouer à ce jeu débile.

« J'exige une protection policière et, quand le procès sera terminé, une nouvelle identité. Et une indemnité à vie, ajouta-t-il en voyant que Van In ne lui disait pas que ses exigences étaient démesurées.

– Pour ce qui est du premier point, bien sûr, vous l'aurez. Le reste dépend du procureur et du ministre. »

Van In comprenait qu'il ne fallait surtout pas brusquer le bonhomme. Il devait coûte que coûte gagner sa confiance, et donc ne pas hésiter à lui mentir s'il ne parvenait pas à le convaincre.

Stefaan Bonheure écrasa nerveusement sa cigarette à moitié consumée et en prit immédiatement une nouvelle dans le paquet de Van In. Il regarda le commissaire en faisant non de la tête.

« Je veux que vous me le promettiez maintenant, dit-il.

– Il y a beaucoup de chances que les autorités accèdent à votre demande, mais je ne peux pas m'engager au nom du procureur et du ministre. Vous devez comprendre ça. Je vous propose d'aller discuter de cela bien calmement à mon bureau.

– Vous me jetterez en prison.

– Pourquoi ferais-je ça ? »

Bonheure avait complètement perdu le contact avec la réalité. Van In avait déjà réussi à calmer pas mal de gens qui battaient la campagne, mais, ici, c'était manifestement un cas pour un professionnel. L'homme menaçait de disjoncter à la moindre parole qu'il interpréterait mal.

« Jurez-moi que vous ne m'enfermerez pas.

– Je vous le jure », dit le commissaire sans marquer la moindre hésitation.

Un homme normal ne l'aurait pas pris au sérieux, mais Bonheure eut l'air de se calmer un peu. Son visage se décrispa légèrement, son regard se fit moins fébrile.

Van In prit une cigarette et l'alluma. Le plus difficile restait à venir.

« Vous devez savoir que je n'aime pas les menteurs.

– Moi non plus », répondit Van In.

Il commençait à éprouver de la compassion pour le pauvre bougre. Un séjour en hôpital psychiatrique n'a rien à envier à une longue peine de prison. Pendant tout un temps, ils fumèrent en silence.

« Je voudrais vivre sur une île de la Méditerranée, reprit Bonheure. Vous croyez qu'ils seront d'accord, le procureur et le ministre ?

– Tout dépend des informations que vous pouvez nous donner, répondit Van In en souriant. Une maison sur une île de la Méditerranée, ce n'est pas tout à fait la même chose qu'un appartement à Beringen.

– C'est vrai.

– Et l'indemnité dépendra bien sûr de la nature des informations que vous pourrez nous donner.

– Je ne savais pas. »

Van In se pencha en avant pour chuchoter :

« Le ministre de la Justice dispose depuis l'année dernière d'un budget spécial pour la protection des témoins. Si je suis bien informé, il n'est pas encore allé puiser beaucoup dedans. Ça ne m'étonnerait pas que vous receviez plus d'argent que vous ne pensez. Vous savez comment vont les choses... Tant qu'il y a des thunes, on n'hésite pas à se servir...

– C'est vrai ?

– Je le sais de source sûre. »

Van In n'était pas très fier de lui, mais il avait marqué un premier point. Il avait réussi à gagner la confiance de Bonheure. Il avança d'une case.

« Et puis, je fais partie de la commission qui conseille le ministre dans toutes ces matières. Si vous m'aidez à résoudre cette affaire, personne ne pourra m'empêcher de dire un mot en votre faveur.

– Vous auriez dû me le dire plus tôt.

– Oui, mais… Je n'ai pas compris tout de suite que vous étiez innocent. »

Cet argument fut décisif. Bonheure s'empara de la dernière cigarette et se mit à table. Il avait rencontré David Starr à une fête d'entreprise chez NOWASTE. Ils étaient devenus plus ou moins amis. Quand il avait été licencié, ils étaient restés en contact.

« La semaine dernière, Starr m'a appelé. Il me proposait dix mille euros pour dégommer Wilfried Traen.

– Pourquoi voulait-il le tuer ?

– Il m'a juste dit que c'était à cause d'une histoire avec la femme de Traen.

– Et vous l'avez cru ?

– Bien sûr que non. »

Van In hocha la tête. Starr avait exploité sans vergogne la hargne qu'éprouvait Bonheure à l'égard de son ancien employeur à cause de ce licenciement qui avait fichu sa vie en l'air.

« On avait convenu que j'irais chez Traen le dimanche soir et que je le tuerais. Ce jour-là, je me suis bien bourré la gueule. Puis je me suis disputé avec Marijke, et je suis sorti. Ça nous arrivait souvent, donc je me disais qu'elle ne trouverait pas ça louche le lendemain quand elle lirait dans le journal que Wilfried Traen avait été abattu par un inconnu. Starr m'avait donné un pistolet et une cagoule noire. Je devais l'appeler quand j'aurais fini le boulot. »

Mais ce que ni Starr ni Bonheure ne pouvaient prévoir, c'était que Wilfried Traen et sa femme auraient une dispute homérique ce soir-là et qu'elle irait se réfugier chez une amie avec leurs deux enfants.

« Quand j'ai sonné chez Traen et que j'ai pointé mon pistolet sur lui, il s'est mis à rire comme un malade. »

Van In hocha la tête. L'autopsie avait montré que Wilfried Traen avait 2,1 grammes d'alcool dans le sang.

« Et ensuite, que s'est-il passé ?

– Il m'a proposé d'entrer.

– Et qu'est-ce que vous avez fait ?

– Je lui ai tout avoué.

– Non ?!

– Je ne pouvais plus garder tout ça sur le cœur.

– Et c'est là que Traen a téléphoné à sa femme ?

– Oui. Il lui a seulement dit que sa vie était en danger.

– Il a parlé de Starr ?

– Non. »

Kaat Deruwe, l'amie de Louise Hoornaert, vivait à Torhout, à une petite demi-heure de voiture de Bruges. Van In commençait à comprendre ce qui s'était réellement passé ce soir-là. Starr avait suivi Bonheure et avait surveillé la villa de Traen depuis une position à couvert, peut-être avec une lunette de nuit. La villa avait de grandes fenêtres sans rideaux. Il avait certainement vu Traen et Bonheure discuter dans le salon.

« Alors Starr a vu Traen téléphoner ?

– Oui, je crois. »

Van In essaya de se mettre dans la tête de l'Américain. Il pouvait se dire que Traen avait appelé la police, et donc il avait soigneusement réfléchi avant de passer à l'action.

« D'accord, continuez. Je suis curieux d'apprendre la suite. »

Starr était entré dans la villa par la porte de la terrasse et il avait menacé Traen et Bonheure avec un pistolet.

« Il m'a ordonné de lui rendre le pistolet qu'il m'avait filé et de disparaître.

– Il portait des gants ?

– Je crois bien. »

Les pièces du puzzle se mettaient en place. Starr disposait d'un pistolet avec les empreintes de Bonheure, ce qui était une bonne raison de le laisser en vie. Il avait sans doute consulté la mémoire du téléphone de la villa pour voir à qui Traen avait téléphoné.

« Et vous êtes donc parti.

– Oui, commissaire. »

Van In essayait toujours d'entrer dans la peau de Starr. Qu'aurait-il fait, lui, dans pareil cas ? Soit il aurait tué Traen avec le pistolet portant les empreintes de Bonheure, soit, oui, il aurait mis en scène un suicide. Dans le premier cas de figure, Starr pouvait espérer que Bonheure porterait le chapeau. Mais le suicide était une solution encore moins dangereuse. Et donc il avait forcé Traen, sous la menace de son pistolet, à passer la tête dans un nœud coulant au grenier. Et pourquoi Traen avait-il accepté ? Sans doute parce qu'il essayait de gagner du temps et qu'il avait cru que l'arrivée de sa femme changerait la donne.

« Vous accepteriez de répéter tout ça devant un juge d'instruction ?

– Je n'ai pas fini ! »

Quand il avait vu la voiture de Louise Hoornaert arriver, Bonheure était revenu sur ses pas.

« Starr était toujours à l'intérieur, et je voulais les prévenir. Mais je suis arrivé trop tard. J'ai entendu des coups de feu et un boucan pas possible. En regardant par la fenêtre, j'ai vu Louise Hoornaert étendue sur le sol. Elle était morte. Alors j'ai monté l'escalier. Le gamin se battait contre Starr. J'ai voulu tirer pour l'aider, mais… »

Bonheure ne trouvait plus ses mots. Sa lèvre supérieure tremblait, il faisait des mouvements saccadés de la tête… Mais Van In avait compris, de toute façon.

Starr avait pris le marteau et fracassé la tête du petit Sven. Bonheure avait paniqué et s'était enfui. On aurait pu l'accuser de non-assistance à personne en danger, mais Van In doutait que les choses puissent en arriver là. Bonheure avait déjà été puni. Le suicide de sa femme l'avait brisé.

« Pourquoi est-ce que vous ne nous avez pas raconté tout ça plus tôt ?

– Vous auriez cru une histoire pareille ? Mes empreintes étaient sur le pistolet ! J'avais un mobile pour descendre Traen ! Et Traen avait promis de verser une indemnité mensuelle à ma femme si je fermais ma gueule...

– Vos empreintes n'étaient pas sur le marteau.

– Qu'est-ce que ça changeait ? Elles étaient sur le pistolet, non ? »

Van In hocha la tête.

« On ferait mieux de rentrer à Bruges, dit-il. Pour que mes collègues puissent prendre note de tout ça. »

Bonheure se raidit.

« Ce n'est pas ce qu'on avait convenu.

– Comment ça ?

– Je vous ai dit que j'étais seulement prêt à collaborer si vous pouviez m'assurer une protection et me donner une autre identité.

– Vous avez ma parole.

– Je veux voir ça écrit noir sur blanc. »

Bonheure ouvrit le paquet de cigarettes et chercha en vain une nouvelle sèche.

« Je vous promets que demain, j'appelle le procureur. Avec un peu de chance...

– Ce n'est pas la peine. Si je n'ai pas les documents demain à huit heures du matin, je me suicide. Pourquoi je vous ai enfermé ici, sinon ?

– Parce que je… ?

– Il vous reste exactement neuf heures pour tout régler. Si je n'ai pas les documents d'ici demain matin ou si les flics attaquent la caravane pendant la nuit, je ne prononcerai plus un seul mot. Vous vous débrouillerez tout seul pour prouver que Starr a dégommé toute la famille Traen. Et ça ne sera pas facile, car il n'y a qu'un seul témoin, et que ce témoin, c'est moi. »

Van In se leva. Bonheure était plus fin stratège qu'il ne l'avait cru. En faisant croire à Van In qu'il avait un complice, il s'était arrangé pour que le commissaire vienne à lui seul et sans arme et que personne ne puisse localiser la caravane. Il avait pu lui raconter sa petite histoire sans craindre la moindre intervention musclée. Van In ne pouvait pas appeler l'unité d'intervention spéciale, cela n'avait aucun sens. Il ne pouvait pas non plus maîtriser Bonheure tout seul, car le bonhomme avait l'air on ne peut plus déterminé : si on touchait à un seul de ses cheveux, il refuserait de témoigner ou s'arrangerait pour se tuer.

« Neuf heures… ça va être trop juste, monsieur Bonheure.

– C'est votre problème. »

Bonheure chiffonna le paquet de cigarettes.

« Donnez-moi trois heures de plus et je vous apporte des sèches.

– Vous iriez les chercher où ?

– Dans la voiture. »

Bonheure hésita. Il mourait d'envie d'une clope, et neuf heures sans fumer, ce serait plus difficile que douze avec un paquet entier.

« D'accord, dit-il. Je vous donne deux minutes.

– Ce n'est pas possible ! protesta Van In. J'ai mal au genou !

– Eh bien, vous ferez un effort ! »

Van In pesta intérieurement. Il avait doublement sous-estimé le bonhomme. Non seulement il n'était pas con, mais en plus, il avait le sens de l'humour.

« Eh bien, j'y vais ! »

Bonheure ouvrit la porte de la caravane. Van In prit une profonde inspiration et se mit à courir en direction de la grille. Après cinquante mètres, il était déjà à bout de souffle. Ses poumons sifflaient tellement fort qu'il n'entendit pas la première balle qui passa à deux doigts de son épaule et qui tomba devant lui avec un petit *plof* !

15

La deuxième balle fit plus de bruit. Elle traversa une vitre de la Citroën Picasso et la fit exploser en mille morceaux. Van In se plaqua au sol instinctivement. *Bordel ! Qu'est-ce qui se passe ?!* Quelqu'un avait-il lancé une pierre ? Ce ne pouvait pas être Bonheure : la distance entre la caravane et la voiture était d'au moins soixante-dix mètres. Van In avait lu dans un article que les braconniers utilisaient souvent des silencieux et des lunettes de nuit, mais c'était dans les Ardennes, et dans le contexte de la chasse au gros gibier. Que faire ? Monter dans la voiture et rouler plié en deux ? Le prochain tir risquait d'atteindre sa cible. Il pouvait aussi s'éloigner en rampant dans l'herbe et aller demander de l'aide à la maison la plus proche. Mais quelle serait la réaction de Bonheure ? Et du tireur embusqué ? Non, il ne pouvait pas prendre ce risque.

Cette fois-ci, tu ne t'en sortiras pas comme ça, mon bonhomme ! pensa Hannelore lorsqu'on sonna à la porte vers vingt-trois heures.

« Bonsoir, madame la juge. »

Carine avait troqué sa minijupe et son t-shirt contre un pantalon et un sweat, histoire de ne pas jeter d'huile sur le feu.

« Inspecteur Neels ! »

Hannelore recula.

« Il n'est rien arrivé à Van In ? »

Sa colère était retombée d'un coup pour céder le pas à l'inquiétude.

« Non, je ne pense pas. En tout cas, je l'espère. »

Elle avait longuement hésité, mais comme elle ne parvenait de toute façon pas à trouver le sommeil, elle avait pris le taureau par les cornes. Van In était parti depuis six bonnes heures déjà. Il aurait dû être rentré depuis longtemps. Elle avait appelé le commissariat où on n'avait aucune nouvelle de lui. De plus en plus inquiète, elle avait téléphoné aux hôpitaux, en vain.

« Entre, Carine ! »

Hannelore s'assit sur le canapé.

« Il faut que je te dise quelque chose, Hannelore. »

La juge eut un coup au cœur. Elle n'était quand même pas la maîtresse de Pieter ?

« Dis-moi ce que tu as à me dire, mais fais-la courte, s'il te plaît.

– Van In est parti avec ma voiture », dit Carine, piteuse.

Elle était certaine que la juge allait se mettre à tempêter, mais elle eut l'air plus soulagée qu'autre chose.

« Il a reçu un coup de téléphone de Bonheure. Ils ont pris rendez-vous quelque part. Et Van In y est allé. Seul.

– Non ?! »

Hannelore ne put s'empêcher de réprimer un sourire. Van In au volant, c'était quelque chose.

« Je me fais du souci, Hannelore. Ça fait plus de six heures qu'il est parti et…

– Tu as appelé les hôpitaux ?

– Oui. »

Van In rampait à plat ventre dans l'herbe. Il ne voyait pas comment il parviendrait à rallier la caravane ainsi. Tous ses efforts risquaient d'être vains. À mi-distance environ, il entendit au loin le moteur d'une voiture. Il tourna la tête et vit des phares approcher à vive allure. *Merde ! Pourquoi ne suis-je pas resté près de la Picasso ? ! J'aurais pu arrêter cet automobiliste et l'appeler à l'aide !* Il attendit que le bruit du moteur se soit éloigné. Sa chemise était trempée de sueur, son pantalon était moite. Hormis les battements de son cœur, il n'entendait plus rien. Même le vent était tombé. Il progressa lentement sur les coudes et toucha quelque chose de mou. À l'odeur, il reconnut une bouse de vache. *Pouah !* Il se laissa rouler sur le dos. Il s'était fichu dans un beau merdier, ah ça, oui. Mais si c'était son imagination qui lui jouait des tours ? Si la vitre de la Picasso avait simplement explosé sous l'effet de la chaleur ? C'était possible, ça ? Il n'y avait qu'une manière de vérifier s'il y avait ou non un tireur d'élite en embuscade. Il se releva et piqua un sprint. Il ne se passa rien.

« Il était temps », dit Bonheure lorsque Van In s'engouffra dans la caravane. Il tendit la main dans sa direction.

« Les cigarettes sont restées dans la voiture », dit Van In, pantelant.

Bonheure blêmit sous l'effet de la colère. Le flic s'était moqué de lui. Il n'y avait pas de cigarettes dans la voiture. Ce salaud en avait simplement profité pour appeler du renfort.

« Tu vas le regretter ! hurla-t-il en marchant sur Van In d'un air menaçant.

– Ce n'est pas ce que vous croyez, monsieur Bonheure ! C'était trop dangereux ! Quelqu'un a tiré sur la voiture.

– Personne ne sait où je suis ! Tu m'as trompé ! Tu as appelé les flics ! »

Van In n'eut pas le temps de répondre. Une balle traversa la fenêtre latérale de la caravane et toucha Bonheure à l'épaule. Il s'effondra sur le sol comme un sac de farine. Van In se cacha derrière le frigo.

« Aucun accident impliquant une Citroën Picasso n'est signalé dans les environs de Bruges », dit Hannelore, soulagée.

Elle avait téléphoné à tous les chefs des zones de police avoisinantes, qui étaient immédiatement partis à la quête aux informations auprès de leurs corps respectifs.

« Il n'a pas dit où il allait », répéta Carine.

Elle aurait tout aussi bien pu dire qu'elle trouvait les recherches d'Hannelore sans fondement, et la juge, se fâcher tout rouge. Mais Hannelore donna raison à Carine.

« Pourquoi faut-il toujours qu'il se croie obligé de jouer au cow-boy ? » demanda-t-elle en soupirant.

Donner sa parole à un suspect de quadruple assassinat, c'était une chose. Ne pas la reprendre en était une autre. Elle connaissait Van In. Il préférerait encore mourir que de ne pas respecter un accord. D'un autre côté… Il était peut-être sur le point de faire avouer Bonheure. Ce genre de choses prenait du temps.

« Je propose d'attendre encore un peu, dit-elle. Il est du genre à savoir se débrouiller tout seul. »

Carine se sentait subitement un peu ridicule. Si Hannelore ne se faisait pas de souci, pourquoi s'en feraitelle, elle ?

« Tu es sûre qu'il va s'en sortir ?

– Pieter s'en sort toujours, Carine. À ta place, je rentrerais chez moi, je prendrais une bonne douche tiède et j'irais au lit.

– Tu as peut-être raison, mais je ne suis pas rassurée.

– Les pressentiments sont comme les rêves, Carine. Ils deviennent rarement réalité. »

Hannelore ne comprenait pas que Van In puisse s'intéresser à une femme aussi stupide. Elle reconduisit Carine à la porte. Si elle ne comprenait pas l'allusion, son cas était désespéré.

« Excuse-moi de t'avoir dérangée, dit encore Carine.

– Tu as fait ce que tu estimais devoir faire. Si tout le monde était comme toi, la vie serait sans doute un peu plus agréable. »

Hannelore se dit qu'elle adoptait peut-être un ton un peu trop lénifiant, mais, vu les circonstances, ce n'était pas si grave.

« Dès qu'il arrive, je lui demande de te passer un petit coup de fil, d'accord ? »

Hannelore poussa Carine dehors, courut au téléphone et appela Versavel. Si quelqu'un savait où Van In traînait ses guêtres, c'était lui.

« Tu vas pouvoir marcher ? »

Van In était couché sur le ventre à côté de Bonheure, qui saignait abondamment. Pas besoin d'être médecin pour comprendre que la balle avait traversé l'épaule de part en part, puisqu'il y avait deux orifices, un devant, un derrière. Van In avait vu suffisamment de films de guerre pour savoir que ce type de blessure au gras de l'épaule n'était pas si grave, car l'acteur qui en souffrait se relevait toujours très vite pour continuer à en découdre avec l'ennemi, et même, lorsque tout était fini, pour flirter avec l'infirmière. Mais Bonheure n'était apparemment pas de la même trempe, car il tomba dans les pommes.

Van In roula sur le côté. Le tireur pouvait sortir de sa cache et pénétrer dans la caravane, ou attendre au contraire que Van In en sorte. L'homme était apparemment bien équipé. Van In essaya de se rappeler à quoi ressemblait le terrain. Mais il faisait déjà sombre quand il était arrivé. Il avait beau se concentrer, il se souvenait seulement de prés, et l'homme n'avait sans doute pas d'autre endroit où se planquer qu'un arbre ici ou là. Si c'était un tireur d'élite comme il le pensait, il devait avoir une arme avec une portée de huit cents mètres. Dans ce cas, il lui faudrait cinq minutes avant d'arriver à la caravane. Van In n'avait pas une seconde à perdre.

« Je reviens tout de suite ! » chuchota-t-il à Bonheure.

Jésus, Marie, Joseph ! Au collège, c'était la formule qu'il fallait écrire dans le coin supérieur droit de sa feuille de devoir : « Jésus, Marie, Joseph », pour s'attirer la bienveillance des dieux d'en haut. Lorsque Van In ouvrit la porte de la caravane, c'est ce qui lui vint à l'esprit : *Jésus, Marie, Joseph !* Plié en deux, il courut en zigzag jusqu'à la Citroën Picasso. Starr lui tira deux fois dessus, mais Van In n'entendit rien. Il savait que le moment où il arriverait à la voiture serait le plus périlleux. Le pare-brise arrière vola en éclats. Van In s'assit au volant en se faisant le plus petit possible, mit le contact et passa la marche arrière. La voiture fit quelques bonds avant de s'arrêter net. *Jésus, Marie, Joseph.* Van In fit une deuxième tentative. Il avait du mal à synchroniser ses mouvements. *Et merde !* Enfin, la voiture répondit. Van In recula jusqu'à hauteur de la grille. Il braqua le volant à gauche, pour faire demi-tour, passa en première et enfonça la grille entrouverte. Ce fut sans doute grâce à l'euphorie que lui procurait l'adrénaline qu'il réussit à rouler en première jusqu'à la caravane. Si le tireur d'élite n'avait pas quitté sa place, la caravane offrait à Van In une protection temporaire. Cette pensée rassurante lui donna du cœur au ventre lorsqu'il hissa Bonheure à bord de la Picasso.

« Ça va ? »

Van In était en nage et à bout de souffle. Le corps de Bonheure pesait comme du plomb, mais le pire était qu'il restait totalement muet. Van In préférait ne pas penser qu'il avait peut-être risqué sa vie pour sauver un mort.

« Bonheure ! »

Van In installa son compagnon d'infortune sur la banquette arrière, referma la portière et se faufila entre le siège du conducteur et le siège du passager. De nouveau au volant, il mit les gaz.

« Accroche-toi, mon gars ! »

La Picasso se mit en mouvement. Ils seraient bientôt en sécurité. Encore trente mètres jusqu'à la grille… vingt… dix… cinq… Une balle tirée par-derrière traversa la voiture et fracassa le pare-brise avant. Van In se recroquevilla sur lui-même, ce qui le fit enfoncer la pédale de l'accélérateur à fond. La voiture fut propulsée en avant dans un bond spectaculaire… et tomba dans le canal. Elle coula presque immédiatement. L'eau s'engouffrait de toutes parts dans l'habitacle. Dans d'autres circonstances, Van In aurait sans doute gardé la tête froide, mais avec un blessé sur la banquette arrière et un tireur d'élite dans les parages, il paniqua. Ce type qui leur tirait dessus attendrait sans doute qu'ils remontent à la surface pour les tirer comme des lapins. C'était la fin. Une fois passé le cap des quarante ans, on pense davantage à la mort. Van In s'était toujours imaginé finir d'une attaque d'apoplexie ou d'un infarctus. Là, il avait le choix entre la noyade et la balle dans la tête. Il choisit la deuxième solution.

« Com… missaire ! »

Le contact de l'eau avait réveillé Bonheure. Il s'était redressé et s'accrochait à Van In. Plutôt que de passer par le pare-brise avant ou arrière, ce qui ne lui semblait pas si facile que ça avec un blessé à évacuer, Van In ouvrit une portière arrière et sortit de l'habitacle. Comme ils étaient dans l'eau, il lui fut relativement facile d'en extraire ensuite Bonheure.

David Starr attendait patiemment que les deux têtes surgissent à la surface du canal. Sa carrière était définitivement terminée, car la police comprendrait vite son implication dans la mort de Van In et de Bonheure. Mais tout plutôt que la prison… Il gardait une sortie de secours pour les urgences : la CIA ne le laisserait pas tomber. Il y avait très peu de risques que les États-Unis acceptent de l'extrader vers la Belgique. En échange de son silence, on lui donnerait une nouvelle identité et, peut-être, une petite retraite.

Ploc ! La première tête émergea. *Ploc !* La seconde. Van In avait passé son bras autour du cou de Bonheure et tentait de nager vers l'autre rive. Starr prit Van In le premier dans sa ligne de mire. Son doigt était prêt à enfoncer la détente.

« Une pipe ou par-derrière ? » entendit-il dans son dos.

Starr se retourna. Le coup partit. Le Steyer lui glissa des mains et tomba dans les herbes folles. Un trou rouge perçait son front.

« Mademoiselle Boonstra ! »

Van In hissa Bonheure sur la rive. Ils étaient tous les deux couverts de boue et de lentilles d'eau de la tête aux pieds.

« J'appelle une ambulance ? »

Elle tendit la main au commissaire. Il s'y accrocha et remonta la berge. Toutes ses articulations le faisaient horriblement souffrir.

« Mais bon sang ! Comment avez-vous fait pour nous trouver ? !

– D'abord les priorités. »

Elle se pencha vers Bonheure et examina sa blessure.

« Il va s'en tirer.

– C'est juste une blessure dans le gras de l'épaule ?

– Oui, je crois. »

« C'était donc toi l'agent de la Sûreté de l'État dont Sanders m'avait parlé ! dit Van In deux heures plus tard, alors qu'ils prenaient tous un verre au salon.

– Oui. Ça faisait un moment que je surveillais les petites magouilles de Traen et de Starr », expliqua-t-elle.

Hannelore revenait de la cuisine avec du café et une bouteille de Filliers. Van In et Boonstra étaient arrivés une demi-heure plus tôt. Pendant qu'il prenait une douche et qu'il enfilait des vêtements propres, la Néerlandaise – qui était en réalité belge par son père, ce qui lui donnait la double nationalité – avait tout expliqué à Hannelore. Deux ans auparavant, elle avait infiltré l'entreprise de Traen, mais elle n'avait pas pu rassembler de pièces importantes. Elle était alors devenue la maîtresse de Starr, mais cela non plus ne s'était pas révélé très fructueux. Après les meurtres, elle avait décidé de suivre Starr car elle le soupçonnait de préparer un mauvais coup.

« J'ai perdu sa trace à hauteur du canal. Mais quand je t'ai vu arriver dix minutes plus tard, Van In, j'ai compris que tu n'étais pas là par hasard.

– Tu ne croyais quand même pas que j'allais me laisser acheter par Starr ? »

Mademoiselle Boonstra hésita.

« Je ne peux pas nier que cette idée m'a traversé l'esprit. Quand je t'ai vu entrer dans la caravane, j'ai cru que vous vous étiez donné rendez-vous. »

Elle s'était planquée et avait pris des photos avec une caméra à infrarouge. Elle n'avait commencé à douter que quand elle avait entendu la vitre de la Picasso voler en éclats et vu Van In ramper dans l'herbe.

« Tu connais la suite. »

Elle avait compris que Starr voulait tuer Van In et son passager quand il avait tiré sur le pare-brise de la voiture.

« Mais pourquoi ne m'as-tu pas fait confiance plus tôt ? ! » demanda Van In.

Mademoiselle Boonstra tendit la main vers la bouteille de Filliers et se servit un verre. Comment pouvait-elle faire comprendre diplomatiquement au commissaire que les agents de la Sûreté de l'État n'avaient pas le droit de frayer avec les petits flics de base ?

« Les femmes sont des êtres obstinés, commissaire. Si je réussissais ma mission, je pouvais espérer une promotion. Qu'est-ce que tu aurais fait à ma place ? »

On sonna.

« Ça doit être l'inspecteur Neels, dit Hannelore. J'avais promis de l'avertir quand tu serais rentré. »

Van In sursauta. La voiture dont Carine était si fière gisait désormais au fond du canal. Aucune police d'assurances ne couvrirait les frais qu'il avait occasionnés. *Jésus, Marie, Joseph.*

Il avança vers elle le cœur battant. Au lieu de l'interroger sur sa Citroën Picasso, Carine lui tendit deux boîtes de conserve.

« Tu ne croyais quand même pas que j'allais laisser une marchandise aussi précieuse dans le coffre ! » s'exclama-t-elle.

Van In prit le caviar.

« Je peux lui donner un bisou ? » demanda Carine à l'adresse d'Hannelore.

« Allez ! Pour une fois, oui ! »

Carine enlaça Van In et l'embrassa sur la bouche. Hannelore laissa faire. Elle savait ce qui était arrivé à la Picasso. Il y avait une gifle qui se préparait, elle la sentait venir. Mais, dix minutes plus tard, comme Carine n'avait toujours pas posé la question cruciale, Hannelore ouvrit une boîte de caviar et alla chercher quatre cuillers en plastique dans la cuisine. Van In se jeta aussitôt sur l'or noir et s'écria : « Longue vie à Versavel ! »

Hannelore détourna les yeux. Se faisait-elle du souci pour rien ?

DU MÊME AUTEUR

Aux Éditions Albin Michel

LE CARRÉ DE LA VENGEANCE, 2007

CHAOS SUR BRUGES, 2008

LES MASQUES DE LA NUIT, 2009

LA QUATRIÈME FORME DE SATAN, 2009

LE COLLECTIONNEUR D'ARMES, 2009

DE SANG ROYAL, 2010

LA MORT À MARÉE BASSE, 2011

LE TABLEAU VOLÉ, 2011

PIÈCE DÉTACHÉE, 2011

COUP DE PUB, 2012

Composition Nord Compo
Impression CPI Bussière en octobre 2012
à Saint-Amand-Montrond (Cher)
Éditions Albin Michel
22, rue Huyghens, 75014 Paris
www.albin-michel.fr

ISBN 978-2-226-24438-3
N° d'édition : 20219/01. – N° d'impression : 123574/4.
Dépôt légal : novembre 2012.
Imprimé en France.